O COMPLEXO DE PORTNOY

PHILIP ROTH

O complexo de Portnoy

Tradução
Paulo Henriques Britto

8ª reimpressão

COMPANHIA DAS LETRAS

Copyright © 1967, 1968, 1969 by Philip Roth
Todos os direitos reservados.

Grafia atualizada segundo o Acordo Ortográfico da Língua Portuguesa de 1990, que entrou em vigor no Brasil em 2009.

Título original
Portnoy's Complaint

Capa
João Baptista da Costa Aguiar

Preparação
Eliane de Abreu Santoro

Revisão
Cláudia Cantarin
Otacílio Nunes

Atualização ortográfica
Márcia Moura

1ª edição brasileira, 1970, Expressão e Cultura

Dados Internacionais de Catalogação na Publicação (CIP)
(Câmara Brasileira do Livro, SP, Brasil)

Roth, Philip, 1933-2018.
 O complexo de Portnoy / Philip Roth ; tradução Paulo Henriques Britto. — São Paulo : Companhia das Letras, 2004.

 Título original: Portnoy's complaint.
 ISBN 978-85-359-0589-2

 1. Ficção norte-americana I. Título.

04-8003 CDD-813.5

Índice para catálogo sistemático:
1. Ficção : Literatura norte-americana 813.5

Todos os direitos desta edição reservados à
EDITORA SCHWARCZ S.A.
Rua Bandeira Paulista, 702, cj. 32
04532-002 — São Paulo — SP
Telefone (11) 3707-3500
www.companhiadasletras.com.br
www.blogdacompanhia.com.br
facebook.com/companhiadasletras
instagram.com/companhiadasletras
twitter.com/cialetras

O COMPLEXO DE PORTNOY

Complexo de Portnoy (PÓRT-nói) *subs.* [de Alexander Portnoy (1933-)] Quadro mórbido caracterizado por fortes impulsos éticos e altruísticos em constante conflito com anseios sexuais extremos, muitas vezes de natureza pervertida. Segundo Spielvogel, "atos de exibicionismo, voyeurismo, fetichismo, autoerotismo e coito oral são abundantes; em consequência da 'moralidade' do paciente, porém, nem as fantasias nem o ato geram gratificação sexual genuína, mas sim sentimentos avassaladores de vergonha e temor de punição, em particular sob a forma de castração" (O. Spielvogel, "O pênis perplexo", *Internationale Zeitschrift für Psychoanalyse*, vol. XXIV, p. 909). Spielvogel propõe que muitos dos sintomas remontam aos vínculos que se formam no relacionamento entre mãe e filho.

O personagem mais inesquecível que já conheci

Ela estava tão profundamente entranhada em minha consciência que, no primeiro ano na escola, eu tinha a impressão de que todas as professoras eram minha mãe disfarçada. Assim que tocava o sinal ao fim das aulas, eu voltava correndo para casa, na esperança de chegar ao apartamento em que morávamos antes que ela tivesse tempo de se transformar. Invariavelmente ela já estava na cozinha quando eu chegava, preparando leite com biscoitos para mim. No entanto, em vez de me livrar dessas ilusões, essa proeza só fazia crescer minha admiração pelos poderes dela. Além do mais, era sempre um alívio não surpreendê-la entre uma e outra transformação — muito embora eu jamais deixasse de tentar; eu sabia que meu pai e minha irmã nem faziam ideia da natureza real de minha mãe, e o peso da traição que, imaginava eu, recairia sobre meus ombros se alguma vez a pegasse desprevenida seria demais para mim, aos cinco anos de idade.

Creio que eu chegava a temer a possibilidade de ser eliminado caso a flagrasse ao entrar voando pela janela do quarto, vindo da escola, ou então surgindo pouco a pouco, um membro de cada vez, emergindo do estado de invisibilidade, com avental e tudo.

Claro que, quando ela pedia que lhe contasse como tinha sido meu dia no jardim de infância, eu obedecia sem hesitação. Não tinha a menor pretensão de compreender todas as implicações de seu dom de ubiquidade, mas que ele servia para descobrir que espécie de menino eu era em sua ausência — disso não havia dúvida. Uma consequência dessa fantasia, que sobreviveu (dessa forma específica) até a primeira série, foi que, julgando não ter alternativa, me tornei um menino honesto.

Ah, e brilhante, aliás. A respeito de minha irmã mais velha, uma menina gorda, de tez amarelenta, minha mãe costumava dizer (mesmo na presença da própria Hannah, é claro: também minha mãe adotava a honestidade como política): "A menina está longe de ser um gênio, mas a gente não pede o impossível. Que Deus a abençoe, ela é esforçada, dá tudo o que pode, e assim o que ela conseguir está mais do que bom". De mim, que herdara dela o nariz egípcio afilado e a boca inteligente que jamais se calava, de mim ela dizia, com sua moderação característica: "Esse *bonditt*?* Esse não precisa nem abrir o livro — é dez em tudo. É o Albert Einstein Segundo!".

E como meu pai encarava tudo isso? Ele bebia — claro que não uísque, como faria um gói, e sim Nujol e leite de magnésia, e mastigava pastilhas laxantes; e comia All-Bran de manhã à noite; e consumia quilos e quilos de frutas secas. Sofria — e como! — de prisão de ventre. A ubiquidade de minha mãe e a prisão de ventre de meu pai, minha mãe voando pela janela

---

*As notas de tradução, referentes sobretudo a termos em iídiche e nomes pouco familiares ao leitor brasileiro, estão no final deste volume, num glossário organizado em ordem alfabética. (N. E.)

do quarto adentro, meu pai lendo o jornal da tarde com um supositório enfiado lá naquele lugar... São essas, doutor, as primeiras impressões que guardo de meus pais, de seus atributos e segredos. Ele preparava chá de folha de sena seca numa panela, e a isso, junto com o supositório que se derretia invisível em seu reto, se resumia toda a bruxaria dele: fervia aquelas folhas verdes cheias de nervuras, mexia com uma colher o líquido fedorento, coava cuidadosamente e por fim ingeria a beberagem, na tentativa de desbloquear o organismo, com uma expressão de cansaço e sofrimento no rosto. E então, debruçado em silêncio sobre o copo vazio, aguardava o milagre... Quando era bem pequeno, às vezes eu ficava sentado a seu lado na cozinha, esperando também. Mas o milagre nunca acontecia, pelo menos não do modo como imaginávamos e rezávamos para que acontecesse — a suspensão daquela pena, a libertação final daquela praga. Lembro que, quando deu no rádio a notícia da explosão da primeira bomba atômica, ele disse em voz alta: "Quem sabe isso não resolvia meu problema". Mas, para aquele homem, toda e qualquer catarse era inútil: suas *kishkas* viviam comprimidas pela mão de ferro da indignação e da frustração. Entre outros infortúnios seus, eu era o favorito de sua mulher.

Para complicar ainda mais as coisas, ele me adorava. Também ele via em mim a oportunidade de que a família se tornasse "tão boa quanto qualquer outra", de que conquistasse honra e respeito — se bem que, quando eu era pequeno, toda vez que ele falava sobre as esperanças que depositava em mim, praticamente só se exprimisse em termos de dinheiro. "Não seja burro como seu pai, não", ele gracejava, com o menino no colo, "não case por beleza, não case por amor — case por dinheiro." Não, não, ele não gostava nem um pouco de ser encarado com desprezo. Trabalhava feito um camelo — para um futuro que estava destinado a jamais atingir. Ninguém jamais lhe proporcionou a satisfação que ele desejava, que estivesse à altura do que ele lhes dera — nem minha mãe, nem eu, nem mesmo minha irmã, que o adora, e cujo marido ele até hoje considera um comunista (embora tenha se tornado sócio de uma lucrativa fábrica de refrigerantes e seja proprietário da casa em que mora, em West Orange). E por certo nem aquela bilionária empresa (ou "instituição", o termo preferido dentro da própria empresa) protestante que o explorava até não poder mais. "A Instituição Financeira Mais Benévola dos Estados Unidos", meu pai proclamou, ainda lembro, quando me levou pela primeira vez para conhecer o quadrilátero exíguo de mesa e cadeira que ele ocupava nos amplos escritórios da Boston & Northeastern Life. Sim, diante do filho se referia com orgulho à "Companhia"; não faria sentido se humilhar falando mal dela em público — afinal de contas, ela pagara seu salário durante a Depressão; dava papel timbrado com o nome dele impresso abaixo do desenho que representava o *Mayflower*, a insígnia da empresa (e, por extensão, dele, ha ha); e todos os anos, na primavera, num requinte de benevolência, a empresa presenteava a ele e minha mãe com um fim de semana gratuito em Atlantic City, num hotel chiquérrimo de góis, onde ele (junto com todos os outros agentes de seguros atuantes nos estados da região do Meio Atlântico que haviam ultrapassado a expectativa média de vendas daquele ano) se sentia intimidado pelo recepcionista, pelo garçom e pelo mensageiro, para não falar nos perplexos hóspedes pagantes.

Além disso, meu pai acreditava piamente no que vendia, o que era outra fonte de angústia e lhe consumia as energias ainda mais. Não estava apenas salvando a própria alma quando vestia o paletó e punha o chapéu após o almoço e saía para retomar o trabalho — não, estava também tentando salvar algum pobre-diabo cuja apólice de seguro estava prestes a vencer, o que poria em risco a segurança de sua família "se acontecer alguma coisa". "Alex", ele costumava me explicar, "a gente tem que ter uma rede de proteção. A gente não pode deixar a mulher e o filho na corda bamba, sem uma rede de proteção embaixo!" Mas se, para mim, o que ele dizia fazia sentido, era até comovente, essa história da rede de proteção, ao que parecia, nem sempre era bem recebida pelos poloneses broncos, irlandeses truculentos e negros analfabetos que moravam nos bairros pobres onde ele era obrigado a fazer suas rondas em nome d'A Instituição Financeira Mais Benévola dos Estados Unidos.

Lá nos cortiços, as pessoas riam de meu pai. Não lhe davam atenção. Quando ele tocava a campainha, jogavam latas vazias na porta e gritavam: "Vai embora, tem ninguém em casa não". Mandavam o cachorro cravar os dentes na bunda daquele judeu insistente. E no entanto, ano após ano, ele acumulava placas, diplomas e medalhas com que a Companhia reconhecia seu talento de vendedor, numa quantidade tal que chegavam a cobrir toda uma parede do longo corredor sem janelas em que os pratos que usávamos na Páscoa eram guardados em caixotes e nossos tapetes "orientais", embrulhados em papel alcatroado, como múmias, passavam todo o verão. Se meu pai era capaz de arrancar leite das pedras, quem sabe a Companhia não haveria de compensá-lo com um milagre de igual quilate? Quem sabe "o Presidente", lá n'"A Sede", não ficaria sabendo de suas proezas e o promoveria, da noite para o dia, de agente, com salário anual de cinco mil dólares, para gerente regional, ganhando quinze? Entretanto, ele ficava onde sempre estivera. Quem mais conseguiria arrancar tantos frutos de uma terra tão estéril? Além disso, nenhum judeu jamais fora promovido a gerente regional em toda a história da Boston & Northeastern ("Não É Bem Da Nossa Classe, Meu Caro", como se dizia a bordo do *Mayflower*), e meu pai, que só tinha o secundário completo, não era exatamente o homem perfeito para se tornar o Jackie Robinson do mercado de seguros.

Havia um retrato de N. Everett Lindabury, o presidente da Boston & Northeastern, na parede de nosso corredor. Meu pai ganhara aquela fotografia emoldurada ao completar um milhão de dólares em apólices vendidas — ou teria sido dez milhões? "O senhor Lindabury", "A Sede"... Quando meu pai pronunciava essas palavras, para mim era como se estivesse se referindo a Roosevelt na Casa Branca em Washington... e ao mesmo tempo como ele odiava toda aquela gente, principalmente Lindabury, com seu cabelo louro como o milho, seu inglês impecável da Nova Inglaterra, os filhos estudando em Harvard e as filhas em colégios suíços, ah, toda aquela gente lá em Massachusetts, aqueles *shkotzim* caçando raposas! Jogando polo! (ouvi-o gritando essas coisas uma noite, através da porta do quarto do casal) — e desse modo impedindo, o senhor entende, que meu pai se tornasse um herói para a mulher e os filhos. Que raiva! Que fúria! E não tinha em que descarregar tudo aquilo — só nele mesmo. "Por que é que meu intestino não funciona — estou cheio de ameixa até o cu! Por que é que eu tenho tanta dor de cabeça! Cadê meus óculos! Quem pegou o meu chapéu!"

Era assim, com essa ferocidade autodestrutiva com que tantos homens judeus de sua geração se matavam por suas famílias, que meu pai se matava por minha mãe, minha irmã Hannah e, acima de tudo, por mim. Se ele vivia prisioneiro, eu haveria de voar: era esse seu sonho. O meu era o corolário do dele: ao me libertar, eu o libertaria — da ignorância, da exploração, do anonimato. Até hoje, em minha imaginação meu destino permanece atrelado ao dele, e volta e meia, ao deparar com uma passagem num livro que me impressiona pelo que há nela de lógico ou sábio, na mesma hora, sem querer, penso: "Ah, se ele pudesse ler *isto*. É! Ler e compreender...!". Até hoje tenho essas esperanças, tenho esses anseios, como o senhor vê, aos trinta e três anos de idade... Nos meus tempos de calouro na faculdade, quando eu era ainda mais do que hoje o filho que tentava fazer o pai compreender — naquele tempo em que, para mim, era uma questão de vida ou morte ele compreender —, lembro que uma vez arranquei o formulário de assinatura de uma revista intelectual que eu próprio acabara de descobrir na biblioteca da faculdade, preenchi com o nome de meu pai e nosso endereço e o coloquei no correio anonimamente. Mas quando, nos feriados de Natal, fui, emburrado, visitar e criticar minha família, não encontrei nenhum exemplar da *Partisan Review*. Lá estavam *Collier's*, *Hygeia*, *Look*, mas onde estaria a *Partisan Review*? Certamente ele tinha jogado fora a revista sem nem sequer abrir — pensei, arrogante e inconsolável —, sem ler, sem lhe dar importância, esse meu pai *schmuck*, idiota, filisteu!

Lembro — para recuar ainda mais nessa minha história de desilusão —, lembro uma manhã de domingo em que lancei uma bola de beisebol em direção a meu pai e depois fiquei aguardando em vão que ele a rebatesse bem alto, muito acima de minha cabeça. Estou com oito anos, acabo de ganhar de aniversário minha primeira luva e bola de beisebol, bem como um taco profissional que mal consigo levantar direito. Meu pai está na rua desde cedo, de chapéu, paletó, gravata-borboleta e sapatos pretos, levando debaixo do braço o livro negro e volumoso em que está anotado quem deve quanto ao sr. Lindabury. Ele vai ao bairro dos negros toda manhã de domingo, porque, ele me explica, é a hora mais oportuna para pegar desprevenidos os que não estão muito dispostos a entregar os míseros dez ou quinze centavos necessários para manter em dia o pagamento do prêmio. Meu pai vai às ruas onde os maridos ficam sentados pegando sol e tenta arrancar deles algumas moedas antes que se embriaguem com vinho; sai na disparada dos becos para surpreender as arrumadeiras carolas que passam os dias úteis trabalhando em casas alheias e que dele se escondem nas noites dos dias de semana, na hora em que estão voltando da igreja para casa. "Ih", alguém exclama, "olha lá o moço dos seguros!", e até mesmo as crianças fogem correndo — as *crianças*, diz ele, indignado, agora me digam vocês como é que esses crioulos vão melhorar de vida desse jeito? Como é que eles vão progredir se não compreendem nem mesmo a importância do seguro de vida? Será que eles estão cagando completamente para os entes queridos que vão deixar no mundo? Porque "eles vai tudo morrer", sim — "ah", exclama, irritado, "vai tudo morrer morridinho, sim sinhô!", agora me digam, que espécie de homem é capaz de deixar os filhos na corda bamba, sem uma rede de proteção decente!

Estamos no campo grande de terra batida nos fundos da minha escola. Meu pai põe no chão o livro de registro e vai até a base principal, de paletó e chapéu de feltro marrom. Usa óculos de armação metálica quadrada, e o cabelo (tal como o meu agora) é um matagal com a cor e a textura de palha de aço; e aqueles dentes que passam a noite inteira dentro de um copo no banheiro, sorrindo para a privada, agora sorriem para mim, o amor da vida dele, sangue do seu sangue, o menininho que estará sempre amparado por uma rede de proteção. "Vamos lá, campeão", diz ele, e segura meu novo taco profissional mais ou menos no meio — e, para meu espanto, com a mão esquerda no lugar onde deveria estar a direita. De repente uma tristeza enorme me domina: tenho vontade de lhe dizer: *Ei, suas mãos estão erradas*, mas não consigo, com medo de começar a chorar — ou então de fazer meu pai chorar! "Vamos lá, campeão, manda essa bola", ele grita, e eu também — e assim descubro que, além de todas as outras coisas que estou começando a imaginar a respeito de meu pai, ele também está longe de ser um segundo "King Kong" Charlie Keller.

Bela rede de proteção.

Era minha mãe que era capaz de fazer qualquer coisa; ela própria tinha de reconhecer que talvez fosse mesmo boa demais. E como um menino com a minha inteligência, com meus poderes de observação, poderia duvidar dessa avaliação? Ela sabia fazer, por exemplo, gelatina com fatias de pêssego suspensas dentro, pêssegos que simplesmente *flutuavam*, desafiando a lei da gravidade. Ela sabia fazer um bolo com gosto de banana. Chorando, sofrendo, ralava raiz-forte em vez de comprar pronta na loja. Vigiava o açougueiro "como um gavião", para usar suas próprias palavras, para que ele não deixasse de passar no moedor *kosher* a carne que ela comprava. Telefonava para todas as mulheres do prédio que tinham pendurado roupa na corda dos fundos — até mesmo para a gói divorciada do andar de cima, num dia em que estava particularmente magnânima — dizendo que era para ir correndo pegar a roupa, que uma gota de chuva tinha acabado de cair na nossa vidraça. Que radar, aquela mulher! E isso *antes* mesmo de inventarem o radar! A energia que havia nela! O perfeccionismo! Examinava todas as minhas contas para ver se não havia nenhum erro; minhas meias, à procura de furos; minhas unhas, meu pescoço, todas as dobras de meu corpo, à procura de sujeira. Chega mesmo a dragar os recantos mais inacessíveis de meus ouvidos derramando água oxigenada gelada dentro deles. O líquido fervilha feito refrigerante, e traz à tona, aos pedaços, depósitos ocultos de cera amarela, a qual, segundo ela, pode danificar a audição. Um procedimento terapêutico desse tipo (ainda que pseudocientífico) leva tempo, é claro; exige empenho, sem dúvida — mas quando estão em jogo a saúde e a limpeza, os micróbios e as secreções corpóreas, ela não mede esforços para que os outros não sejam prejudicados. Acende velas para os mortos — os outros sempre esquecem, ela se lembra religiosamente, sem precisar de nenhuma anotação no calendário. A devoção está em seu sangue. Pelo visto minha mãe é a única, segundo ela própria, que quando vai ao cemitério tem "o bom senso", "o mínimo de respeito", de arrancar o capim que brotou nas sepulturas de nossos parentes. Quando chega o primeiro dia de sol da primavera, ela já protegeu com naftalina tudo o que há de lã na nossa casa, já enrolou e amarrou os tapetes e os arrastou até a sala de troféus de meu pai. Ela jamais passa vergonha com a casa: um desconhecido pode entrar a qualquer momento e abrir qualquer armário, qualquer gaveta, que não há de encontrar nada capaz de envergonhá-la. Seria possível até comer direto no chão do banheiro dela, se algum dia isso fosse necessário. Quando perde uma partida de majongue, ela aceita a derrota com espírito esportivo, e-não-como--certas-pessoas-que-ela-podia-até-dar-os-nomes-delas-só-que--não-quer-nem-mesmo-a-Tilly-Hochman-é-uma-coisa-mesquinha-demais-de-se-comentar-melhor-mudar-de-assunto. Ela costura, faz tricô, sabe cerzir — passa roupa melhor até do que a *schvartze*, para a qual, de todas as amigas que dividem a propriedade dessa preta velha sorridente e infantil, só ela é boa. "Eu sou a única que é boa pra ela. Só eu dou a ela uma lata inteira de atum no almoço, e não é *dreck* não, senhor, é da marca Chicken of the Sea, Alex. Me desculpa, mas não sei ser miserável. Me desculpa, mas não sei viver assim, mesmo que eu me dê mal. A Esther Wasserberg deixa vinte e cinco centavos em moedas de cinco espalhadas pela casa cada vez que a Dorothy vai lá, e depois conta tudo para ver se não falta nenhuma. Pode ser que eu seja boa demais", ela cochicha para mim, enquanto derrama água escaldante no prato em que a faxineira acaba de almoçar, sozinha como uma leprosa, "mas eu não sou capaz de fazer uma coisa dessas." Uma vez Dorothy entrou na cozinha quando minha mãe ainda estava com a mão na torneira de água quente, despejando torrentes sobre os talheres que haviam tido contato com os lábios grossos e róseos da *schvartze*. "Ah, você sabe como é difícil desgrudar maionese dos talheres hoje em dia, Dorothy", diz minha mãe, de língua sempre ágil — e assim, ela me explica depois, por saber pensar rápido, não magoou a mulher de cor.

Quando me comporto mal, sou trancado do lado de fora do apartamento. Fico esmurrando a porta sem parar, até jurar que vou me corrigir. Mas o que foi que eu fiz? Engraxo meus sapatos numa folha do jornal da véspera cuidadosamente estendida no chão de linóleo; depois jamais esqueço de deixar bem tampada a lata de graxa e guardar direitinho todo o equipamento no lugar certo. Sempre aperto o tubo de pasta de dentes bem junto à base, escovo os dentes com movimentos circulares, nunca na vertical, digo "obrigado", digo "de nada", digo "desculpe" e sempre peço: "posso?". Quando Hannah não pode porque está doente ou porque saiu, com sua latinha azul, para recolher dinheiro para o Fundo Nacional Judaico, sempre ponho a mesa, mesmo não sendo a minha vez, colocando a faca e a colher do lado direito, o garfo do esquerdo, o guardanapo à esquerda do garfo, dobrado de modo a formar um triângulo. Nunca misturo *milchiks* com *flaishedigeh*, nunca, jamais, em tempo algum. No entanto, há um período de mais ou menos um ano na minha vida em que cometo todo mês uma falta tão imperdoável que recebo ordem de fazer minha mala e ir embora. Mas o que poderia ser? Mamãe, sou eu, o menininho que, antes de começarem as aulas, passa noites inteiras escrevendo, com lindas letras góticas, os nomes das matérias nas divisórias coloridas do fichário, que pacientemente cola reforços nas folhas de três furos, umas pautadas e outras sem pauta, em quantidade suficiente para todo o semestre. Tenho sempre comigo um pente e um lenço limpo; nunca deixo minhas meias ficarem caídas sobre os sapatos; apronto o meu dever de casa semanas antes do prazo de entrega — convenhamos, mãe: eu sou o menininho mais inteligente e mais asseado da história da minha escola! Ao final do dia, as professoras (a senhora sabe, elas já lhe disseram isso) vão felizes ao encontro de seus maridos por minha causa. Então o que foi que eu fiz? Quem puder responder a essa pergunta, por favor fique em pé! Sou tão horrível que ela não suporta minha presença na casa dela *nem mais um minuto*. Quando, uma vez, chamei minha irmã de coconilda, minha boca foi imediatamente esfregada com sabão escuro de lavar roupa; isso eu compreendo. Mas o degredo? O que eu poderia ter feito?

Como ela é boazinha, minha mãe vai preparar um lanche para eu levar, mas depois tenho de ir embora, de casaco e galochas, e o que vier a acontecer não é mais da conta dela.

Está bem, digo, se é isso que a senhora quer! (Pois também eu sou chegado a um melodrama — não é à toa que faço parte dessa família.) Não preciso de lanche nenhum! Não preciso de nada!

Não gosto mais de você, um garotinho capaz de fazer o que você fez. Vou ficar aqui sozinha com o papai e a Hannah, diz minha mãe (que é mestra em falar as coisas de modo calculado para fazer o máximo de estrago). A Hannah sabe preparar o jogo de majongue quando as minhas amigas vêm na terça-feira. Não vamos mais precisar de você.

Eu não ligo! E saio porta afora, no corredor comprido e escuro. Eu não ligo! Vou vender jornais na rua descalço. Vou para onde quiser em trens de carga e vou dormir no campo aberto, penso — mas basta a visão das garrafas de leite vazias junto ao capacho de nosso apartamento para que a enormidade do que acaba de ocorrer estoure sobre a minha cabeça. "Odeio você!", grito, chutando a porta com galocha e tudo; "sua cadela!". Diante de tamanho horror, dessa heresia que ecoa pelos corredores do prédio em que ela disputa com vinte outras mulheres judias a posição de santa padroeira do autossacrifício, minha mãe é obrigada a passar o trinco. É nesse ponto que começo a esmurrar a porta implorando para que ela me deixe entrar. Caio sobre o capacho pedindo perdão por meu pecado (mas qual foi mesmo o meu pecado?) e prometo ser absolutamente perfeito pelo resto de nossas vidas, que naquela época me parecem infinitas.

Além disso, às vezes, na hora do jantar, me recuso a comer. Minha irmã, que é quatro anos mais velha do que eu, garante que minhas lembranças correspondem ao que de fato acontecia: eu me recusava a comer e minha mãe não conseguia aceitar tamanho capricho — e tamanha idiotice. Não conseguia, *para o meu próprio bem*. Ela só está me pedindo para fazer uma coisa para o meu próprio bem — e mesmo assim eu digo *não*? A ela, que seria capaz de tirar comida de sua própria boca para me dar, será que ainda não percebi isso?

Mas eu não quero a comida que está na sua boca. Não quero nem mesmo a que está no meu prato — aliás, o problema é justo esse.

Onde já se viu! Uma criança com o meu potencial! Que já fez o que eu já fiz! Com o meu futuro! — todos os talentos que Deus derramou sobre mim, beleza, inteligência, então é possível deixar que eu me julgue no direito de ficar sem comer até morrer de fome sem nenhum motivo?

Será que eu quero que as pessoas passem a vida inteira me olhando com desprezo, como um garotinho magricela, em vez de admirar um homem-feito?

Será que eu quero que todo mundo me empurre de um lado para outro, fazendo troça, que eu quero ser pele e osso, um porcaria que qualquer um derruba com um peteleco, em vez de inspirar respeito?

O que é que eu quero ser quando crescer: fraco ou forte, um indivíduo de sucesso ou um fracassado, um homem ou um rato?

Eu não quero é comer, só isso, respondo.

Então minha mãe senta-se numa cadeira a meu lado com uma faca de pão comprida na mão. A faca é de aço inoxidável, com pequenos dentes de serra. O que é que eu quero ser, fraco ou forte, um homem ou um rato? Doutor, me diga, como é que pode, *como* é que pode, uma mãe ameaçar com uma faca seu próprio filho? Estou com seis, sete anos de idade, como é que eu posso saber que ela não seria capaz de usá-la? O que é que eu posso fazer, tentar blefar com ela, aos sete anos de idade? Eu ainda não desenvolvi nenhuma concepção mais complexa de estratégia, pelo amor de Deus — provavelmente não peso nem trinta quilos ainda! Alguém brande uma faca na minha direção, eu concluo que alguém tem a intenção de tirar sangue de mim! Mas *como*? O que será que está se passando *dentro da cabeça dela*? Será que ela é louca de pedra? E se ela me deixasse ganhar — o que ela teria perdido? Por que uma faca, por que uma ameaça de *assassinato*, por que essa necessidade de uma vitória tão total e arrasadora — se ontem mesmo ela largou o ferro de passar na tábua para *bater palmas* enquanto eu corria pela cozinha ensaiando meu papel de Cristóvão Colombo na montagem que a terceira série está fazendo de *Land ho*! Sou a estrela da turma, ninguém pode montar uma peça sem mim. Ah, bem que tentaram uma vez, quando eu estava com bronquite, mas depois minha professora confidenciou a minha mãe que o espetáculo foi realmente uma bomba. Ah, como, como ela pode passar tantas tardes magníficas naquela cozinha, lustrando as pratarias, preparando iscas de fígado, enfiando um elástico novo na cintura da minha cuequinha — e, munida do texto mimeografado, dando todas as deixas do meu personagem, ela é a rainha Isabel, e eu, Colombo, ela é Betsy Ross, e eu, Washington, ela é Marie Pasteur, e eu, Louis — como é que ela pode ascender comigo até os píncaros da minha genialidade naqueles deliciosos fins de tarde depois da escola e depois à

noite, porque não quero comer um prato de vagens com batata cozida, apontar uma faca de pão para o meu coração?
E como é que meu pai não faz nada?

Bronha

Então chegou a adolescência — metade do tempo eu passava trancado dentro do banheiro, disparando porra dentro da privada, ou nas roupas sujas no cesto, ou *plaft*, bem no espelho do armário de remédios, diante do qual eu me colocava, a cueca baixada, para ver como era que a coisa saía. Ou então debruçado sobre meu punho certeiro, os olhos bem fechados mas a boca escancarada, para receber na língua e nos dentes aquele molho espesso de creme de leite com água sanitária — se bem que não raro, em meu êxtase cego, tudo ia parar no meu topete, como se fosse uma rajada de brilcreme. Num mundo de lenços amarfanhados, Kleenex amassados e pijamas manchados, eu brandia meu pênis esfolado e inchado, presa constante do terror de que minha infâmia fosse descoberta por alguém que me surpreendesse na hora exata de esporrar. Não obstante, eu era de todo incapaz de manter as patas longe do pau no momento em que ele começava a subir em direção à barriga. No meio da aula eu levantava a mão e pedia licença para sair, ia correndo até o banheiro e, com dez ou quinze sacudidas desesperadas, gozava em pé diante do mictório. Nas tardes de sábado, no cinema, eu me levantava, dizendo aos amigos que ia comprar balas — e ia parar numa poltrona remota, no balcão, vertendo minha semente dentro de um embrulho vazio de barra de chocolate. Uma vez, num passeio da nossa associação de famílias, cortei fora o centro de uma maçã, vi com espanto (e com a ajuda da minha obsessão) o que aquilo parecia e corri para o meio do mato para atacar o orifício aberto no centro da fruta, fazendo de conta que aquele buraco fresco e mole ficava entre as pernas daquele ser mítico que sempre me chamava de Garotão quando pedia que eu lhe desse o que nenhuma garota, em toda a história do mundo, jamais experimentara. "Ah, me arromba toda, Garotão", gemia a maçã descaroçada em quem dei uma surra de pica naquele piquenique. "Garotão, Garotão, ah, me dá tudo que você tem", implorava a garrafa de leite vazia que eu escondia no nosso depósito no porão, a qual eu enlouquecia depois das aulas com minha jeba untada de vaselina. "Goza, Garotão, goza", gritava o pedaço de fígado ensandecido que eu, num momento de delírio, comprei no açougue e, acredite ou não, violei atrás de um cartaz de rua a caminho de meu curso preparatório de *bar mitzvah*.

Foi no final do meu ano de calouro no colegial — e de calouro também em matéria de masturbação — que descobri, na parte ventral do meu pênis, no exato lugar em que tem início a cabeça, uma manchinha que foi posteriormente diagnosticada como uma sarda. Câncer. Eu havia provocado um *câncer*. De tanto puxar e esfregar minha própria carne, de tanto atrito, eu arranjara uma doença incurável. E antes mesmo dos quatorze anos! Na cama, à noite, as lágrimas jorravam de meus olhos. "Não!", eu soluçava. "Não quero morrer! Por favor — não!" Mas, já que em pouco tempo eu ia estar reduzido a um cadáver mesmo, eu tocava em frente como todas as noites e terminava ejaculando dentro da meia. Tinha adquirido o hábito de levar meias sujas para a cama, a fim de usar um pé como receptáculo ao me deitar e o outro ao despertar.

Se ao menos eu pudesse me contentar com uma punheta por dia, ou no máximo duas, até mesmo três! Mas, como meu destino parecia selado, comecei a estabelecer novos recordes.

Antes das refeições. Após as refeições. *Durante* as refeições. Em pleno jantar, me levanto de um salto, apertando o ventre num gesto trágico — diarreia! exclamo, estou com diarreia! — e, tendo trancado a porta do banheiro, coloco na cabeça uma calcinha que roubei da gaveta de minha irmã e levo dobrada dentro do lenço no bolso. É tão eletrizante o contato de uma calcinha de algodão com minha boca — tão eletrizante o efeito da *palavra* "calcinha" — que a trajetória da minha ejaculação atinge uma altitude surpreendente: disparando como um foguete de minha vara, ela sobe e, para meu deslumbramento e pavor, acerta em cheio a lâmpada no teto, e a ela se gruda. No primeiro instante, em pânico, cubro a cabeça, temendo uma explosão de vidro, labaredas — como se vê, estou sempre aguardando uma catástrofe. Depois, fazendo o mínimo de barulho, subo e retiro a gosma fervilhante com um pedaço de papel higiênico. Começo a examinar com cuidado a cortina do boxe, a banheira, os ladrilhos do chão, as quatro escovas de dente — Deus me livre! —, e no momento exato em que vou destrancar a porta, imaginando não ter deixado nenhuma pista, sinto uma pontada no coração ao ver o que pende do bico de meu sapato, como uma meleca. Sou o Raskolnikov do autoerotismo — a pegajosa prova do crime está em todos os lugares! Estará também nos punhos da minha camisa? no meu *cabelo*? na minha *orelha*? Todos esses pensamentos passam por minha cabeça enquanto volto para a mesa da copa, de cara fechada, mal-humorado, resmungando indignado para o meu pai quando ele abre a boca cheia de gelatina vermelha e diz: "Não entendo por que você vive trancando porta. Isso está além da minha compreensão. Afinal, isso aqui é uma casa ou é uma estação de trem?". "... privacidade... um ser humano... aqui nessa casa *nunca*", respondo, depois empurro minha sobremesa para o lado e grito: "Não estou me sentindo bem — *será que dava pra vocês me deixarem em paz?*".

Depois da sobremesa — que eu como até o fim, porque gosto de gelatina, embora deteste minha família —, depois da sobremesa já estou de volta ao banheiro. Mergulho na roupa suja da semana até encontrar um sutiã usado da minha irmã. Amarro uma das alças na maçaneta da porta do banheiro e a outra na maçaneta do armário de roupa de cama: um espantalho para atrair mais sonhos. "Ah, me arrebenta toda, Garotão, me deixa em carne viva..." É nesses termos que me instigam os dois pequenos cones do sutiã de Hannah, quando um jornal enrolado bate contra a porta. E faz minha mão cheia e eu irmos parar a dois centímetros da privada. "... Sai daí, deixa os outros usarem essa privada também, por favor", diz meu pai. "Meu intestino não funciona há uma semana."

Recupero meu equilíbrio, como sempre, com uma explosão de indignação. "Eu estou com uma tremenda diarreia! Será que ninguém nessa casa entende isso?" — nesse ínterim retomando meu ritmo, até mesmo acelerando, enquanto meu órgão canceroso milagrosamente começa a estremecer de dentro para fora outra vez.

Então o sutiã de Hannah *começa a se mexer*. A balançar de um lado para outro! Fecho os olhos, e pronto — Lenore Lapidus! Dona dos maiores peitos da minha turma, correndo para pegar o ônibus depois da aula, com aqueles grandes volumes intocáveis a se moverem pesados dentro da blusa, ah, eu os invoco a saírem dos cones, a se derramarem, SÃO OS PEITOS DE LENORE LAPIDUS, e me dou conta, na mesma fração de segundo, que minha mãe está sacudindo com força a maçaneta. A maçaneta da porta que finalmente me esqueci de trancar! Eu sabia que isso ia acabar acontecendo algum dia! *Apanhado em flagrante!* É *a morte!*

"Abre a porta, Alex. Quero que você abra agora mesmo."

Está trancada, eu *não* fui apanhado! E vejo, olhando para o que está vivo na minha mão, que também ainda não estou morto. Então vamos em frente! Mais! "Me lambe, Garotão — me dá uma lambida gostosa! Eu sou o sutiã quente da Lenore!"

"Alex, me responda. Você comeu batata frita depois da aula? É por isso que você está passando mal desse jeito?"

"Nãã, nãã."

"Alex, você está sentindo dor? Quer que chame o médico? Você está ou não está sentindo dor? Me diga exatamente onde está doendo. *Me responda.*"

"Eeh, eeh..."

"Alex, não quero que você dê a descarga", diz minha mãe, muito séria. "Quero ver o que você fez aí dentro. Não estou gostando nada disso."

"E eu", diz meu pai, empolgado como sempre com os meus feitos — com um misto de admiração e inveja —, "que há uma semana o meu intestino não funciona!", no momento exato em que me inclino para a frente, sentado no vaso, e com um gemido de um animal espancado esguicho três gotas quase totalmente líquidas no pedacinho de pano em que minha irmã de dezoito anos guarda os parcos seios que tem. É meu quarto orgasmo do dia. Quando é que vai começar a sair sangue?

"Entra aqui, faça-me o favor", diz minha mãe. "Por que foi que você puxou a descarga se eu mandei não puxar?"

"Esqueci."

"O que é que tinha aí dentro que você mais que depressa puxou a descarga?"

"Diarreia."

"Era mais para líquido ou a caquinha era mais grossa?"

"Não sei! Não olhei! Para de falar 'caquinha' comigo — eu já estou no colegial!"

"E você não grita comigo não, Alex. Se você está com diarreia, a culpa não é minha, não, isso eu garanto. Se você só comesse a comida aqui de casa, você não vivia indo ao banheiro cinquenta vezes por dia. A Hannah me contou o que você anda fazendo, por isso não fica achando que eu não sei."

Ela deu pela falta da calcinha! *Me pegaram!* Ah, eu queria morrer! Melhor morrer!

"É? E o que é que eu ando fazendo...?"

"Você vive comendo cachorro-quente e outras *chazerai* lá no Harold's, e come batata frita com o Melvin Weiner. É ou não é? Não mente pra mim. É ou não é verdade que você enche a barriga de batata frita e *ketchup* lá na Hawthorne Avenue depois da aula? Jack, vem aqui, quero que você ouça isso", grita ela a meu pai, que agora está ocupando o banheiro.

"Olha, estou tentando fazer meu intestino funcionar", ele responde. "Era só o que faltava, gritar comigo quando estou tentando fazer meu intestino funcionar."

"Sabe o que o seu filho faz depois da escola, o aluno que só tira dez, tão adulto que a mãe dele nem pode mais falar caquinha com ele? Sabe o que o seu filho crescido faz quando ninguém está vendo?"

"Será que não dá pra me deixar em paz, por favor?", exclama meu pai. "Será que eu não posso ter um pouco de paz pra conseguir fazer alguma coisa?"

"Espera só seu pai ficar sabendo o que você faz, contra todos os princípios de alimentação saudável. Alex, responde uma coisa. Você que é tão inteligente, que sabe a resposta de tudo, me diga uma coisa: por que é que você acha que o Melvin Weiner ficou com colite? Por que é que esse menino passou metade da vida dele no hospital?"

"Porque ele come *chazerai*."

"Não ouse debochar de mim!"

"Está bem", eu grito, "então por que é que ele ficou com colite?"

"Porque ele come *chazerai*! Mas não é piada não! Porque

refeição pra ele é uma barra de chocolate e uma garrafa de Pepsi. Porque o café da manhã dele, sabe o que é? A refeição mais importante do dia — e não é só a sua mãe quem diz isso não, Alex, mas os maiores nutricionistas —, sabe o que é que esse menino come?"

"Sonho."

"Sonho é a resposta certa, doutor Sabe-Tudo. E *café*. Um café e um sonho, é assim que esse *pisher* de treze anos que só tem metade do estômago começa o dia. Mas você, graças a Deus, você teve uma educação diferente. Você não tem uma mãe que vive saracoteando pela cidade, como algumas pessoas que se quisesse eu até dava o nome, quando não está no Bam's está no Hahne's ou no Kresge's. Alex, me diz, se não é um mistério, ou então sou eu que sou burra — mas me diz, o que é que você está tentando fazer, o que é que você está tentando provar, enchendo a barriga de porcaria em vez de vir pra casa comer um biscoito de semente de papoula e tomar um copo de leite? Eu quero que você diga a verdade. Não conto pro seu pai", diz ela, baixando a voz, insinuante, "mas *exijo* que você me diga a verdade." Pausa. Também insinuante. "É só batata frita, meu amor, ou tem mais alguma coisa?... Me diz, por favor, que outras porcarias você está pondo na boca, pra gente botar essa diarreia em pratos limpos! Quero uma resposta direta de você, Alex. Você anda comendo hambúrguer na rua? Me responde, faça o favor, foi por isso que você puxou a descarga — porque tinha hambúrguer ali?"

"Eu já disse — eu não fico olhando dentro da privada quando dou a descarga! Eu não sou que nem a senhora, que se interessa pela caquinha dos outros!"

"Ah, ah, ah — treze anos e já tem uma língua assim! Dizer uma coisa dessas para uma pessoa que só está preocupada com a *sua* saúde, com o *seu* bem!" É de tal modo inexplicável aquela situação que seus olhos se enchem de lágrimas. "Alex, por que é que você está ficando assim? Me dá uma pista! Me diz, por favor, que coisas horríveis a gente fez com você a vida toda para você nos tratar assim agora?" Creio que ela julga estar fazendo uma pergunta original. Creio que a pergunta lhe parece irrespondível. E o pior de tudo é que eu concordo com ela. Afinal, o que foi que eles fizeram comigo a vida toda, se não se sacrificar? No entanto, é justamente essa a coisa horrível que não consigo entender — até hoje, doutor! Até hoje!

Reteso os músculos, me preparando para os cochichos. Sei com meia hora de antecedência quando os cochichos vão começar. Agora vamos conversar sobre as dores de cabeça de meu pai.

"Alex, sabe que hoje ele teve uma dor de cabeça tão forte que nem conseguia enxergar direito?" Ela vai ver se meu pai não está mesmo ouvindo. Deus nos livre de ele ouvir comentários sobre o estado crítico de sua saúde, ele vai dizer que é exagero. "Ele não vai fazer exame semana que vem pra ver se está com um tumor?"

"Vai?"

"'Traga ele aqui', o médico falou, 'que eu vou fazer um exame pra ver se ele está com um tumor'."

Sucesso. Estou chorando. Não há nenhum motivo para eu estar chorando, mas nesta casa todo mundo tenta dar uma boa chorada pelo menos uma vez por dia. Meu pai, é preciso explicar — se bem que certamente o senhor já entendeu: boa parte da humanidade, e da sua clientela também, imagino, é composta de chantagistas —, meu pai está indo fazer esse exame semana que vem desde que me entendo por gente. Se a cabeça dele dói o tempo todo é, naturalmente, porque ele vive com prisão de ventre — e se ele vive com prisão de ventre é porque seu intestino é propriedade da firma Medo, Preocupação & Frustração. É bem verdade que uma vez um médico disse a minha mãe que ia examinar meu pai para ver se ele tinha um tumor

— se era isso que ela queria, foi o que o doutor acrescentou, se não me engano; porém observou que seria mais barato, e por certo mais eficiente, investir numa ducha de lavagem. No entanto, mesmo eu sabendo de tudo isso, continua sendo devastadora a imagem de meu pai com o crânio estourado por um tumor maligno.

É, ela me tem na palma da mão, e sabe que tem. Esqueço por completo de meu próprio câncer, dominado que estou pelo sofrimento — agora tal como naquela época —, quando penso que tanta coisa na vida dele sempre esteve (para usar a expressão muito precisa que ele sempre empregava) além de sua compreensão. E do alcance dele também. Não tinha dinheiro, não tinha instrução, não tinha um idioma, não tinha conhecimentos, tinha curiosidade sem cultura, motivação sem oportunidade, experiência sem sabedoria... As limitações de meu pai facilmente me fazem chorar. E, com a mesma facilidade, me enchem de raiva!

Uma pessoa que meu pai sempre apontava como um modelo para mim era o produtor de teatro Billy Rose. Segundo Walter Winchell, foi porque Billy Rose sabia estenografia que Bernard Baruch o contratou como secretário — e, por esse motivo, quando eu estava no colegial meu pai vivia me aporrinhando para que eu fizesse um curso de estenografia. "Alex, quem seria o Billy Rose hoje se não soubesse estenografia? Ninguém! Então por que você *briga* comigo?" Antes disso, brigávamos por causa do piano. Embora em sua casa não houvesse vitrola nem discos, ele tinha convicções categóricas a respeito de instrumentos musicais. "Não entendo por que você não quer aprender a tocar um instrumento, está além da minha compreensão. A sua prima Toby senta no piano e tira qualquer música que você pedir. É só ela sentar e tocar 'Tea for Two' que todo mundo vira amigo dela. Essa é uma que nunca vai ficar sozinha, Alex, que sempre vai ser popular. Me diz que você vai estudar piano que amanhã mesmo eu ponho um aqui dentro. Alex, você está me ouvindo? Eu estou lhe oferecendo uma coisa que pode mudar toda sua vida!"

Mas o que ele tinha a me oferecer, eu não queria — e o que eu queria, ele não podia me oferecer. Por outro lado, isso não é tão raro assim, não é? Então por que continua a causar tanta dor? Tantos anos depois! Doutor, devo me livrar do quê, me diga: do ódio... ou do amor? Porque ainda nem comecei a enumerar as coisas de que me lembro com prazer — ou seja, com um sentimento arrebatador, corrosivo de perda! Todas essas lembranças que de algum modo parecem estar associadas à hora do dia, ao tempo que estava fazendo, que me surgem na consciência de repente, tão pungentes que, por um instante, não estou no metrô, nem no escritório, nem jantando com uma moça bonita, e sim de volta à minha infância, *com eles*. Lembranças de coisas sem nenhuma importância — e no entanto é como se fossem momentos históricos, tão cruciais para meu ser quanto o momento em que fui concebido; é como se eu me lembrasse do espermatozoide do meu pai se enfiando no óvulo de minha mãe, de tão lancinante é o meu sentimento de gratidão — sim, a *minha* gratidão! —, tão imenso e incondicional é o meu amor. Isso mesmo, *eu* tenho amor intenso e incondicional! Estou na cozinha, em pé (talvez em pé pela primeira vez na minha vida), minha mãe aponta — "Olha lá fora, neném" — e eu olho; ela diz: "Está vendo? O céu roxo? *Um céu de outono de verdade*". O primeiro poema que ouvi na minha vida! E até hoje me lembro! Um céu de outono de verdade... É um dia gelado de janeiro, cair da tarde — ah, essas lembranças de crepúsculos ainda vão me matar um dia, pão de centeio com gordura de galinha para forrar meu estômago até a hora do jantar, e a lua já no céu, vista pela janela da cozinha —, acabo de entrar em casa, as bochechas quentes e vermelhas, com um dólar no bolso, que ganhei tirando neve da calçada: "Sabe o que você vai ganhar no jantar", diz minha mãe, amorosa, "por ser um garotinho tão trabalhador? A comida de inverno que você mais gosta. Cozido de carneiro". É noite: após um domingo em Nova York, depois de uma ida ao Radio City e a Chinatown, estamos voltando para casa, passando pela ponte George Washington — o túnel Holland faz a ligação direta entre Pell Street e Jersey City, mas eu insisto que quero passar pela ponte, e como minha mãe acha que seria "educativo" meu pai é obrigado a dar uma volta de uns quinze quilômetros para chegar a nossa casa. No banco da frente, minha irmã conta em voz alta os suportes dos maravilhosos cabos educativos, enquanto eu, no banco de trás, durmo com o rosto virado para o casaco de minha mãe, de pele de foca preta. Em Lakewood, onde passamos um fim de semana no inverno com os membros do Clube de Buraco de que meus pais fazem parte, durmo numa cama de casal com meu pai, enquanto minha mãe e Hannah ficam abraçadinhas uma na outra. Ao nascer do dia meu pai me acorda e, como se fôssemos prisioneiros fugindo da cadeia, sem fazer o menor ruído nos vestimos e saímos do quarto. "Vem", ele sussurra, fazendo sinal para que eu vista o casaco e ponha a orelheira, "quero te mostrar uma coisa. Sabia que eu trabalhei como garçom aqui em Lakewood quando eu tinha dezesseis anos?" Saímos do hotel, e ele aponta para o bosque silencioso, tão bonito. "Que tal?", diz ele. Caminhamos juntos — "em passo acelerado" — em torno de um lago prateado. "Respira fundo. Sente esse cheiro de pinheiro. Esse é o melhor ar do mundo, ar de inverno com cheiro de pinheiro." *Ar de inverno com cheiro de pinheiro* — não é só minha mãe que é poeta, não! Fico emocionado, como se fosse filho de Wordsworth!... No verão, ele permanece na cidade enquanto nós três passamos um mês num quarto mobiliado na praia. Ele se junta a nós nas duas últimas semanas, quando tira férias... há dias, porém, em que Jersey City está tão úmida, tão cheia de mosquitos que vêm do pântano em voo rasante, que ao final do expediente ele pega o carro e viaja mais de cem quilômetros, pela velha estrada de Cheesequake — a estrada de Cheesequake! Meu Deus! As coisas que a gente desenterra aqui! —, e viaja mais de cem quilômetros para passar a noite conosco no nosso quarto arejado em Bradley Beach.

Quando ele chega, já jantamos, mas, antes mesmo de comer, meu pai tira as roupas de trabalho, suadas depois de um dia inteiro cobrando dívidas, e põe roupa de banho. Com a toalha dele na mão, eu o acompanho; ele atravessa a rua em direção à praia, com os cadarços desamarrados. Estou com uma calça curta limpa e uma camisa polo impecável; já tomei banho e não tenho mais sal na pele, e meu cabelo — ainda é meu cabelo de menino, macio e fácil de pentear, antes de se transformar em palha de aço — está muito bem partido e coberto de brilhantina. Uma grade enferrujada percorre todo o calçadão de madeira, e nela me sento; lá embaixo, ainda de sapatos, meu pai atravessa a praia vazia. Vejo-o colocar a toalha no chão com cuidado, perto da água. Põe o relógio dentro de um pé de sapato, os óculos dentro do outro, e está pronto para cair na água. Até hoje só entro no mar seguindo seus conselhos: primeiro, mergulho as mãos até os punhos, depois jogo água nas axilas, em seguida na testa e na nuca... ah, bem devagarinho, sempre devagarinho. É assim que a gente refresca o corpo sem submeter o organismo a um choque violento. Refrescado, sem ter sofrido nenhum choque, ele se vira para mim, faz um aceno cômico mais ou menos para o lado em que imagina que estou e cai de costas na água, flutuando com os braços esticados. Ah, ele fica tão imóvel, flutuando — ele trabalha, trabalha tanto, e é por mim que trabalha, não é? —, e por fim, depois de virar de bruços e dar algumas braçadas que não o levam a lugar nenhum, volta caminhando para a areia, e seu torso encharcado brilha nos últimos raios do sol que vem, por sobre meus ombros, lá do interior de Nova Jersey, de cujo calor sufocante me refugiei.

E há muitas outras lembranças como essa, doutor. Muitas, mesmo. Estou falando sobre minha mãe e meu pai.

Mas — mas — mas — espere até eu me recuperar — tenho também uma visão dele saindo do banheiro, apertando com fúria a nuca e contendo um arroto a contragosto. "Está bem, o que era a coisa tão urgente que você nem podia esperar pra me falar?"

"Nada", diz minha mãe. "Está resolvido."

Ele olha para mim, muito desapontado. Eu sou o motivo da existência dele, e sei disso muito bem. "O que foi que ele fez?"

"O que ele já fez é assunto encerrado, se Deus quiser. E você, o intestino conseguiu funcionar?", ela lhe pergunta.

"Claro que o intestino não funcionou."

"Jack, o que vai ser de você, com esse problema de intestino?"

"Está tudo virando concreto, é isso que está acontecendo."

"Porque você come rápido demais."

"Eu não como rápido demais, não."

"Então como que você come? Devagar?"

"Eu como normal."

"Você come que nem um porco, e é importante dizer isso a você."

"Ah, você às vezes se exprime de uma maneira maravilhosa, sabia?"

"Estou só dizendo a verdade", ela retruca. "Passo o dia inteiro em pé nessa cozinha, e você come como se estivesse pegando fogo em algum lugar, e este aqui — este aqui agora cismou que a comida que eu preparo não serve para ele. Ele prefere passar mal e quase me matar de susto."

"O que foi que ele fez?"

"Não quero preocupar você", diz ela. "Deixa isso pra lá." Mas ela não consegue deixar isso pra lá, e agora quem começa a chorar é ela. É, ela não deve ser a pessoa mais feliz do mundo. Já foi uma mocinha alta e magricela, que os garotos chamavam de "Ruça" no colegial. Quando eu estava com nove ou dez anos de idade, me apaixonei pelo álbum de colegial da minha mãe. Por algum tempo guardei-o na mesma gaveta em que ficava minha coleção de selos.

Sophie Ginsky, a "Ruça" da rapaziada:
Essa vai longe, com seus olhos castanhos
E sua inteligência privilegiada.

Era a minha mãe!

Além disso, fora secretária do treinador do time de futebol, um cargo não muito honroso hoje em dia, mas que, ao que parece, era tudo o que uma jovem podia querer ser em Jersey City durante a Primeira Guerra Mundial. Ou ao menos assim eu pensava ao folhear as páginas de seu álbum, e ela apontava para a foto de seu namorado, um rapaz moreno que fora o capitão do time e que agora, nas palavras de Sophie, era "o maior fabricante de mostarda de Nova York". "E eu podia ter me casado com ele em vez de com o seu pai", me confidenciou, mais de uma vez. Todas as vezes que meu pai nos levava para jantar fora na *delicatessen* da esquina eu ficava a imaginar como seria a vida para mim e para a mamãe. Olho a minha volta e penso: "Toda a mostarda daqui seria fabricada por nós". Creio que ela também pensava coisas semelhantes.

"Ele come batata frita", diz ela, se jogando numa cadeira da cozinha para Debulhar-Se Em Lágrimas de uma vez por todas. "Ele sai com o Melvin Weiner depois das aulas e se empanturra de batata frita. Jack, diz pra ele que eu sou a única mãe que ele tem. Diz pra ele como é que isso vai acabar. Alex", diz ela, passional, olhando para mim, que já estou saindo de fininho da cozinha, "*tateleh*, começa com diarreia, mas sabe como acaba? Uma pessoa de estômago sensível como você, sabe como é que isso acaba? *Com um saco plástico grudado no corpo pra você fazer as necessidades!*"

Em toda a história do mundo, qual o homem mais incapaz de resistir às lágrimas de uma mulher? Meu pai. Eu venho em segundo lugar. Ele me diz: "Você ouviu sua mãe. Não coma batata frita com o Melvin Weiner depois da escola".

"Nunca", ela implora.

"Nunca", repete meu pai.

"Nem hambúrguer na rua", ela insiste.

"Nem hambúrguer na rua", ele repete.

"*Hambúrguer*", diz ela, com ódio, como se dissesse *Hitler*, "eles põem dentro o que der na veneta deles — e ele vai e come. Jack, faz ele prometer, antes que ele arrume uma *tsura* terrível e aí não tem mais jeito."

"Eu *prometo*!", começo a gritar. "Eu *prometo*!" E saio correndo da cozinha — para onde? Adivinhe.

Arranco fora a calça, furiosamente agarro aquele sofrido aríete que é meu passaporte para a liberdade, meu pau de adolescente, no momento exato em que minha mãe começa a gritar, junto à porta do banheiro: "Dessa vez não puxa a descarga. Ouviu, Alex? Eu preciso ver o que está nessa privada!".

Doutor, o senhor entende o que eu tinha de enfrentar? Minha pica era a única coisa minha de verdade. Só o senhor vendo o que minha mãe aprontava quando chegava a época de vacinação contra a poliomielite! Deviam dar uma medalha a ela!

Abre a boca. Por que é que a sua garganta está vermelha? Será que você está com dor de cabeça e não me falou nada? Você só vai nessa partida de beisebol, Alex, se mexer esse pescoço para eu ver. Seu pescoço está rígido? Então por que é que você está mexendo desse jeito? Você comeu como se estivesse enjoado, você está enjoado? É, mas do jeito que você comeu parecia que estava. Eu não quero que você beba naquele bebedouro do parquinho. Se estiver com sede, espere até chegar em casa. Você está com dor de garganta, não está? Eu percebi, pelo jeito que você está engolindo. Acho que o que você devia fazer, senhor Joe Di Maggio, é guardar essa luva e ir para a cama. Eu não vou deixar você sair nesse calorão para ficar correndo de um lado para o outro com essa dor de garganta, não vou mesmo. Vou pôr o termômetro em você. Não estou gostando dessa história de dor de garganta. Para falar com franqueza, estou pasma de saber que você passou o dia inteiro com dor de garganta e não disse nada a sua mãe. Por que você guardou esse segredo? Alex, com poliomielite não tem beisebol, não. Só tem pulmão de ferro e cadeira de rodas para o resto da vida! Não quero você correndo por aí, e não se fala mais nisso. Nem comendo hambúrguer na rua. Nem maionese. Nem isca de fígado. Nem atum. Nem todo mundo é como a sua mãe, que tem o cuidado de ver se a comida não está estragada. Você está acostumado com uma casa onde tudo é impecável, você não faz ideia das coisas que acontecem num restaurante. Você sabe por que é que a sua mãe, quando a gente vai lá no Chink's, nunca quer sentar de frente para a cozinha? Porque eu não quero ver o que eles estão fazendo lá dentro. Alex, você tem que lavar tudo, entendeu? Tudo! Só Deus sabe quem pôs a mão antes de você.

Olha, será que estou exagerando ou é praticamente um milagre eu não ser um inválido? Tanta histeria, tanta superstição! Cuidado com isso, cuidado com aquilo! Não faça isso, não faça aquilo — pare com isso! Não! Você está desobedecendo a uma lei importante! *Que* lei? Lei de *quem*? Era tanta maluquice que eu nem me espantaria se eles andassem com um prato enfiado no beiço e um monte de argolas no nariz e a cara toda pintada de azul! Isso para não falar nos *milchiks* e *flaishiks*, todas aquelas *meshuggeneh* de regras e proibições, como se não bastassem as manias pessoais deles! Até hoje minha família conta que uma vez, bem pequeno, eu estava olhando pela janela, vendo uma nevasca, quando me virei para dentro e perguntei, desconfiado: "Mamãe, a gente acredita em inverno?". O senhor entende o que eu estou *dizendo*? Fui criado por hotentotes e zulus! Eu não podia nem pensar em tomar um copo de leite junto com um sanduíche de salame sem cometer uma grave ofensa contra Deus Todo-Poderoso. Imagine o quanto não me pesava na consciência aquela punhetaria desenfreada! Quanta culpa, quantos medos — o terror que me corroía os ossos! No mundo deles tudo estava carregado de perigo, pululando de micróbios, cheio de ameaças. Nada de verve, ousadia, coragem! Quem foi que deu aos meus pais essa visão tão medrosa da vida? Meu pai, agora aposentado, só tem um assunto em que ele consegue mergulhar fundo: a autoestrada de Nova Jersey. "Eu é que não entro nessa joça nem que me paguem. Tem que ser maluco pra viajar num negócio desses — é morte certa, é uma espécie de suicídio legalizado..." Olhe, o senhor quer saber o que ele me diz três vezes por semana pelo telefone — e eu só estou contando as vezes que eu atendo, e não o total de vezes que o telefone toca entre as seis e as dez toda noite. "Vende esse carro, está bem? Você me faz o favor de vender esse carro pra eu poder dormir tranquilo à noite? Pra que ter carro se você mora na cidade? Está além da minha compreensão. Pra que pagar seguro, garagem, oficina, isso não entra na minha cabeça. Aliás, eu também até hoje não entendo por que é que você quer morar sozinho aí nessa selva.

Quanto é mesmo que você paga a esses ladrões por esse ovo em que você mora? Se é mais de cinquenta dólares por mês, você enlouqueceu. Pra mim é um mistério você não querer voltar para North Jersey — por que é que você prefere barulho, criminalidade, poluição..."

E a minha mãe, ela continua cochichando. A *Sophie não para de cochichar!* Janto lá uma vez por mês, é um esforço que requer toda minha argúcia, minha sutileza, minhas forças, mas esses anos todos eu consegui, apesar dos obstáculos, ir lá só uma vez por mês: toco a campainha, ela abre a porta e na mesma hora começa a cochichar! "Nem me pergunte como foi o dia dele ontem." Se é assim, não pergunto. "Alex", ainda *sotto voce*, "quando ele está num dia como o de ontem, você nem imagina como seria importante um telefonema seu." Concordo com a cabeça. "Porque, Alex" — e eu concordando, como vaca de presépio; não custa nada, e talvez até adiante alguma coisa —, "semana que vem é o aniversário dele. Não recebi cartão no dia das mães, *nem* no meu aniversário, mas essas coisas não me incomodam, não. Agora, ele vai fazer sessenta e seis anos, Alex. Não é mais uma criança — é um momento importante na vida de uma pessoa. Então não deixe de mandar um cartão. Você não vai morrer por causa disso."

Doutor, essas pessoas são inacreditáveis! Inacreditáveis! Esses dois são os maiores produtores e vendedores de culpa do século! Eles extraem culpa de mim como quem tira gordura de um frango! "Liga pra gente, Alex. Visita a gente, Alex. Dá notícia, Alex. Não viaja de novo sem nos avisar, por favor. Na última vez que você viajou e não avisou, o seu pai estava quase ligando para a polícia. Sabe quantas vezes por dia ele ligava e ninguém atendia? Adivinha, quantas vezes?" "Mamãe", eu explico, os dentes trincados, "se eu morrer vão sentir o cheiro do cadáver dentro de setenta e duas horas, eu garanto!" "*Não diga* uma coisa dessas! *Deus* me livre!", exclama ela. Ah, e agora apela para o argumento final, o argumento infalível. Mas como eu poderia querer que ela não fizesse isso? Seria exigir o impossível de minha mãe. "Alex, pegar o telefone é uma coisa tão simples — porque, afinal de contas, a gente não vai ficar incomodando você por muito mais tempo, não é?"

Dr. Spielvogel, esta é a minha vida, minha única vida, e estou vivendo minha vida no meio de uma piada de judeu! Eu sou o filho numa piada de judeu — *só que não é piada, não!* Por favor, quem foi que nos mutilou desse jeito? Quem foi que nos fez ficar desse jeito, tão mórbidos, histéricos, fracos? Por que é que eles continuam gritando "Cuidado! Não faça isso! Alex — não!", e por que é que, na minha cama em Nova York, eu continuo desesperadamente a bater bronha? Doutor, qual é o nome dessa doença que eu tenho? Será o tal sofrimento judaico de que tanto falam? Foi isso que sobrou para mim em consequência dos *pogroms* e das perseguições? dos deboches e xingamentos que os góis despejaram sobre nós nesses dois maravilhosos milênios? Ah, meus segredos, minha vergonha, minhas palpitações, meus rubores, meus suores! A maneira como eu reajo às vicissitudes mais simples da vida humana! Doutor, não aguento mais viver desse jeito, com medo de tudo e de nada! Me conceda a virilidade! Me faça ficar corajoso! Me faça ficar forte! Me faça ficar *completo*! Chega de ser um bom menino judeu, agradando meus pais em público e esfolando o ganso no meu quarto! Chega!

Melancolia judaica

Quando eu tinha nove anos, um dos meus testículos se cansou de viver dentro do escroto e resolveu migrar para o norte.

De início eu o sentia latejando, hesitante, bem junto à borda da pélvis — e então, como se o momento de indecisão houvesse passado, percebi que ele penetrou a cavidade de meu corpo, como um sobrevivente resgatado do mar puxado para dentro do bote salva-vidas. E ali se instalou, finalmente protegido por trás da fortaleza de minha ossatura, deixando seu temerário companheiro sozinho num mundo de chuteiras e cercas de madeira, pedras, paus e canivetes, todos aqueles perigos que enlouqueciam minha mãe de preocupação e a respeito dos quais eu era alertado vez após vez após vez. E mais uma vez. E mais uma vez.

E mais uma vez.

Assim, meu testículo esquerdo fixou residência nos arredores do canal inguinal. Quando punha o dedo na dobra entre a virilha e a coxa, eu ainda conseguia sentir, nas primeiras semanas após seu desaparecimento, aquela forma redonda e gelatinosa; seguiram-se, porém, noites de terror, em que eu vasculhava em vão minhas próprias entranhas, chegando até a caixa torácica — debalde, pois o viajante partira para regiões ignotas e inexploradas. Aonde teria ido? Até que ponto subiria antes de chegar ao fim de sua viagem? Será que um dia eu abriria a boca para falar na sala de aula e encontraria meu colhão esquerdo na ponta da língua? Na escola repetíamos, junto com a professora, *Sou o capitão de meu destino, sou o senhor de minha alma*, e enquanto isso, dentro de meu próprio corpo, uma insurreição anárquica havia sido desencadeada por uma de minhas partes pudendas — e eu era incapaz de debelá-la!

Passei cerca de seis meses — até que a ausência foi observada pelo médico da família no meu exame físico anual — intrigado com meu mistério, e mais de uma vez cheguei a pensar — pois não havia possibilidade de que em algum momento não me passasse pela cabeça, *nenhuma* — que talvez o testículo tivesse se desviado para trás, em direção ao intestino, e se metamorfoseado num ovo igual aos que eu já vira minha mãe arrancar, no meio de uma massa úmida amarela, do interior escuro de uma galinha cujas tripas ela estava extraindo e jogando no lixo. E se começassem também a nascer peitos em mim? E se meu pênis ficasse seco e quebradiço até que um dia, quando eu estivesse urinando, se partisse na minha mão? Estaria eu me transformando numa menina? Ou, pior ainda, no tipo de menino que, segundo eu ouvira dizer (nas rodas do recreio na escola), o *Acredite se quiser* de Robert Ripley daria cem mil dólares para noticiar? Existe um menino de nove anos em Nova Jersey que é menino sob todos os aspectos, menos um: *ele pode ter neném.* Acredite se quiser.

Quem ganha a recompensa? Eu ou a pessoa que me descobre?

O dr. Izzie apalpou meu saco escrotal como se fosse um tecido para um terno que ele estava pensando em mandar fazer, e depois disse a meu pai que eu teria de tomar uma série de injeções de hormônio masculino. Um de meus testículos não havia descido por completo — um fenômeno pouco comum, mas nada inédito... Mas e se as injeções não funcionarem?, pergunta meu pai, alarmado. E aí...? Nesse ponto, me mandam voltar para a sala de espera, onde fico folheando uma revista.

As injeções funcionam. Escapei da faca. (Mais uma vez!)

Ah, esse pai! Esse pai bondoso, ansioso, obtuso, obstruído! Eternamente obstruído por este nosso Sacro Império Protestante! A autoconfiança e a esperteza, a agressividade e os contatos, tudo aquilo que permitia que os homens louros de olhos azuis de sua geração liderassem, inspirassem, comandassem e, se fosse o caso, oprimissem — disso ele não possuía nem um centésimo da quantidade necessária. Como poderia oprimir? Ele é que era o oprimido. Como poderia exercer poder? Ele não tinha poder algum. Como desfrutar da vitória, quando nutria tamanho desprezo pelos vitoriosos — e, provavelmente, pela própria ideia de vitória? "Eles veneram um judeu, você sabia, Alex? Toda essa religião metida a besta deles é baseada no culto a um homem que era um judeu praticante daquele tempo. Você já viu uma idiotice maior que essa? Como é que se pode enganar o público desse jeito? Jesus Cristo, que eles dizem a todo mundo que era Deus, na verdade era um judeu! E a esse fato, que me deixa louco cada vez que penso nisso, *ninguém mais dá a menor importância*. Ele era um judeu, como eu ou você, e eles pegaram um judeu e transformaram numa espécie de deus depois que ele morreu, e aí — e é isso que me deixa completamente louco —, e aí os cachorros resolvem perseguir logo quem? Quem é que eles vivem assassinando e odiando há dois mil anos? Os judeus! Justamente o povo do Jesus que eles tanto adoram! Eu garanto, Alex, que você nunca vai encontrar uma *mishegoss*, uma mistura de bobagens e idiotices igual ao cristianismo em toda a sua vida. E é nisso que acreditam esses caras que se acham tão importantes!"

Infelizmente, no *front* doméstico não era tão fácil desprezar o inimigo poderoso como estratégia defensiva — pois, com o passar do tempo, cada vez mais o inimigo era o filho querido dele. De fato, durante aquele prolongado período de raiva denominada minha adolescência, o que mais me apavorava em relação a meu pai não era a violência que eu o julgava capaz de despejar sobre mim a qualquer momento, e sim a violência que eu desejava, todas as noites, na hora do jantar, despejar sobre sua carcaça bárbara e ignorante. Que vontade me dava de arrancá-lo de uma vez por todas do mundo dos vivos quando ele enfiava seu próprio garfo na travessa de comida ou sugava a sopa da colher ruidosamente em vez de esperar, como uma pessoa educada, que ela esfriasse, ou quando tentava — meu Deus! — manifestar sua opinião a respeito de qualquer assunto... E o que tornava mais terrível esse meu desejo assassino era o fato de que, se eu tentasse agir, era bem provável que conseguisse! *Ele seria perfeitamente capaz de me ajudar!* Bastaria eu saltar por cima das travessas, dedos em riste apontados para sua traqueia, para que ele imediatamente afundasse embaixo da mesa com a língua de fora. Gritar ele sabia, se debater também, e *nudjh*, isso, então, era com ele mesmo! Mas se defender? De *mim*? "Alex, se você continuar respondão desse jeito", adverte minha mãe, quando saio daquela cozinha tumultuada como se fosse Átila, rei dos hunos, aos gritos, após mais um jantar largado no meio, "se você continuar com essa falta de respeito, você vai acabar matando esse homem do coração!" "Tomara!", exclamo, batendo na cara dela a porta do meu quarto. "Que ótimo!", berro, tirando do armário o casaco de *zylon* que só uso com o colarinho virado para cima (uma moda que minha mãe odeia tanto quanto odeia o próprio casaco, que já está imundo). "Que maravilha!", grito, e chorando em bicas vou correndo até a esquina para descarregar minha fúria no flíper.

Jesus Cristo! Diante de minha rebeldia — ah, se meu pai fosse minha mãe! E minha mãe, meu pai! Mas que troca de sexos na nossa casa! Quem devia estar avançando contra mim, recuava — e quem devia recuar, avançava! Quem devia ralhar comigo, sucumbia à impotência, totalmente tolhido por um coração terno! E quem devia sucumbir era quem ralhava, punia, reprovava, criticava e implicava sem parar! Preenchendo o vácuo patriarcal! Ah, graças a Deus! Graças a Deus! Pelo menos *ele* tinha pau e colhões! Por mais vulnerável (para dizer o mínimo) que fosse sua masculinidade neste mundo de góis com cabelos de ouro e línguas de prata, entre suas pernas (Deus abençoe meu pai!) ele era um homem bem-dotado, com duas bolas grandes e saudáveis, que um rei exibiria com orgulho, e um *schlong* de comprimento e diâmetro apreciáveis. E eram *dele*: disso tenho certeza absoluta, pendiam de seu corpo, a ele estavam afixados, e dele jamais podiam ser retirados!

Naturalmente, lá em casa eu via menos o aparato sexual dele do que as zonas erógenas dela. E, uma vez, vi seu sangue menstrual... vi-o brilhando, escuro, no trecho gasto do linóleo junto à pia da cozinha. Apenas duas gotas vermelhas há mais de um quarto de século, porém continuam brilhando naquele ícone de minha mãe que, permanentemente iluminado, exibe-se no meu Museu de Queixas e Lamúrias Contemporâneas (junto com a caixa de absorventes Kotex e as meias de náilon, às quais voltarei em breve). Esse ícone também inclui um infindável gotejar de sangue num escorredor, caindo dentro de uma bacia de lavar pratos. Trata-se do sangue que ela está retirando da carne para torná-la *kosher* e própria para o consumo. É provável que eu esteja confundindo as coisas — e mais pareça um membro da Casa dos Átridas, com toda essa história de sangue —, porém eu a vejo diante da pia, salgando a carne para lhe tirar o sangue, quando de repente fica "incomodada" e sai correndo, com um gemido assustador, para o quarto. Eu teria no máximo quatro ou cinco anos de idade, e no entanto aquelas duas gotas de sangue que contemplei no chão da cozinha até hoje são visíveis para mim... tal como a caixa de Kotex... e também as meias que ela calça, deslizando-as nas pernas... e também — será preciso dizê-lo? — a faca de pão com que ameaça verter meu próprio sangue quando me recuso a comer no jantar. Aquela faca! *Aquela faca!* O que me intriga é o fato de que ela não achava nada vergonhoso nessa ameaça, nada que ela não pudesse confessar. Deitado na cama, eu a ouço falando sobre seus problemas com as outras jogadoras de majongue: *O Alex de repente deu de ficar tão enjoado com comida que tenho que puxar uma faca para ele comer.* E nenhuma das mulheres, ao que parece, acha essa tática excessiva. Tenho que puxar uma faca! E nenhuma daquelas mulheres se levanta no meio da partida de majongue e vai embora indignada! Porque, no mundo delas, é assim que se lida com quem não quer comer — o jeito é *puxar uma faca!*

Foi alguns anos depois que ela gritou de dentro do banheiro: Vai correndo à farmácia! Compra uma caixa de Kotex! Imediatamente! E o pânico que havia em sua voz. Como corri! E depois, ofegante, entreguei a caixa aos dedos brancos que apareciam pela estreita fenda da porta do banheiro entreaberta... É bem verdade que ela terminou tendo de recorrer à cirurgia para resolver seus problemas menstruais, mas mesmo assim é difícil perdoá-la por ter me enviado naquela missão de emergência. Teria sido melhor morrer de hemorragia no chão gelado do banheiro, até *isso* teria sido melhor, do que mandar um menino de onze anos de idade ir correndo comprar absorvente! Onde estava minha irmã, pelo amor de Deus? Como minha mãe não tinha um estoque de emergência? Por que essa mulher era tão insensível à vulnerabilidade de seu filho pequeno — por um lado, tão insensível a meus sentimentos de vergonha, e, por outro, tão sintonizada com meus desejos mais profundos!

... Sou ainda tão pequeno que mal sei qual é meu próprio sexo, ou, ao menos, era o que seria de esperar. Início de tarde, primavera do ano Quatro. Brotam flores com caules roxos do pequeno trecho de terra em frente a nosso prédio. Estando as janelas escancaradas, há dentro do apartamento um ar oloroso e primaveril — e no entanto também carregado de eletricidade, por efeito da vitalidade de minha mãe: ela acabou de lavar a roupa da semana e de pendurá-la na corda; preparou um bolo mármore para a sobremesa do jantar, fazendo sangrar com precisão —

pronto, sangue outra vez! uma faca outra vez! —, enfim, fazendo o chocolate escorrer como sangue por entre a massa de baunilha, um feito que me parece tão milagroso como fazer as fatias de pêssego ficarem suspensas na gelatina reluzente. Minha mãe lavou a roupa e preparou o bolo; esfregou o chão da cozinha e o do banheiro, cobrindo-os de jornal; naturalmente, espanou os móveis; nem é preciso dizer que passou o aspirador de pó; já recolheu e lavou os pratos do almoço e (com minha graciosa colaboração mirim) recolocou-os no armário *milchiks* da copa — passando a manhã inteira assobiando como um canário, uma melodia desafinada de saúde e felicidade, de arrojo e autossuficiência. Enquanto preparo um desenho para ela com meus lápis de cor, ela toma um banho de chuveiro — e agora, no quarto ensolarado, está se vestindo para me levar à cidade. Está sentada na beira da cama, com o sutiã de enchimento e a cinta, calçando as meias, rolando-as para cima, falando sem parar. Quem é o menininho tão bonzinho da mamãe? Quem é o melhor menininho do mundo? Quem é que a mamãe adora mais do que qualquer coisa em todo este mundo? Estou absolutamente ébrio de felicidade e o tempo todo acompanho, em sua trajetória tensa, lenta e torturantemente deliciosa perna acima, as meias transparentes que dão à sua carne uma dimensão fascinante. Chego mais para perto dela, a ponto de sentir o cheiro do talco em seu pescoço — e também para ver melhor os complexos elásticos das ligas às quais as meias terminarão sendo afixadas (sem dúvida, com o acompanhamento de uma fanfarra de metais). Sinto o cheiro do lustra-móveis que ela passou nas quatro colunas de mogno da cama, em que ela dorme com um homem que mora conosco à noite e nas tardes de domingo. Dizem que ele é meu pai. Em meus dedos, embora ela tenha lavado cada um daqueles porquinhos com um pano úmido e quente, sinto ainda o cheiro do meu almoço, salada de atum. Ah, é como se fosse cheiro de boceta. Talvez seja! Ah, tenho vontade de rosnar de prazer. Estou com quatro anos de idade e entretanto sinto no sangue — epa, sangue mais uma vez — como aquele momento está carregado de paixão, de possibilidades. Aquela pessoa gorda de cabelo comprido que dizem ser minha irmã está na escola. O tal homem, meu pai, está em algum lugar ganhando dinheiro, que é o que ele sabe fazer. Todos os dois saíram e quem sabe, se eu tiver sorte, talvez não voltem nunca mais... Nesse ínterim, estamos numa tarde de primavera, e é para mim, só para mim, que uma mulher está calçando as meias e cantando uma canção de amor. Quem é que vai ficar com a mamãe para todo o sempre? *Eu.* Quem é que vai com a mamãe a qualquer lugar de todo este mundo aonde ela for? *Ora, eu, é claro. Que pergunta mais boba — mas não me entenda mal, vou respeitar as regras do jogo!* Quem foi que almoçou direitinho com a mamãe, que vai à cidade de ônibus como um bom menino com a mamãe, que entra na loja grande com a mamãe... e assim por diante, e assim por diante... de modo que, há uma semana apenas, tão logo cheguei da Europa são e salvo, minha mãe me disse o seguinte:

"Pega aqui."

"*O quê?*" — enquanto ela pega minha mão com a dela e a puxa em direção a seu corpo. "Mamãe..."

"Não ganhei nem três quilos", diz ela, "desde que você nasceu. Pega", diz ela, e coloca meus dedos rígidos sobre a curva de suas cadeiras, que não são nada más...

E as meias. Mais de vinte e cinco anos se passaram (já era para o jogo ter chegado ao fim!), mas mamãe continua prendendo as meias na frente de seu filhinho. Agora, porém, ele faz questão de desviar a vista quando a bandeira começa a subir o mastro — e não é apenas para proteger sua própria saúde mental. É verdade; desvio a vista não por mim, e sim por aquele pobre coitado, meu pai! Mas, na verdade, onde fica meu pai na escala de preferências? Se ali, na sala de visitas, seu filho crescido se embolasse de repente com a mãe no tapete, o que faria papai? Despejaria um balde de água fervente sobre o casal enlouquecido? Puxaria a faca — ou iria para o outro cômodo ver televisão até que terminassem? "Por que é que você está olhando para o outro lado...?", pergunta minha mãe, achando graça, enquanto ajeita a roupa. "Até parece que eu sou uma menina de vinte e um anos; até parece que não limpei seu bumbum e depois beijei tantas vezes durante tantos anos. Olha só pra ele" — dirigindo-se a meu pai, como se ele não estivesse canalizando toda a atenção para o pequeno espetáculo que ora transcorre —, "olha só, parece que a mãe dele é uma miss de sessenta e um anos de idade."

Uma vez por mês, vou com meu pai à *shvitz*, onde ele tenta demolir — com muito vapor, uma massagem e um sono profundo e prolongado — a pirâmide de aporrinhação que acumulou nas últimas semanas de trabalho. Nossas roupas são guardadas num armário com chave localizado no dormitório do andar de cima. Em camas de ferro enfileiradas, perpendiculares aos armários, os homens que já passaram pelo calvário lá embaixo jazem esticados sob os lençóis brancos como vítimas de uma catástrofe violenta. Não fosse o trovão súbito de um ou outro peido, não fossem os roncos que irrompem esporádicos a meu redor, como rajadas de metralhadora, eu diria que estávamos num necrotério, e por algum motivo estranho nos despíamos na frente dos mortos. Não olho para os corpos, porém ando aos saltos nas pontas dos pés, frenético, como um camundongo, tentando livrar meus pés da cueca antes que alguém olhe dentro dela, pois lá, para minha vergonha, meu espanto e minha mortificação, sempre encontro, na costura do fundo, um tênue e pálido vestígio de merda. Ah, doutor, eu me limpo, me limpo, me limpo, passo tanto tempo me limpando quanto passo cagando, talvez até mais. Uso papel higiênico como se desse em árvores — é o que diz meu pai, invejoso —, me limpo até meu pequeno orifício ficar vermelho como uma framboesa; mas assim mesmo, por mais que eu quisesse agradar minha mãe colocando no cesto de roupa suja, ao final de cada dia, uma sunga digna de um cu de anjo, o que na verdade ponho para lavar (será proposital, *Herr Doctor?* — ou apenas inevitável?) é uma cuequinha imunda de menino.

Mas por que é que estou saltitando aqui neste banho turco? Aqui não há nenhuma mulher. Nem mulher, nem gói. Será possível? Não há por que me preocupar!

Seguindo as dobras na base das alvas nádegas de meu pai, saio do dormitório e desço a escada de metal, chegando àquele purgatório em que as agonias de ser agente de seguros, chefe de família e judeu vão ser extirpadas do corpo de meu pai à força de vapor e pancadas. Ao pé da escada contornamos uma pilha de lençóis brancos e um monte de toalhas encharcadas, meu pai empurra com o ombro uma porta pesada e sem janelas, e penetramos uma região escura e silenciosa imersa num odor de gaulthéria. O som que se ouve é o de uma plateia minúscula e pouco entusiasmada a aplaudir a cena final de morte de uma tragédia: são os dois massagistas a socar e estapear a carne de suas vítimas, que trajam apenas lençóis, estiradas sobre mesas de mármore. Os massagistas socam, amassam, empurram; retorcem seus membros pouco a pouco, como se para desaparafusá-los de suas articulações — fico hipnotizado, mas continuo seguindo meu pai, passando pela piscina, um pequeno cubo verde de água tão fria que congela o coração da gente, até que chegamos à sauna.

Assim que ele empurra a porta do recinto, tenho a sensação de voltar aos tempos pré-históricos, anteriores até mesmo à era dos habitantes das cavernas e palafitas que estudei na escola, à época em que acima do pântano lamacento da terra pairavam gases brancos em eterno torvelinho que bloqueavam o sol, milênios antes de o planeta ser drenado para o advento do Homem. No mesmo instante, perco o contato com aquele garotinho fodão que volta correndo da escola com o boletim cheio de notas dez, o pequeno inocente que se esforça sem cessar para encontrar a chave do mistério insondável que é a aprovação de sua mãe, e me vejo num tempo úmido e confuso, em que ainda não havia famílias como as de hoje, nem privadas nem tragédias como as de hoje, um tempo de criaturas anfíbias, seres pesadões desprovidos de cérebro, com dorsos carnudos e torsos suados. É como se todos aqueles judeus, que se encolhem sob o chuveiro gelado no canto da sauna e em seguida voltam para os vapores densos e sufocantes, é como se eles tivessem viajado numa máquina do tempo e retornado para uma era em que não passavam de uma manada de animais judeus, capazes de emitir um único som: *oy, oy...* pois é esse o ruído que produzem enquanto se arrastam do chuveiro de volta para a fumaça espessa e úmida. Eles, meu pai e seus companheiros de infortúnio, parecem ter voltado para o hábitat em que podem agir com naturalidade. Um lugar sem góis e sem mulheres.

Fico em posição de sentido entre as pernas de meu pai enquanto ele me cobre da cabeça aos pés com uma grossa camada de espuma de sabão — e olho com admiração para o que pende do banco de mármore em que ele está sentado. Seu escroto parece um rosto comprido e encarquilhado de um velho com um ovo enfiado em cada lado da papada caída — já o meu lembra mais uma bolsinha mínima e rosada pendurada do pulso de uma boneca de menina. Quanto ao *shlong* dele, a mim, que tenho um pinto do tamanho da ponta de um dedo mínimo, ao qual minha mãe gosta de se referir em público (está bem, foi só uma vez, mas bastou essa vez para durar a vida inteira) como a minha "coisinha", o *shlong* dele me faz pensar nas mangueiras de incêndio que ficam enrodilhadas nos corredores da escola. *Shlong*: de algum modo a palavra capta com exatidão o que nele há de brutal, de *carnudo*, que tanto admiro, aquele pedaço vivo de mangueira, irracional, pesado, inconsciente, do qual sai uma torrente de urina espessa e forte como uma corda — enquanto do meu emana um fiozinho amarelo fino a que minha mãe dá o nome de "pi". Pi, a meu ver, é sem dúvida o que minha irmã faz, fios tão fininhos que seria possível costurar com eles... "Quer fazer um bom pi?", ela me pergunta — quando o que eu quero é fazer uma torrente, uma inundação; quero, como ele, fazer refluir a maré da privada! "Jack", minha mãe diz a ele, "será que dava pra você fechar essa porta? Que bom exemplo você está dando pra você-sabe-quem." Ah, quem dera, mamãe! Quem dera que você-sabe-quem pudesse se inspirar no exemplo da grosseria do como-é-que-se-chama! Se eu pudesse ter me alimentado nas profundezas da vulgaridade dele, em vez de deixar que também isso se tornasse para mim motivo de vergonha. Vergonha, vergonha, vergonha, vergonha — para todos os lados em que me viro há mais um motivo de vergonha.

Estamos na loja de roupas do meu tio Nate na Springfield Avenue, em Newark. Quero um calção de banho com suporte atlético. Estou com onze anos, e meu segredo é este: quero um colhoneiro. Sei que não devo dizer nada, sei muito bem que devo ficar com a boca fechada, mas como é que vou conseguir ganhar o que quero se não pedir? O tio Nate, um homem elegante, de bigode, tira da vitrine um calção de criança, exatamente igual aos que sempre usei. Observa que é o melhor para mim, porque seca rápido e não irrita a pele. "Qual é sua cor favorita?", pergunta meu tio. "Vai ver que você prefere a cor da sua escola, hein?" Fico vermelho como um pimentão, mas não é essa a minha resposta. "Não quero mais esse tipo de calção", e, pronto, já sinto cheiro de humilhação no ar, já ouço seu estrépito ao longe — a qualquer momento ela há de estourar sobre minha cabeça de pré-púbere. "Não quer por quê?", pergunta meu pai. "Você não ouviu seu tio? Este aqui é o melhor..." "Eu quero o que vem com suporte atlético!" Não dá outra: minha mãe acha a maior graça. "Para a *sua* coisinha?", ela pergunta, sorrindo deliciada.

Isso mesmo, mamãe, imagine: para a minha coisinha.

O homem potente da família — bem-sucedido nos negócios, tirânico em casa — era Hymie, o irmão mais velho de meu pai, o único dos meus tios nascido no estrangeiro e que falava com sotaque. O tio Hymie atuava na área de refrigerantes; engarrafava e distribuía uma bebida gaseificada doce chamada Squeeze, que era o *vin ordinaire* das nossas refeições. Com Clara, sua esposa neurastênica, seu filho Harold e sua filha Marcia, meu tio vivia num bairro predominantemente judaico de Newark, no andar superior de um prédio de dois andares de sua propriedade, cujo térreo ocupamos a partir de 1941, quando meu pai foi transferido para a filial do condado de Essex da Boston & Northeastern.

Nossa família mudou-se de Jersey City por causa do antissemitismo. Logo antes da guerra, quando a Bund estava com toda a força, os nazistas costumavam se reunir numa cervejaria ao ar livre que ficava a poucos quarteirões de nossa casa. Quando passávamos por lá de carro aos domingos, meu pai os xingava, numa voz alta o bastante para que eu ouvisse, mas não para que eles ouvissem. Então, uma noite, uma cruz suástica foi pintada na fachada de nosso prédio. Depois encontraram uma outra suástica marcada a canivete na carteira de um aluno judeu da turma de Hannah. E a própria Hannah foi perseguida até em casa uma tarde por um grupo de garotos, supostamente antissemitas agressivos. Meus pais ficaram atônitos. Mas, quando o tio Hymie soube desses episódios, chegou a rir: "Vocês estão espantados com isso? Vivem cercados de góis pelos quatro lados e ainda ficam espantados?". Os judeus só deviam viver em meio a outros judeus, *em especial*, diz ele, com uma ênfase cujo significado não passou de todo despercebido a mim, em especial quando há crianças sendo criadas com pessoas do sexo oposto. O tio Hymie gostava de tratar meu pai de modo condescendente, e era com um certo prazer que observava que em Jersey City o prédio em que morávamos era o único exclusivamente habitado por judeus, enquanto em Newark, onde *ele* ainda morava, todo o seu bairro, Weequahic, era de judeus. Quando minha prima Marcia concluiu o curso secundário, dos duzentos e cinquenta alunos de sua turma apenas onze eram góis e um era de cor. Está vendo a diferença?, dizia o tio Hymie. Assim, depois de pensar um bom tempo, meu pai pediu transferência para seu torrão natal, e, embora seu superior imediato não quisesse perder um empregado tão esforçado (e, naturalmente, engavetasse o pedido), minha mãe, por conta própria, fez uma ligação interurbana para a sede em Boston, e — após uma trapalhada que prefiro não comentar — o pedido foi atendido: em 1941 nos mudamos para Newark.

Harold, meu primo, era baixo e musculoso — como todos os homens de minha família, menos eu — e era muito parecido com o ator John Garfield. Minha mãe o adorava, e a toda hora o fazia corar (um talento todo dela) dizendo, em sua presença: "Uma moça que tivesse os cílios pretos de Heshele ia logo parar em Hollywood com um contrato de um milhão de dólares, falando sério". Num canto do porão, diametralmente oposto a uma pilha de engradados de Squeeze que chegava até o teto, Heshie guardava um jogo de halteres com que se exercitava todas as tardes, quando se aproximava a temporada de atletismo. Ele era um dos craques de sua equipe e recordista municipal em lançamento de dardos; atuava nas provas de disco, peso e dardo, mas uma vez, num campeonato realizado no estádio escolar, o treinador o escalou para a corrida de obstáculos, para substituir um colega que adoecera, e na hora do último salto ele caiu e quebrou o pulso. Minha tia Clara estava naquela época — ou seria algo constante? — tendo uma de suas "crises nervosas" — em comparação com minha tia Clara, minha mãe, tão vital, é um verdadeiro Gary Cooper —, e, quando Heshie voltou para casa com o braço engessado, ela caiu desmaiada no chão da cozinha. O gesso de Heshie foi considerado posteriormente "a gota que fez o vaso transbordar", uma expressão um tanto misteriosa.

Para mim, Heshie era tudo — isto é, durante o curto período em que convivi com ele. Eu sonhava que um dia também entraria para a equipe de atletismo e usaria um calção branco bem curto com fendas dos lados, para os músculos tensos e volumosos de minhas coxas.

Pouco antes de ser convocado pelo exército em 1943, Heshie resolveu ficar noivo de uma moça chamada Alice Dembosky, a líder da torcida organizada da banda da escola. Alice tinha o dom de saber fazer girar não apenas uma, mas duas baquetas prateadas nas mãos ao mesmo tempo — passava-as por cima dos ombros, fazia-as deslizar por entre as pernas como se fossem cobras, jogava-as para cima, a uma altura de cinco ou seis metros, e depois as apanhava, primeiro uma, depois a outra, com as mãos atrás das costas. Era raro ela deixar uma baqueta cair na grama, e, quando isso acontecia, costumava sacudir a cabeça com irritação e exclamar "Ah, Alice!" com uma vozinha que certamente teria o efeito de fazer com que Heshie a amasse mais ainda; sem dúvida, era esse o efeito que tinha sobre mim. Ah-Alice, com aquele cabelo louro comprido a lhe cair pelas costas e em torno do rosto! saltitando com tanta exuberância pelo estádio afora! Ah-Alice, com sua minúscula saia branca e calção de cetim branco, e botinhas brancas que chegavam até o meio das panturrilhas esguias e musculosas! Ah, meu Jesus, Alice Dembosky, com aquelas pernas, com toda sua beleza burra e loura e *goyische*! Mais um ícone!

O fato de Alice ser claramente uma *shikse* era motivo de profundo sofrimento para a família de Heshie, e até mesmo para a minha; quanto à comunidade maior, creio que ela sentia mesmo uma espécie de orgulho cívico por uma moça gentia ter assumido tamanha posição de destaque em nossa escola, em que cerca de noventa e cinco por cento do corpo docente e do corpo discente era de judeus. Por outro lado, quando Alice executava o que era anunciado pelo sistema de som como sua *pièce de résistance* — girar uma baqueta com as duas extremidades cobertas por trapos que eram embebidos em gasolina e em seguida incendiados —, apesar das palmas solenes que vinham dos torcedores da Weequahic, homenageando a ousadia e a concentração da jovem, apesar do *bum bum bum* grave de nosso bombo, dos gritos e das exclamações que irrompiam quando se tinha a impressão de que seus dois lindos seios iam pegar fogo — apesar dessa manifestação genuína de admiração e ansiedade, creio que havia assim mesmo um certo distanciamento cômico no nosso lado da plateia, fruto da consciência de que aquele era justamente o tipo de talento que apenas uma gói havia de querer desenvolver.

Aliás, era mais ou menos essa a atitude dominante com relação ao esporte em geral, e ao futebol americano em particular, entre os pais do bairro: isso era coisa de gói. Eles que quebrassem a cabeça em nome da "glória", para conquistar a vitória num jogo de bola! Como dizia minha tia Clara, com aquela sua voz tensa de corda de violino: "Heshie! Por favor! Eu não preciso de *goyische naches*!". Não precisava, não queria esse tipo de prazer ridículo que fazia a felicidade dos gentios... Em matéria de futebol americano, nosso colégio judaico era uma nulidade (embora a banda, devo dizer, vivesse conquistando prêmios e elogios); nosso desempenho patético era, óbvio, decepcionante para os jovens, qualquer que fosse a atitude dos pais, e no entanto mesmo nós, crianças, compreendíamos que perder no futebol americano não era exatamente uma catástrofe terrível. Eis o que meu primo e seus amigos costumavam gritar da arquibancada do estádio ao final de uma partida em que mais uma vez o time da Weequahic fora fragorosamente derrotado — eu também gritava com eles:

Ike, Mike, Sam, todo mundo junto,
Nós somos a turma que não come presunto,
Comemos matzos, jogamos bola,
Weequahic é nossa escola!

Perdemos, sim, e daí? Tínhamos outros motivos de orgulho. Não comemos presunto, e sim *matzos. E não tínhamos vergonha disso!* Éramos judeus — e não tínhamos vergonha de dizer que éramos! Éramos judeus — e não apenas não éramos inferiores aos góis que nos derrotavam no futebol americano, mas talvez até, por não fazermos questão de vencer num jogo tão truculento, fôssemos superiores! Éramos judeus — *e éramos superiores!*

Pão branco, pão preto,
Pumpernickel, challah,

Quem é de Weequahic
Grita logo: "Eu sou de lá!".

Mais um grito que aprendi com o primo Hesh, mais quatro versos que aprofundaram minha compreensão acerca das injustiças que sofríamos... A indignação, a repulsa que meus pais sentiam pelos gentios estava começando a fazer sentido: os góis se achavam muito especiais, enquanto na verdade *nós* é que éramos moralmente superiores a eles. E o que nos tornava superiores não era outra coisa senão o ódio e o desrespeito que eles despejavam sobre nós com tanto gosto!

Mas... e o ódio que despejávamos sobre eles?

E o noivado de Heshie e Alice? O que significava isso?

Como nada mais surtia efeito, chamaram o rabino Warshaw para tentar ajudar a família, numa tarde de domingo, a convencer o nosso Heshie a não entregar sua jovem vida à sua pior inimiga. Detrás de uma persiana da sala, vi o rabino chegar ao prédio, uma figura que impunha respeito com seu casacão negro. Fora com ele que Heshie havia se preparado para o *bar mitzvah*, e eu tremia só de pensar que um dia teria de estudar com ele também. O rabino permaneceu em reunião com o rapaz rebelde e sua infeliz família por mais de uma hora. "Mais de uma hora do tempo dele", todos comentavam depois, como se esse fato por si só fosse motivo suficiente para que Heshie mudasse de ideia. Mas, assim que o rabino foi embora, pedaços de gesso mais uma vez começaram a despencar de nosso teto. Uma porta se abriu de supetão — fui correndo para os fundos do apartamento e fiquei de cócoras atrás da persiana do quarto de meus pais. Vi Heshie no quintal, puxando seus próprios cabelos. Depois veio o tio Hymie, careca, brandindo o punho com violência — como parecia o Lênin! E então toda uma multidão de tias e tios e primos mais velhos, interpondo-se entre os dois, para que eles não se atracassem e acabassem se reduzindo a um pequeno monte de pó judaico.

Num sábado no início de maio, depois de passar o dia inteiro no campeonato de atletismo em New Brunswick, Heshie chegou à escola no final da tarde e imediatamente foi ao bar dos estudantes, de onde telefonou para Alice para contar que ficara em terceiro lugar no torneio estadual de lançamento de dardo. Ela lhe disse que nunca mais poderia vê-lo em toda sua vida, e desligou.

Em casa, o tio Hymie estava à espera, preparado: o que havia feito, disse ele, fora Heshie que o obrigara a fazer; Harold forçara seu pai a desabar o teto sobre sua cabeça burra e teimosa. Foi como se uma bomba finalmente tivesse explodido em Newark, o ruído terrível que se ouviu na escada: Hesh saiu feito uma bala do apartamento dos pais, desceu a escada, passou pela nossa porta e entrou no porão, e um estrondo fortíssimo ressoou. Vimos depois que ele chegou a arrancar a porta do porão, soltando-a da dobradiça de cima com a força de um ombro que, sem dúvida alguma, deveria ser *no mínimo* o terceiro mais forte do estado. Quase de imediato, veio de debaixo de nosso assoalho um barulho de vidro quebrando; Heshie arremessava uma garrafa de Squeeze após outra, de um canto do porão ao canto oposto.

Quando meu tio apareceu no alto da escada do porão, Heshie levantou uma garrafa e ameaçou jogá-la na cara do pai se ele desse um passo à frente. O tio Hymie ignorou a ameaça e começou a descer a escada. Heshie passou então a correr por entre as fornalhas, dando voltas e mais voltas em torno das máquinas de lavar — ainda brandindo a garrafa de Squeeze. Porém meu tio o encurralou num canto, derrubou-o no chão e o segurou ali até Heshie terminar de gritar seu último palavrão — segurou-o ali (assim reza a lenda dos Portnoy) *por quinze minutos*, até que as lágrimas da rendição por fim surgiram nos longos cílios hollywoodianos de Heshie. Nossa família não tolera deserções.

Naquela manhã, o tio Hymie havia telefonado para Alice Dembosky (para o apartamento de subsolo do prédio da Goldsmith Avenue em que o pai dela trabalhava como zelador) e lhe dissera que queria se encontrar com ela à margem do lago no Weequahic Park ao meio-dia; era uma questão muito séria que dizia respeito à saúde de Harold — ele não podia se estender sobre o assunto ao telefone, porque nem mesmo a sra. Portnoy estava ciente de todos os fatos. Chegando ao parque, ele fez com que a loura magricela, cabelo amarrado num lenço, se sentasse a seu lado no banco da frente do carro e, com as janelas fechadas, disse que seu filho tinha uma doença incurável no sangue, a respeito da qual o pobre rapaz nada sabia. Era essa sua história, uma doença no sangue, ela que fizesse o que quisesse... O médico dissera que ele não devia se casar com ninguém, jamais. Não se sabia quantos anos de vida Harold teria ainda pela frente, mas ele, como pai, não queria impor um sofrimento inevitável a uma jovem inocente como ela. Para atenuar o golpe, meu tio queria lhe oferecer um pequeno presente, que ela poderia usar como quisesse, talvez até mesmo para encontrar uma outra pessoa. Tirou do bolso um envelope contendo cinco notas de vinte dólares. E Alice Dembosky, burra e assustada, aceitou. Desse modo, provou algo que todos, com exceção de Heshie (e de mim), acreditavam desde o início a respeito daquela polaquinha: que seu plano era se casar com Heshie por causa do dinheiro do pai dele e depois fazer de sua vida um inferno.

Quando Heshie morreu na guerra, a única coisa que as pessoas conseguiam dizer a minha tia Clara e ao meu tio Hymie, para de algum modo atenuar o horror, para consolá-los um pouco, era: "Pelo menos ele não deu a vocês uma esposa *shikse*. Pelo menos não deixou filhos góis para vocês".

Fim da história de Heshie.

Ainda que eu me considere importante demais para passar quinze minutos dentro da sinagoga — porque afinal é só isso que ele pede —, eu devia ter um mínimo de respeito e vestir roupas decentes naquele dia, para não cobrir de ridículo a mim mesmo, minha família e minha religião.

"Desculpe", eu rosno, oferecendo-lhe (como sempre) as costas enquanto falo, "mas só porque é a sua religião, isso não quer dizer que seja a minha."

"O que foi que você disse? Vira pra mim, homem crescido, quero ouvir a resposta diretamente da sua boca."

"Eu não tenho religião", respondo, virando-me uma fração de grau em direção a ele.

"Não tem, não?"

"Não posso."

"Não pode por quê? Você é muito especial, é? Olha pra mim! Você é uma pessoa muito especial, é?"

"Não acredito em Deus."

"Tira esse macacão, Alex, e põe uma roupa decente."

"Não é macacão, é Levis."

"Hoje é Rosh Hashaná, Alex, e você me aparece de macacão! Vem aqui, põe um paletó e uma gravata, uma calça e uma camisa limpa, pra ficar com cara de gente. E um sapato também, homem crescido, sapato de verdade."

"Minha camisa *está* limpa..."

"Ah, desse jeito você vai acabar mal, homem crescido. Você tem quatorze anos e está longe de saber tudo o que você pensa que sabe. Tira esse mocassim! Que diabo, você agora é índio, é?"

"Olha, eu não acredito em Deus e não acredito no judaísmo — nem em nenhuma outra religião. É tudo mentira."

"Ah, é mesmo, é?"

"Não vou fazer de conta que esses feriados religiosos querem dizer alguma coisa se eles não querem dizer nada! E não se fala mais nisso!"

"Se eles não querem dizer nada é porque você não sabe nada sobre eles, doutor Sabe-Tudo. O que é que você sabe sobre a história do Rosh Hashaná? Uma coisa? Duas, talvez? O que é que você sabe sobre a história do povo judeu, pra se achar no direito de dizer que a religião deles, que há dois mil anos serve perfeitamente pra gente muito mais inteligente que você e muito mais velha que você — pra você dizer que todo esse sofrimento é mentira!"

"Deus não existe, nem nunca existiu, e o senhor me desculpe, mas no meu vocabulário isso é mentira."

"Então quem foi que criou o mundo, Alex?", ele perguntou, com escárnio. "A coisa aconteceu por acaso, imagino, segundo você."

"Alex", diz minha irmã, "o papai só está dizendo que, mesmo que você não quisesse ir com ele, não custava nada você mudar de roupa..."

"Mas pra quê?", eu grito. "Por causa de uma coisa que nunca existiu? Por que você não me manda mudar de roupa por causa de um gato da rua ou de uma árvore — *porque eles pelo menos existem!*"

"Mas o senhor não me respondeu, doutor Sabe-Tudo", diz meu pai. "Não tente mudar de assunto, não. Quem foi que criou o mundo e as pessoas que vivem no mundo? Ninguém?"

"Isso mesmo! Ninguém!"

"Ah, entendi", diz meu pai. "Brilhante. Ainda bem que eu não fiz o colegial, se era pra ficar brilhante que nem você."

"Alex", diz minha irmã, baixinho — como é de seu feitio — baixinho, porque também ela já está um pouco abalada — "se você puser um sapato..."

"Mas você está igual a ele, Hannah! Se Deus não existe, o que é que o sapato tem a ver com isso?"

"Uma vez por ano a gente pede pra ele fazer uma coisa, mas

não pode, porque ele já está muito crescido. É assim, Hannah, que é o seu irmão, é assim que ele demonstra respeito e amor..."

"Papai, ele é um bom menino. Ele respeita o senhor, ele ama o senhor, sim..."

"E o povo judeu?" Agora ele está gritando e sacudindo os braços, na esperança que desse modo lhe seja possível conter o choro — porque basta cochichar a palavra "amor" na nossa casa para que todos os olhos fiquem imediatamente marejados de lágrimas. "Ele respeita o povo judeu? Tanto quanto respeita a mim, a mesma coisa..." De repente ele se anima — vira-se para mim, acometido por uma nova ideia, uma ideia brilhante. "Me diz uma coisa, você conhece o Talmude, meu filho instruído? Você conhece história? Um, dois, três, pronto, *bar mitzvah*, e terminou sua educação religiosa. Você sabia que tem gente que passa a vida inteira estudando o judaísmo e quando morre ainda não acabou de estudar? Me diz uma coisa, agora que você está com quatorze anos e já conhece tudo de judaísmo, o que é que você sabe sobre a saga e o legado maravilhoso do nosso povo, hein?"

Mas já há lágrimas escorrendo por seu rosto, e mais lágrimas brotando dos olhos. "Só tira dez na escola", diz ele, "mas em matéria de vida é ignorante como um recém-nascido."

Bom, pelo visto chegou a hora, finalmente — e resolvo dizer uma coisa que já sei há algum tempo. "O senhor é que é ignorante! O senhor!"

"Alex!", exclama minha irmã, segurando minha mão, como se temendo que eu o agredisse.

"Mas ele é mesmo! Com toda essa babaquice idiota de saga!"

"Cala a boca! Para com isso! Chega!", grita Hannah. "Vai pro teu quarto..."

Enquanto isso, meu pai se arrasta até a mesa da copa, a cabeça caída para a frente, o corpo recurvado, como se tivesse acabado de ser atingido por uma granada no estômago. Que foi o que aconteceu. Como eu sei muito bem. "Por mim, você pode andar maltrapilho se quiser, pode se vestir que nem um camelô, pode me envergonhar até não poder mais, Alexander, pode me desafiar, bater em mim, me odiar..."

Normalmente, a coisa termina assim: minha mãe chorando na cozinha, meu pai chorando na sala — escondendo os olhos com o *Newark News* —, Hannah chorando no banheiro e eu chorando enquanto vou correndo até o flíper da esquina. Mas neste Rosh Hoshaná em particular tudo está fora do lugar, e o motivo pelo qual meu pai e não minha mãe está chorando na cozinha — e chorando sem a proteção do jornal, e com uma fúria tão lamentável — é o fato de que minha mãe está no hospital se recuperando de uma operação: é por isso que neste Rosh Hoshaná ele está se sentindo tão desesperadamente só, e mais do que nunca precisa de meu afeto e minha obediência. Mas neste instante da história da minha família, se é isso que ele está precisando que eu lhe dê, o senhor pode apostar que não vou dar. Porque preciso não dar a ele aquilo de que ele precisa! Ah, é isso, vamos à forra agora, não é, Alex, seu putinho? Isso mesmo, Alex, o putinho, percebe que a vulnerabilidade normal de seu pai está acentuada no momento porque a mulher dele (ao menos foi o que me disseram) esteve às portas da morte, e por isso Alex, o putinho, aproveita o ensejo para cravar o punhal de seu ressentimento um pouco mais fundo no coração já ferido do pai. Alexandre, o Grande!

Não! O que está em jogo aqui não é só ressentimento adolescente e raiva edipiana, não — é a minha integridade! Me recuso a fazer o que Heshie fez! Pois passo a infância *convencido* de que, se ele quisesse, meu poderoso primo Heshie, o terceiro melhor lançador de dardos no estado de Nova Jersey (uma distinção, imagino, do maior simbolismo para esse menino já crescido, que sonha com suportes atléticos), poderia com facilidade empurrar meu tio de cinquenta anos para trás e imobilizá-lo no chão. Portanto (concluo) ele deve ter perdido a briga de propósito. Mas por quê? Pois ele sabia — *eu* certamente sabia, e ainda era uma criança — que o pai dele cometera uma indignidade. Então ele tinha *medo* de ganhar? Mas por quê, se seu pai fizera uma coisa tão vil, e para o bem de Heshie! Seria covardia? medo? — ou seria talvez sabedoria de Heshie? Toda vez que contam a história do que meu tio foi obrigado a fazer para que meu primo falecido caísse na realidade, ou que volto a pensar no episódio, sinto que há um enigma em seu âmago, uma verdade moral profunda, a qual, se eu pudesse apreender, talvez conseguisse salvar a mim e a meu pai de algum confronto final, porém inconcebível. *Por que Heshie entregou os pontos? E eu, devo fazer o mesmo?* Mas como fazer isso e permanecer "fiel a mim mesmo"? Ah, mas por que é que eu não tento? Só um pouco, seu putinho! Está bem, então não seja fiel a você mesmo só por meia hora!

É verdade, *tenho* de ceder, tenho de ceder, ainda mais quando penso em tudo o que meu pai sofreu, o sofrimento indizível de todos os minutos, das dezenas de milhares de minutos que os médicos levaram para descobrir, primeiro, que havia alguma coisa se formando no útero de minha mãe, e, segundo, se o tumor era maligno... se o que minha mãe tinha era... ah, aquela palavra que a gente não pode nem sequer pronunciar um em presença do outro! a palavra horrenda que não podemos nem sequer soletrar até o fim! a palavra a que aludimos apenas pela abreviação que ela própria inventou antes de ser internada para fazer os exames: C-A. E *genug*! O *n*, o *c*, o *e* e o *r*, a gente nem precisa ouvir para quase morrer de medo! Como ela é corajosa, dizem todos os nossos parentes, de pronunciar essas duas letras! Pois já não chegam as outras palavras inteiras que a gente cochicha por trás de portas fechadas? E como! E como! Palavras feias e frias, que fedem a éter e que são tão convidativas quanto instrumentos cirúrgicos esterilizados, palavras como *papanicolaou* e *biópsia*... E outras palavras que, às escondidas, sozinho em casa, eu procurava no dicionário só para *vê-las* em letra de fôrma, a prova concreta dessas realidades tão remotas, palavras como *vulva*, *vagina*, *cérvix*, palavras cujas definições nunca mais voltarão a me servir como fonte de prazer ilícito... E também aquela palavra que esperamos e esperamos e esperamos a hora de ouvir, a palavra que terá o efeito de fazer nossa família recuperar aquela vida que agora nos parece a mais maravilhosa que se pode imaginar, aquela palavra que soa no meu ouvido como *b'nai* ou *boruch* — benigno! Benigno! Boruch atoh Adonai, *que seja benigno!* Bendito sejas, ó Senhor Nosso Deus, *que seja benigno!* Ouve, ó Israel, e volta a nós a luz da tua face, e o Senhor é Uno, e honrarás pai e mãe, e prometo que sim, prometo que sim, que sim — *mas que seja benigno!*

E era mesmo. Há um exemplar de A *estirpe do dragão*, de Pearl S. Buck, aberto sobre a mesa de cabeceira, onde também há meio copo de *ginger ale* já sem gás. Faz calor e estou com sede, e minha mãe, que lê meus pensamentos, diz que posso beber o refrigerante que está no copo dela, eu estou mais precisado do que ela. Mas apesar da sede não quero beber de um copo que ela já levou aos lábios — pela primeira vez na vida, essa ideia me provoca nojo! "Bebe." "Não estou com sede, não." "Olha só como você está suando." "Não estou com sede, não." "Não vai fazer cerimônia de repente." "Mas eu não gosto de *ginger ale*." "Você? Você não gosta de *ginger ale?*" "Não." "Desde quando?" Ah, meu Deus! Ela está viva, e já começamos tudo outra vez — ela está viva, e na mesma hora começamos tudo mais uma vez!

Ela me conta que o rabino Warshaw veio e ficou conversando meia hora antes — para usar a expressão pitoresca empregada por minha mãe — antes de ela entrar na faca. Muito simpático da parte dele, não foi? Muito atencioso, não foi? (O efeito da anestesia passou há apenas vinte e quatro horas, o senhor entende, e ela já sabe que me recusei a tirar minha calça Levis no feriado!) A mulher que divide o quarto com ela, de cujo olhar amoroso e ávido estou tentando me esquivar, resolve afirmar, sem que ninguém, que eu me lembre, tenha pedido sua opinião, que o rabino Warshaw é o homem mais admirado de toda Newark. Ad-mi-ra-do. Quatro sílabas, como o próprio rabino teria pronunciado, com seu eloquente estilo anglo-oracular. Começo a bater de leve na palma de minha luva de beisebol, sinal de que estou mais ou menos pronto para cair fora, assim que me permitirem. "Ele adora beisebol, se pudesse ele jogava o ano inteiro", diz minha mãe à sra. Ad-mi-ra-do. Eu rosno que tenho uma "partida de campeonato". "É a final do campeonato." "Está bem", diz minha mãe, acrescentando, amorosa: "Você veio, cumpriu seu dever, vá correndo pro seu campeonato". Percebo em sua voz como ela está alegre e aliviada de estar viva nesta linda tarde de setembro... E não estou aliviado também? Não foi para isso que rezei, a um Deus em quem nem sequer acredito? Não era impensável a vida sem ela cozinhando para nós, limpando a casa para nós, fazendo... *tudo* para nós? Foi para isso que rezei, foi por isso que chorei: queria que ela saísse viva da operação. E depois fosse para casa, para voltar a ser nossa mãe, primeira e única. "Vai correndo, meu bebezão", sussurra minha mãe, com tanta doçura — ah, ela sabe ser tão doce, tão boa para mim, tão maternal! É capaz de passar horas jogando canastra comigo, quando estou doente de cama como ela está agora: imagine, a *ginger ale* que a enfermeira lhe trouxe, porque acaba de sofrer uma intervenção cirúrgica séria, ela a oferece a *mim*, porque estou encalorado! Sim, ela é capaz de tirar comida da própria boca para me dar, isso está provado! E mesmo assim não consigo ficar cinco minutos inteiros junto à cabeceira dela. "Corre", diz minha mãe, enquanto a sra. Ad-mi-ra-do, que conseguiu se tornar em tempo recorde minha inimiga pelo resto da vida, a sra. Ad-mi-ra-do diz: "Logo logo a mamãe vai voltar pra casa, logo tudo vai voltar ao normal... Corre, sim, corre, hoje em dia eles todos correm", diz a senhora boa e compreensiva — ah, elas são todas tão boas e tão compreensivas que eu tenho vontade de estrangulá-las! — "andar sem correr, isso eles nem sabem o que é, que Deus os abençoe".

Então eu corro. E como corro! Tendo passado talvez dois minutos ansiosos com ela — dois minutos de meu tempo precioso, muito embora ontem mesmo os médicos tenham enfiado dentro do vestido dela (era o que eu imaginava, antes de minha mãe me lembrar da "faca", a nossa faca) uma espécie de pá horrorosa para tirar fora o que havia de podre dentro do corpo dela. Enfiaram e tiraram fora dela exatamente o que ela tirava de dentro da galinha morta. E jogaram na lata de lixo. No lugar onde fui concebido e gerado, agora não há mais *nada*. Um vazio! Coitada da minha mãe! Como posso largá-la desse jeito, depois de tudo o que ela sofreu? Ela, que me deu... minha própria vida! Como posso ser tão cruel? "Você algum dia vai me abandonar, meu bebezinho, vai abandonar sua mamãe?" Nunca, respondia eu, nunca, nunca, nunca... E no entanto, agora que ela está esvaziada, não consigo nem mesmo encará-la de frente! E desde então evito encará-la! Ah, e o cabelo dela, ruivo claro, espalhado sobre o travesseiro em longos cachos circulares, *que talvez eu nunca mais voltasse a ver*. E as pálidas luas de sardas que, dizia ela, lhe cobriam o rosto por completo quando menina, *e que eu nunca mais voltaria a ver*. E os olhos cor de biscoito de mel, *ainda abertos, ainda me amando!* E o copo de *ginger ale* dela — que eu, apesar de estar com tanta sede, não fui capaz de me *obrigar* a beber!

Assim, saí do hospital correndo, até o parquinho, até a posição de jardineiro central, que é a que costumo ocupar num time de softbol cujo uniforme é uma jaqueta de tecido lustroso azul e dourado, com o nome do clube escrito em letras grandes de feltro branco, de um ombro até o outro: SEABEES, A.C. Deus, obrigado pelo Seabees, A.C.! Deus, obrigado pela posição de jardineiro central! Doutor, o senhor não pode imaginar que maravilha não é ficar lá longe, sozinho no meio de todo aquele espaço... O senhor entende alguma coisa de beisebol? Porque o centro do campo é uma espécie de posto de observação, de torre de controle, de onde se pode ver tudo e todos, compreender o que está acontecendo no instante em que acontece, não apenas com base no som da tacada mas também no frêmito que percorre os jogadores da defesa no momento em que a bola vem voando em sua direção; e, depois que passa por eles, "é minha", você grita, "é minha", e sai correndo para pegá-la. Pois no centro do campo, se você consegue pegar a bola, a bola é sua. Ah, como é diferente da minha casa o centro do campo, onde ninguém põe as mãos numa coisa que eu digo que é *minha*!

Infelizmente, como rebatedor eu era ansioso demais para entrar para o time do colégio — tentei acertar tantas bolas inválidas durante a seleção de jogadores para a equipe dos calouros que por fim o treinador me chamou e disse, irônico: "Meu filho, você tem certeza que não usa óculos?" e, em seguida, me despachou. Mas estilo, isso eu tinha! Estilo para dar e vender! E, no meu time de softbol do parquinho, em que a bola era um pouco maior e um pouco mais lenta, sou o craque que sonhava ser na escola. Naturalmente, meu desejo ardente de ser o melhor de todos faz com que muitas vezes eu vá na bola e não a acerte, mas, quando por fim acerto, ela vai bem longe, doutor, passa por cima da cerca e me garante um *home run*. Ah, não há nada na vida, absolutamente nada, que se compare ao prazer de passar pela segunda base correndo com toda a calma porque de fato não há pressa, porque aquela bola que você tacou desapareceu de vista... E eu era bom na defesa também, e quanto mais era preciso correr, melhor. "Peguei! Peguei! Peguei!" e partia em direção à segunda base, para agarrar com minha luva — a um centímetro do chão, uma bola batida com força, bem baixa, bem no meio, uma bola que alguém achou que fosse garantida... Ou então vou andando de costas, "Deixa comigo, eu pego...", e sigo de costas, ágil e gracioso, em direção àquela cerca de arame, praticamente em câmara lenta, e depois aquela sensação deliciosa de ser Joe Di Maggio, agarrar a bola como se fosse uma coisa caída do céu, por cima do ombro... Ou então correr! virar! saltar! como um Al Gionfriddo mirim — Al Gionfriddo foi um jogador de beisebol, doutor, que uma vez realizou um feito memorável... Ou então parado, tranquilo, nada tremendo, tudo sereno — parado ao sol (como se no meio de um campo vazio, ou fazendo hora numa esquina), sem nenhuma preocupação no mundo, no sol, como o que era para mim o rei dos reis, o Senhor meu Deus, O Duque em pessoa (Snider, doutor, esse nome talvez volte a aparecer), relaxado e à vontade, sentindo o máximo de felicidade que jamais hei de experimentar, sozinho, esperando uma bola alta (*uma bola voadora altíssima*, ouço Red Barber anunciar ao microfone — voando em direção a Portnoy; *bola caindo sobre Alex, sobre Alex*), só esperando a bola cair dentro da luva que levanto para apará-la, e pronto, ploque, é a terceira eliminação daquela entrada (*e o Alex pega a bola, é a terceira da entrada, e agora nosso intervalo comercial, da P. Lorillard and Company*), e então, num movimento único, enquanto o velho Connie faz um anúncio de cigarros Old Gold, vou andando para o banco, agora segurando a bola com os cinco dedos da mão esquerda, sem luva, e, quando chego ao quadrado interior — pisando forte na segunda base —, jogo-a com delicadeza, com um leve movimento de pulso, para o entrebases do time adversário quando ele se aproxima correndo, e ainda sem quebrar o ritmo sigo em frente, com um jogo de ombros, cabeça baixa, pés virados um pouco para dentro, joelhos subindo e descendo devagar, numa imitação brilhante do Duque. Ah, a altivez imperturbável desse jogo! Não há um único movimento que eu ainda não relembre no emaranhado de meus músculos e nas juntas entre meus ossos. A maneira de me abaixar para pegar a luva, de jogá-la para o lado, de sentir o peso do taco, de segurá-lo, carregá-lo e brandi-lo antes de assumir a posição de rebatedor, de levantá-lo acima da cabeça e flexionar e soltar os ombros e o pescoço antes de colocar os pés nos lugares exatos em que eles devem ficar — e, quando perco uma bola boa (coisa que costuma acontecer; de certo modo, compensa as bolas inválidas que tento acertar), o jeito de abandonar a posição manifestando, no gesto discreto de cutucar o chão com o taco, o grau exato de irritação com os poderes estabelecidos... sim, até o menor detalhe é estudado e executado com tal perfeição que está simplesmente além do limiar das possibilidades a ocorrência de alguma situação em que eu não saiba como me mexer, para onde me deslocar, o que dizer ou o que calar... E é verdade, não é? — incrível, mas aparentemente verdadeiro —, que existem pessoas que sentem na vida a desenvoltura, a autoconfiança, a identificação básica e essencial com o que acontece a sua volta, que eu sentia outrora quando me via no meio do campo, jogando com os Seabees. Porque, veja bem, eu não era o melhor jardineiro central que se poderia imaginar, e sim apenas uma pessoa que sabia com exatidão, até os mínimos detalhes, de que modo deve se comportar um jardineiro central. E existirão pessoas assim andando pelas ruas dos Estados Unidos da América? Eu lhe pergunto: por que não posso ser uma delas? Por que não posso existir agora tal como existi para os Seabees na posição de jardineiro central? Ah, ser jardineiro central, jardineiro central — e mais nada!

* * *

Mas sou também outra coisa, segundo me dizem. Judeu. Não! Não! Sou *ateu*, exclamo. Não sou nada em matéria de religião e me recuso a fingir ser o que não sou! Não me importa se meu pai está solitário e carente, a verdade é a verdade, e lamento, mas ele vai ter de engolir a seco minha apostasia! E também não me importa se por um triz não enterramos minha mãe — aliás, agora fico me perguntando se toda essa história de histerectomia não foi transformada em ameaça de C-A só para me assustar, por essa minha família de M-E! Só para me humilhar e assustar e me reduzir outra vez à condição de menininho obediente e impotente! E não consigo ver um argumento em favor da existência de Deus, nem da benevolência e virtude dos judeus, no fato de que o homem mais ad-mi-ra-do de toda Newark passou "uma meia hora inteira" sentado à cabeceira de minha mãe. Se ele esvaziasse a comadre dela, se lhe desse de comer, já seria alguma coisa, mas ficar meia hora sentado ao lado de uma cama? O que mais ele faz na vida, mãe? Para ele, ficar dizendo belas banalidades para pessoas que estão morrendo de medo — para ele, isso é o que jogar beisebol é para mim! Ele adora! E não é para menos, não é? Mamãe, o rabino Warshaw é um farsante, gordo, pedante e impaciente, com um complexo de superioridade absolutamente grotesco, um personagem de Dickens, é isso que ele é; se a senhora estivesse ao lado dele no ônibus e não soubesse quem era, a senhora diria: "Esse homem fede a cigarro que é um horror", e não diria mais *nada*. É uma pessoa que a uma certa altura da vida concluiu que a unidade básica do significado no inglês é a sílaba. Assim, toda palavra que ele pronuncia tem no mínimo três sílabas, até mesmo a palavra *Deus*. Só vendo o alvoroço que ele faz com *Israel*. Para ele, a palavra é do tamanho de "refrigerador"! E a senhora se lembra dele no meu *bar mitzvah*, o dia de glória que ele teve com "Alexander Portnoy"? Por quê, mamãe, por que ele ficou me chamando o tempo todo pelo meu nome completo? Para impressionar vocês, os idiotas da plateia, com aquele monte de sílabas! E funcionou! Funcionou mesmo! Será que a senhora não entende, a sinagoga é o ganha-pão dele, *e é só isso, mais nada*. Ir ao hospital e dizer coisas brilhantes sobre a vida (sílaba por sílaba) para pessoas que estão tremendo nas calças do pijama — isso é o trabalho dele, assim como o do meu pai é vender apólices de seguro de vida! É o ganha-pão dele, e, se a senhora quer sentir admiração por alguém, então admire meu pai, porra, e se curve diante dele e não diante daquele filho da puta gordo e ridículo, porque meu pai dá duro *de verdade*, e dá duro sem ficar achando que é um assistente especial de Deus. E sem falar em *sílabas*, porra! "Se-jam to-dos bem-vin-dos à si-na-go-ga." Ah, Deus, ah, Dêêêêus, se o senhor está lá em cima voltando para nós a luz da sua face, o senhor bem que podia nos poupar das sílabas dos rabinos! Aliás, podia nos poupar dos rabinos! E por que não nos poupar da religião logo de uma vez, em nome da dignidade humana! Jesus Cristo! Mamãe, o mundo todo já sabe, e*ntão por que é que você não sabe? A religião é o ópio do povo!* E se, por acreditar nisso, sou um comunista de quatorze anos, então é isso que eu sou, *e me orgulho de ser*! Mil vezes ser um comunista na Rússia do que um judeu na sinagoga — é o que digo ao meu pai, jogo na cara dele. Mais uma granada a explodir na barriga dele (como eu já imaginava), mas, me desculpe, o fato é que eu acredito nos direitos do homem, os direitos que na União Soviética são estendidos a *todos*, sem distinção de raça, religião ou cor. Aliás é justo por ser comunista que agora faço questão de comer com a faxineira, quando volto para almoçar na segunda-feira e a encontro em casa — vou comer com ela, mamãe, na mesma mesa, *e a mesma comida*. Entendeu? Se o meu almoço é resto de carne assada requentada, então o dela tem de ser resto de carne assada requentada, e não queijo Munster nem atum, servido num prato de vidro especial que não absorve os micróbios dela! Mas não, mamãe não consegue entender, pelo visto. Uma ideia estranha demais, ao que parece. Comer com a *schvartze*? Mas que história é essa? Ela cochicha para mim no corredor, assim que chego da escola: "Espera aí, a moça já vai terminar, só um minutinho...". *Mas eu me recuso a tratar qualquer ser humano* (que não seja da minha família) *como um inferior!* Será que a senhora não consegue entender o princípio da igualdade, que diabo! E vou lhe dizer uma coisa, se ele voltar a usar a palavra "crioulo" na minha frente, enfio uma faca de verdade naquele racista de merda! *Todo mundo entendeu?* Não me importa se as roupas dele fedem tanto depois de um dia cobrando dívidas dos clientes de cor que elas têm de ser penduradas na corda do porão para pegar ar. Não me importa se eles quase o enlouquecem por deixar as apólices vencerem. É mais um motivo para exercer a compaixão, porra, para ser solidário e compreensivo e parar de tratar a faxineira como se ela fosse uma mula, como se ela não tivesse a mesma paixão pela dignidade que as outras pessoas têm! E estou falando sobre os góis também! Nem todos tiveram a felicidade de nascer judeu, não é? Um pouco mais de *rachmones* com os que não tiveram essa sorte, está bem? Porque estou de saco cheio dessa história de que isso é *goyische* e aquilo é *goyische*! Se é ruim, é coisa de gói; se é bom, é coisa de judeu! Será que vocês não percebem, meus caros pais, em cujas entranhas, não sei como, fui gerado, que essa maneira de pensar é um pouco bárbara? Que vocês estão apenas manifestando seu *medo*? A primeira distinção que aprendi com vocês, tenho certeza, não foi entre noite e dia, nem entre frio e quente, e sim entre *goyische* e judeu! Mas, agora, o fato é que, meus caros pais, parentes e amigos aqui reunidos para celebrar meu *bar mitzvah*, o fato é que, seus babacas! seus babacas bitolados! — ah, como odeio vocês, por essa mentalidade judaica bitolada! inclusive o senhor, rabino Sílaba, que nunca mais na sua vida vai me mandar ir até a esquina para comprar mais um maço fedorento de Pall Mall, porque o senhor *fede* a cigarro, se ninguém ainda lhe disse isso — o fato é que nem tudo na vida cabe nessas categorias desprezíveis e inúteis! E em vez de chorar por causa daquele que aos quatorze anos se recusa a voltar a pôr os pés numa sinagoga, em vez de se lamentar por aquele que deu as costas para a saga de seu povo, chorem por vocês mesmos, criaturas patéticas, isso, é para chorar, mesmo, sempre chupando e chupando essa uva azeda dessa religião! Judeu judeu judeu judeu judeu judeu! Já está transbordando dos meus ouvidos, a saga dos judeus sofredores! Me faça um favor, meu povo, pegue seu legado de sofrimento e enfie no cu — *porque por acaso eu também sou um ser humano!*

Mas você é judeu, *sim*, diz minha irmã. Você é um menino judeu, mais do que você imagina, e essa sua atitude só serve para fazer você sofrer, você está gritando contra o vento, só isso... Com os olhos cheios de lágrimas, eu a vejo sentada ao pé de minha cama, me explicando com paciência o dilema em que me encontro. Se estou com quatorze anos, ela estará com dezoito, cursando o primeiro ano da Newark State Teacher's College, uma moça grandalhona, de tez amarelenta, a destilar melancolia por todos os poros. Às vezes acompanhada por uma outra moça grandalhona e feiosa, chamada Edna Tepper (a qual, por outro lado, tem a seu favor um par de peitos do tamanho da minha cabeça), assiste a uma dança folclórica na Associação Hebraica de Moças de Newark. Neste verão ela vai trabalhar como monitora de atividades de artesanato na colônia de férias do Jewish Community Center. Já a vi lendo uma brochura de capa amarela intitulada *Retrato do artista quando jovem*. Creio que isso é tudo que sei sobre ela, além, é claro, do tamanho e do cheiro de seus sutiãs e calcinhas. Que época mais confusa! E quando será que vai terminar? Será que o senhor pode me dar uma data aproximada? Quando é que vou me curar dessa doença!

Você sabe, ela me pergunta, onde você estaria se tivesse nascido na Europa e não na América?

A questão não é essa, Hannah.

Debaixo da terra.

A questão não é essa!

Morto. Envenenado com gás, ou baleado, ou cremado, ou massacrado ou enterrado vivo. Sabia disso? E você poderia gritar o quanto quisesse que não era judeu, que era um ser humano, que não tinha nada a ver com esse legado de sofrimento idiota do povo judeu, e assim mesmo iam pegar e matar você. Você estaria morto, e eu estaria morta, e...

Mas não é disso que eu estou falando!

E a sua mãe e o seu pai estariam mortos.

Mas por que é que você fica do lado deles!

Não estou do lado de ninguém, diz ela. Só estou dizendo que ele não é tão ignorante quanto você pensa.

E ela também não é, é isso que você quer dizer! Imagino que por causa dos nazistas tudo o que ela diz e faz é inteligente e brilhante também! Os nazistas servem de desculpa para tudo o que acontece nesta casa!

Ah, não sei, diz minha irmã, talvez, talvez seja isso mesmo, e agora ela começa a chorar também, e eu me sinto um monstro, porque ela está chorando por causa de seis milhões de mortos, acho que é isso, enquanto eu estou chorando só por mim. Acho que é isso.

Louco por bocetas

Já contei que, aos quinze anos de idade, tirei o pau para fora da calça e toquei uma punheta num ônibus da linha 107, vindo de Nova York?

Minha irmã e Morty Feibish, seu noivo, haviam me oferecido um dia perfeito — duas partidas seguidas no Ebbets Field e depois um jantar num restaurante especializado em frutos do mar na Sheepshead Bay. Um dia glorioso. Hannah e Morty iam passar a noite na casa dos pais de Morty, em Flatbush, e assim eles me deixaram no metrô, rumo a Manhattan, por volta das dez horas — e lá peguei o ônibus para Nova Jersey, no qual tive nas minhas mãos não apenas minha pica mas também toda minha vida, pensando bem. A maioria dos passageiros já estava cochilando antes mesmo de sairmos do Lincoln Tunnel — inclusive a garota sentada a meu lado, com uma saia de xadrez escocês, na qual já havia começado a roçar o brim que cobria minha perna —, e eu já estava com o dito-cujo na mão quando começamos a subir a ladeira do Pulasky Skyway.

Era de esperar que, após um dia tão cheio de atividades prazerosas, eu estivesse mais do que satisfeito e que meu pau fosse a última coisa a passar pela minha cabeça durante a viagem de volta. Bruce Edwards, o novo receptor, saído da segunda divisão — ele era justamente aquilo de que precisávamos (nós, no caso, sendo eu, Morty e Burt Shotton, o presidente dos Dodgers) —, havia feito seis sobre oito, creio eu, nas suas duas primeiras partidas na primeira divisão (ou seria Furillo? Fosse quem fosse, que loucura, colocar a manjuba para fora daquele jeito! Imagine como seria se me pegassem em flagrante! Imagine se eu tivesse ido até o fim e terminasse esporrando em cima do braço dourado daquela *shikse* adormecida!), e depois, no jantar, Morty pedira lagosta para mim, a primeira lagosta da minha vida.

Quem sabe a culpa não foi da lagosta. A quebra de um tabu, com tanta facilidade, talvez tenha fortalecido o lado suspeito, suicida, dionisíaco da minha natureza; talvez tenha me ensinado a lição: para desobedecer à lei, é só... tocar para a frente, e desobedecer! É só parar de tremer e gaguejar e achar que a coisa é impensável, que está além de suas forças: a única coisa a fazer *é fazer!* Afinal, eu pergunto, para que serviam todas aquelas proibições e regras alimentares, se não para nos ensinar — a nós, criancinhas judias — a nos reprimirmos? Uma questão de prática, meu bem, prática, prática, prática. Inibição não dá em árvore, você sabe — precisa de paciência, concentração, uma mãe dedicada, com espírito de sacrifício, e uma criança esforçada e atenta, para criar, em apenas uns poucos anos, um ser humano realmente reprimido e cagão. Para que dois aparelhos de pratos? Para que o sabão e o sal *koshers*? Para quê, eu pergunto, se não para nos ensinar três vezes por dia que a vida é, acima de tudo, uma série de limites e restrições, centenas de milhares de pequenas regras estabelecidas por ninguém mais que Ninguém Mais, regras que você ou segue sem questionamento, por mais idiotas que elas pareçam ser (desse modo permanecendo, por meio da obediência, nas boas graças d'Ele), ou então transgride, quase sempre em nome de um bom senso indignado — transgride porque nem mesmo uma criança gosta de sentir que é uma retardada ou um *schmuck* — sim, você transgride, sabendo que muito provavelmente (é o que meu pai afirma) no próximo Yom Kippur, no livro grande em que Ele escreve os nomes daqueles que estarão vivos no próximo setembro (uma cena que de algum modo permanece gravada na minha imaginação), o seu precioso nome não vai estar no meio dos outros. Agora me diga, quem é o *schmuck*, hein? E não faz a menor diferença (isso eu entendi desde o início, é assim que esse Deus, O Que manda no mundo, raciocina) se a regra violada foi pequena ou grande: é a violação em si que O deixa puto dentro das calças — é a desobediência pura e simples, apenas isso, que Ele de fato não suporta, e também não esquece, quando se senta em Sua cadeira (provavelmente bufando de raiva, e sem dúvida com uma dor de cabeça de rachar, tal como meu pai no auge da prisão de ventre) e começa a excluir nomes do tal livro.

Quando o dever, a disciplina e a obediência são deixados de lado — ah, é esta, *é esta* a mensagem que eu absorvo a cada Páscoa, junto com o *matzoh brei* da minha mãe —, é impossível prever o que acontece depois. A renúncia é tudo, exclama o bife *kosher* e exangue que eu e minha família jantamos toda noite. Autocontrole, sobriedade, sanções — eis a chave de uma vida humana, dizem todas aquelas leis alimentares intermináveis. Que os góis devorem todas as criaturas vis que rastejam pela terra imunda; nós é que não vamos contaminar nossa humanidade desse jeito. *Eles* (você sabe quem) que se empanturrem com tudo o que é dotado de movimento, todo e qualquer animal, por mais odioso e asqueroso, por mais grotesco, *schmutzig* e bruto que seja. Eles que comam enguias, rãs, porcos, caranguejos e lagostas; eles que comam urubus, até mesmo carne de macaco e de gambá se quiserem — uma dieta de criaturas abomináveis tem tudo a ver com uma raça humana tão miseravelmente superficial e vazia, que vive bebendo, se divorciando e trocando sopapos. Eles só sabem, esses imbecis que comem coisas execráveis, contar vantagem, xingar, zombar e, mais cedo ou mais tarde, bater. Ah, sabem também entrar no mato com uma espingarda na mão, esses gênios, e matar veadinhos inocentes, bichos que só fazem comer frutas silvestres e grama e não incomodam ninguém. Você, seu gói idiota! Fedendo a cerveja, tendo gasto toda a munição, você volta para casa com um bicho morto (um bicho que antes estava *vivo*) amarrado em cada para-choque, para que todos os motoristas que passarem pela estrada vejam como você é forte e machão: e depois, na sua casa, você pega esses veados — que não fizeram absolutamente mal nenhum a você, nem a você nem a nada em toda a natureza —, você pega esses veados e os corta em pedaços e cozinha numa panela. Como se já não houvesse o bastante para comer neste mundo, eles têm que comer *veados* também! Eles são capazes de comer *qualquer coisa*, esses góis, qualquer coisa que consigam pegar! E, o corolário terrível — *são capazes de fazer qualquer coisa.* Veado come comida de veado, judeu come comida de judeu, mas os góis não. Bicho que rasteja, bicho que chafurda na lama, bicho que pula, bicho angelical — para eles não faz diferença nenhuma —, o que eles querem, eles pegam, e os sentimentos dos outros que se danem (bondade e compaixão, então, nem pensar). É, está tudo escrito nos livros de história, o que eles fizeram, esses nossos ilustres vizinhos que são os donos do mundo e não sabem nada a respeito das restrições e dos limites humanos.

... Era o que diziam as leis alimentares, pelo menos ao menino que eu era, sendo criado por Sophie e Jackie P., num distrito escolar de Newark em que, na minha turma, só há duas criancinhas cristãs, e elas moram em casas onde nunca entro, perto dos limites de nosso bairro... é o que dizem as leis alimentares, e quem sou eu para afirmar que elas estão erradas? Pois vejam só Alex, a quem se dirigem todas as nossas sílabas — aos quinze anos de idade, uma noite ele chupa a pata de uma lagosta e, menos de uma hora depois, está com o pau de fora, fazendo pontaria numa *shikse* num ônibus público. Não adiantaria nem mesmo se seu superior cérebro judaico fosse feito de *matzoh brei!*

Uma criatura como essa, nem é preciso dizer, jamais foi cozinhada viva em nossa casa — refiro-me à lagosta. Quanto à *shikse*, nunca uma delas entrou em nossa casa, e pode-se imaginar de que modo ela emergiria da cozinha de minha mãe. A faxineira é, sem dúvida, uma *shikse*, mas ela não conta porque é preta.

Ha ha. O que quero dizer é que eu jamais trouxe uma *shikse* para nossa casa. Porque me lembro de uma que meu pai trouxe para jantar conosco, quando eu ainda era pequeno: uma mulher que trabalhava como caixa no mesmo escritório que ele, magra, nervosa, tímida, respeitosa, discreta, velhusca, chamada Anne McCaffery.

Doutor, será que ele andava pulando a cerca com ela? Não posso acreditar! Mas a ideia acaba de me ocorrer. Será que meu pai estava pulando a cerca com aquela senhora nas horas vagas? Ainda me lembro dela, sentada a meu lado no sofá, tão nervosa que não parava de falar, me explicando que o nome dela terminava com E, o que não acontecia com todas as pessoas chamadas Anne — etc. etc. enquanto isso, embora seus braços fossem compridos, alvos, magros e sardentos (braços irlandeses, pensei), dentro da blusa branca, eu percebia, ela tinha um belo par de peitos, peitos substanciais — e a toda hora eu olhava de soslaio para suas pernas, também. Eu tinha apenas oito ou nove anos, mas ela tinha de fato pernas tão sensacionais que eu não conseguia tirar os olhos delas, aquele tipo de pernas que de vez em quando a gente encontra, inesperadamente, embaixo de uma dessas solteironas pálidas de rosto chupado... com aquelas pernas — ora, *é claro* que ele andava pulando a cerca com ela... Não é?

Segundo meu pai, ele a havia trazido para ela provar "uma comida judaica de verdade". Havia semanas que ele nos falava sobre a nova caixa *goyische* ("uma mulher muito feiosa, sem graça", dizia ele, "que só anda de *shmatta*"), a qual vivia a azucriná-lo — era essa a história que meu pai não parava de nos contar —, dizendo que morria de vontade de comer comida judaica de verdade desde que começara a trabalhar naquela filial da Boston &

Northeastern. Por fim, minha mãe não aguentou mais. "Está bem, traz logo essa mulher — já que ela está tão necessitada, eu cozinho pra ela." Será que essa reação o pegou um pouco de surpresa? Jamais saberemos.

O fato é que ela provou comida judaica de verdade. Creio que nunca ouvi a palavra "judaico" pronunciada tantas vezes numa mesma noite, e olhe que eu sou uma pessoa que já ouviu bastante a palavra "judaico".

"São iscas de fígado judaicas autênticas, Anne. Você já tinha experimentado isca de fígado judaica antes? Pois bem, a minha mulher conhece a receita autêntica, pode crer. É assim, a gente come com um pedaço de pão. É pão de centeio judaico autêntico, com sementes. Isso, Anne, é assim mesmo, até que ela está se saindo muito bem, não é, Sophie, para quem está comendo pela primeira vez? Isso, pegue um bom pedaço de pão de centeio judaico, encha bem o garfo de iscas de fígados judaicas" — e assim por diante, até chegar à gelatina — "é, Anne, a gelatina também é *kosher*, claro, tem que ser — não, não, creme no café não pode, porque você comeu carne, ha ha, você ouviu o que a Anne pediu, Alex...?"

Vai, tagarela até não poder mais, querido papai, mas a pergunta acaba de me ocorrer, vinte e cinco anos depois (não que eu tenha qualquer prova concreta, não que eu tenha alguma vez na vida, até este momento, sequer imaginado que meu pai fosse capaz de cometer a menor transgressão à lei doméstica... mas é que a transgressão, parece, é algo que me fascina), uma pergunta surgiu na plateia: afinal, por que o senhor trouxe uma *shikse* para nossa casa? Porque para o senhor era insuportável a ideia de que uma mulher gentia passasse a vida toda sem a experiência de provar gelatina judaica? Ou porque o senhor não conseguia mais viver sua própria vida sem fazer confissões judaicas? Sem exibir a sua esposa a prova de seu crime, para que ela pudesse acusar, repreender, humilhar, punir, para que o senhor se livrasse para todo o sempre de seus desejos proibidos! É, meu pai é mesmo um verdadeiro fora da lei judeu. Reconheço muito bem essa síndrome. Venha, alguém, qualquer pessoa, me autue em flagrante e me condene — eu fiz a coisa mais terrível que se pode imaginar: passei a mão no que não era meu! Coloquei meu próprio prazer acima do dever para com minha família! Por favor, me peguem, me prendam, antes que — Deus me livre! — eu consiga escapar impune e depois torne a fazer outra coisa que eu realmente goste de fazer!

E minha mãe fez o que ele pedia? Será que ela juntou dois peitos com duas pernas e chegou a quatro? Eu, pelo visto, precisei de duas décadas e meia para fazer um cálculo tão complicado. Ah, devo estar inventando isso tudo. Meu pai... com uma *shikse*? Não pode ser. Estava além do entendimento dele. O *meu* pai — comendo uma *shikse*? Se me pressionarem bastante, eu até posso admitir que ele comia minha mãe... mas uma *shikse*? É tão difícil quanto imaginá-lo depredando um posto de gasolina.

Mas, então, por que ela está gritando assim com ele, que cena é essa de acusações e negações, de xingamentos e ameaças e lágrimas incessantes... o que pode ser, se não que ele fez alguma coisa muito errada, talvez até imperdoável? A cena em si é como um móvel pesado, na minha mente, impossível tirar do lugar — o que me leva a crer que a coisa aconteceu, sim. Minha irmã, estou vendo, se escondeu atrás de minha mãe: Hannah a agarra pela cintura e choraminga, enquanto as lágrimas de minha mãe jorram rosto abaixo, caindo no chão de linóleo. Ao mesmo tempo que chora, ela grita com ele, tão alto que suas veias estão saltadas — e grita comigo também, porque, quando examino a cena mais detidamente, constato que, enquanto Hannah se esconde atrás de minha mãe, eu *me refugio atrás do culpado*. Ah, e isso é apenas uma fantasia, é o tipo de coisa que está nos livros, não é?

Não, não, quem eu estou vendo não é outra pessoa que não meu pai, sim, batendo com o punho cerrado na mesa e gritando com minha mãe: "Eu não fiz isso coisíssima nenhuma! Isso é uma mentira, é um erro!". Mas espere aí — sou *eu* que estou gritando "Eu não fiz isso!". *O culpado sou eu!* E se minha mãe está chorando é porque meu pai se recusa a me dar umas palmadas na bunda, porque ela havia me garantido que ele me daria umas palmadas, "e pra valer", quando ficasse sabendo da coisa terrível que eu havia feito.

Quando cometo delitos menores, ela própria dá conta de mim: como o senhor há de lembrar — *eu* certamente lembro! —, basta me fazer pôr o casaco e as galochas — um toque de mestre, mamãe, essas galochas! —, me trancar fora de casa (*me trancar fora de casa!*) dizendo, do outro lado da porta, que nunca mais vai me deixar entrar, de modo que é bom eu começar logo de uma vez a minha nova vida; basta recorrer a esse método rápido e simples para de imediato obter uma confissão, uma autopunição, até mesmo, se ela quiser, um documento assinado garantindo que serei cem por cento puro e bonzinho pelo resto de minha vida — tudo isso para que ela abra para mim aquela porta e me dê acesso a minha cama, a minhas roupas e *à geladeira*. Mas, quando faço uma coisa realmente má, tão perversa que minha mãe é obrigada a levantar os braços para Deus Todo-Poderoso e Lhe perguntar o que foi que ela fez para merecer um filho assim, em tais ocasiões meu pai é convocado para fazer justiça; porque minha mãe é sensível demais, uma criatura delicada demais, para impor um castigo corporal. "Dói em mim", ouço-a explicando para a tia Clara, "mais do que nele. É assim que eu sou. Não consigo, não adianta." Ah, coitada da minha mãe.

Mas, afinal, o que é que está acontecendo aqui? Não é possível, doutor, nós não conseguirmos destrinchar essa situação, dois rapazes judeus inteligentes como nós... Um ato terrível foi cometido, ou por meu pai ou por mim. O culpado, em outras palavras, é um dos dois indivíduos da família dotados de membros viris. Até aí, tudo bem. Agora: foi ele que enfiou a pica entre aquelas pernas deliciosas da caixa gentia do escritório, ou fui eu que comi o pudim de chocolate da minha irmã? O problema é que Hannah *não quis* comê-lo na hora da sobremesa, mas *queria* que ele fosse guardado para ela comer antes de se deitar. Mas, Cristo, como é que eu podia saber disso, Hannah? Quem é que entra nessas sutilezas todas quando está com fome? Tenho oito anos e morro de tesão por pudim de chocolate. Basta eu ver aquela superfície coberta por uma profunda camada de chocolate, me chamando de dentro da geladeira, que não sou mais senhor de meus atos. Além disso, eu *pensei* que fosse *sobra*! É verdade! Jesus Cristo, por que tanta gritaria, tanto choro, só porque eu comi o pudim de chocolate daquela mosca-morta? E, se eu comi, não foi por querer! Eu pensava que fosse outra coisa! Juro, juro, foi sem querer!... Mas sou eu — ou é meu pai que se defende aos gritos diante do júri? É ele, sim — ele fez, sim, está bem, está bem, Sophie, me deixa em paz, fiz sim, *mas não foi por querer!* Porra, só falta agora ele dizer que merece perdão porque nem gostar ele gostou. Que história é essa de "não foi *por querer*", seu *schmuck* — você enfiou a coisa no lugar, não enfiou? Então agora assuma, seja homem! Diga a ela, diga: "Isso mesmo, Sophie, eu comi a *shikse*, sim, e estou cagando pro que você pensa ou deixa de pensar. Porque, se você ainda não percebeu, eu é que sou o homem da casa, *e quem manda aqui sou eu!*". E acerte um soco nela se for necessário! Porrada nela, Jake! Não é isso que um *gói* faria em seu lugar? Você acha que, se um caçador de veado fodão cai sentado numa cadeira quando o pegam em flagrante violando o sétimo mandamento, ele começa a chorar e pedir perdão à mulher? — perdão por *quê*? Afinal de contas, de que se trata? Você enfiou seu pau num lugar e mexeu para um lado, mexeu para o outro, até que esguichou um negócio pela frente. E então, Jake, qual é o problema? Quanto tempo durou todo o episódio, para que você mereça tamanha espinafração da parte dela — tanta culpa, tanta recriminação, tanta autorrepulsa? Papai, por que somos tão submissos e culpados com as mulheres, eu e você — se não precisamos ser assim! Não precisamos e não devemos! Quem devia mandar, papai, éramos *nós*! "O papai fez uma coisa terrível, terrível", exclama minha mãe — ou será minha imaginação? Quem sabe o que ela está dizendo agora não é: "Ah, o Alex fez uma coisa terrível de novo, papai...". Seja como for, ela pega Hannah no colo (logo Hannah!), a qual, até aquele momento, eu jamais julgara poder ser o objeto de amor de alguém, pega-a no colo e começa a beijar aquele rosto triste, que ninguém ama, dizendo que a menininha dela é a única pessoa no mundo em quem ela pode realmente confiar... Mas, se estou com oito anos, Hannah está com doze, e ninguém poderia pegá-la no colo, isso eu garanto, porque o problema da coitada é que ela é obesa, "e como!", diz minha mãe. Ela não tinha nada que comer pudim de chocolate. É, foi *por isso* que eu comi! Paciência, Hannah, quem mandou foi *o médico*, não fui eu, não. Não tenho culpa de você ser gorda e "lerda" enquanto eu sou esbelto e brilhante. Não tenho culpa de ser tão bonito que chegam a parar minha mãe, quando ela me leva no carrinho, para admirar minha linda *punim* — você já a ouviu contar essa história, não tenho nada a ver com isso, é apenas um fato da natureza, eu ter nascido bonito e você ter nascido, não feia, mas nada que as pessoas façam questão de ficar olhando. Será que isso é minha culpa também? Você ter nascido quatro anos antes de eu estar no mundo? Pelo visto, é Deus que quer que as coisas sejam assim, Hannah! Está escrito no grande livro!

Mas o fato é que ela parece não me julgar responsável por

nada: continua sendo boazinha com seu querido irmão caçula e jamais bate em mim ou me xinga. Eu como o pudim de chocolate de Hannah, e ela deixa que eu faça gato e sapato dela e não diz nem uma palavra em protesto. Me beija antes de eu dormir, me ajuda a atravessar a rua com todo o cuidado no caminho da escola e depois dá um passo atrás e se deixa engolir pela parede (creio que é lá que ela fica) quando imito, para o deleite de meus pais, todas as vozes do programa de rádio "Allen's Alley", ou quando eles anunciam a todos os parentes, de uma ponta a outra de Nova Jersey, meu boletim escolar impecável. Porque, quando não estou sendo punido, doutor, sou carregado de um lado para outro naquela casa, tal como carregam o papa pelas ruas de Roma...

Sabe, há no máximo umas dez ou doze lembranças de infância em que minha irmã aparece. Antes de minha adolescência, quando ela se torna a única pessoa sensata naquele hospício com quem eu posso conversar, é como se ela fosse alguém que nos visitasse uma ou duas vezes ao ano — por uma ou duas noites ela nos faz companhia, come à nossa mesa, dorme numa de nossa camas e depois, graças a Deus, a pobre criatura gorda desaparece.

Mesmo no restaurante chinês, onde o Senhor suspende o tabu do porco para o deleite dos filhos obedientes de Israel, comer lagosta à cantonesa é considerado por Deus (Cujo porta-voz na Terra, em questões alimentares, é minha mãe) simplesmente impensável. Se podemos comer porco na Pell Street e não em casa é porque... para falar com franqueza, ainda não consegui compreender muito bem, mas quando menino penso que o motivo principal é o fato de que o senhor de idade que é proprietário do restaurante, e a quem chamamos, entre nós, de

"*Shmendrick*", é uma pessoa cuja opinião a nosso respeito não nos causa nenhuma preocupação. É, tenho a impressão de que as únicas pessoas no mundo de quem os judeus não têm medo são os chineses. Primeiro porque eles falam inglês de um jeito que faz com que até meu pai pareça lorde Chesterfield; segundo porque dentro da cabeça eles só têm arroz colorido mesmo; e terceiro porque para eles nós não somos judeus, e sim *brancos* — quem sabe, talvez, até mesmo anglo-saxões. Imagine! Não admira que os garçons não consigam nos intimidar. Para eles, somos apenas uma variedade mais nariguda de WASP! Meu Deus, como comemos! De repente nem mesmo o porco nos mete medo — mas é bem verdade que ele chega a nossa mesa tão recortado e desfiado, flutuando em tamanhos oceanos de molho de soja, que não tem mais nenhuma semelhança com uma costeleta de porco, nem com presunto, nem com — o mais asqueroso de tudo — *salsicha* (aarrg!)... Mas então por que é que não podemos comer lagosta também, disfarçada de outra coisa? Vamos ouvir a explicação lógica de minha mãe. O silogismo, doutor, segundo Sophie Portnoy. Está preparado? Por que é que não podemos comer lagosta? "Porque lagosta *mata*! Porque eu comi uma vez, e quase morri!"

Sim, também ela cometeu suas transgressões e foi devidamente punida. No tempo de suas loucuras de juventude (isso foi antes de eu a conhecer), ela se deixou ser seduzida (ou seja, lisonjeada e envergonhada ao mesmo tempo) e induzida a comer lagosta à Newburg por um corretor de seguros maldoso e atraente que trabalhava com meu pai na Boston & Northeastern, um bêbado contumaz que se chamava (era irlandês, é claro) Doyle.

Foi numa convenção da empresa em Atlantic City, num barulhento banquete de despedida, que Doyle fez minha mãe acreditar que, embora o cheiro indicasse outra coisa, a travessa que o garçom havia colocado diante de seu corpete continha apenas frango ao molho de champignon. Sem dúvida, ela desde o início achou que havia algo de estranho, e no momento em que aquele homem bonitão e embriagado tentou levar-lhe à boca uma garfada, ela sentiu que a tragédia, para usar o termo de sua escolha, estava prestes a acontecer. Porém, ela própria já alta depois de dois copos de *whiskey sour*, minha mãe levantou seu narigão judaico, ignorando sua bem fundada premonição, e — ah, fêmea impulsiva! mulher desavergonhada! aventureira afoita! — se entregou por completo à atmosfera de excessos insensatos que, ao que parece, havia se instalado naquele salão cheio de corretores de seguros e suas esposas. Foi só quando chegou o sorvete de frutas que Doyle — o qual, de acordo com minha mãe, "era um segundo Errol Flynn na aparência, e não só na aparência" — que Doyle lhe revelou a verdadeira natureza do que ela havia ingerido.

Mamãe passou a noite inteira debruçada sobre a privada vomitando. "Botei as *kishkas* pra fora por causa daquela coisa! Que brincadeira mais sem graça! É por isso que lhe digo hoje, Alex, pra você nunca pregar peças desse tipo — porque as consequências podem ser desastrosas! Passei tão mal, Alex", ela adorava dizer a si própria e a mim, e a meu pai também, cinco, dez, quinze anos após a catástrofe, "que seu pai, esse Mister Coragem aqui, teve que acordar o médico do hotel, que estava no sétimo sono, para ele vir até o nosso quarto. Está vendo meus dedos? Eu vomitava tanto que eles ficaram assim, duros, como se eu estivesse *paralisada*, e pode perguntar ao seu pai — Jack, diz pra ele, diz pra ele o que você pensou quando viu o que tinha acontecido com meus dedos depois que eu comi a lagosta à Newburg." "Que lagosta à Newburg?" "Aquela que o seu amigo Doyle enfiou na minha boca." "Doyle? Que Doyle?" "O Doyle, Aquele Que Tiveram Que Transferir para os Cafundós do Sul de Nova Jersey de Tanto Que Ele Aprontava. O Doyle! O Que

Parecia o Errol Flynn! Conta pro Alex o que aconteceu com meus dedos, o que você *achou* que tinha acontecido..." "Olha, eu não sei do que você está falando", o que provavelmente é verdade: nem todos veem na vida de minha mãe a intensa carga dramática que ela própria vivencia — e há também sempre a possibilidade de que essa história tenha mais a ver com a imaginação do que com a realidade (mais a ver, desnecessário explicar, com o perigoso Doyle do que com a lagosta proibida). Além disso, é claro, meu pai é um homem que tem um certo número de preocupações a que precisa se dedicar todos os dias, e às vezes é obrigado a se desligar das conversas a seu redor para poder cumprir sua cota diária de ansiedade. É bem possível que ele não tenha dado atenção a nem uma palavra do que minha mãe acaba de dizer.

Porém o monólogo de minha mãe continua. Há crianças que todos os anos ouvem a história de Natal de Charles Dickens, ou a quem todas as noites são lidos trechos de seu livro predileto; quanto a mim, vivo ouvindo episódios emocionantes da vida perigosa de minha mãe. É esta a verdadeira literatura da minha infância, as histórias de minha mãe — os únicos outros livros que há lá em casa, além dos livros do colégio, são os que deram de presente aos meus pais quando eles estavam convalescendo no hospital. Um terço de nossa biblioteca consiste em *Estirpe do dragão* (a histerectomia de minha mãe) (moral: não há nada que não seja irônico, sempre há uma gargalhada escondida em algum lugar), e os outros dois terços são o *Diário argentino* de William L. Shirer e (a mesma moral) *Memórias de Casanova* (a operação de apendicite de meu pai). Fora esses, nossos livros são de autoria de Sophie Portnoy, e cada um deles é mais um volume da famosa série intitulada *Você me conhece: eu experimento qualquer coisa uma vez*. Pois a ideia que parece gerar e permear suas obras é a de que minha mãe é uma espécie de exploradora temerária que vive em busca de tudo o que é novo e emocionante, e termina sempre levando na cabeça para aprender a não ser pioneira. De fato ela se considera uma mulher de vanguarda, uma combinação extraordinária de Marie Curie com Ana Karenina e Amelia Earhart. O fato é que é com essa imagem romântica de sua mãe na cabeça que este menininho vai se deitar, depois que ela lhe veste o pijama e o coloca entre os cobertores contando que aprendeu a dirigir quando estava grávida de minha irmã e que, logo no primeiro dia depois de tirar a carteira de motorista — "na primeira *hora*, Alex" —, "um maluco" foi de encontro ao para-choque traseiro de seu carro, e nunca mais ela dirigiu na vida. Ou então a história do dia em que ela estava procurando peixinhos num pequeno lago em Saratoga Springs, Nova York, aonde fora levada aos dez anos de idade para visitar uma tia velha que estava doente, e por acidente caiu na água, foi parar no fundo daquele lago imundo e nunca mais chegou perto de água, nem mesmo na praia, quando a maré está baixa e há um salva-vidas de plantão. Ou então a história da lagosta, que mesmo bêbada ela sabia que não era frango com molho de champignon coisa nenhuma, que foi só "para fazer o tal do Doyle calar a boca" que ela deixou que ele pusesse na sua boca, o que teve consequências quase trágicas, motivo pelo qual, naturalmente, mamãe nunca mais comeu nada que fosse parecido com lagosta. E também não quer que eu coma. Jamais. Se eu sei o que é bom para mim. "Há muita coisa boa pra comer neste mundo, Alex, sem ter que comer lagosta e depois correr o risco de ficar com a mão paralisada para o resto da vida."

Ufa! Quanta reclamação! Tenho dentro de mim ódios que eu nem sabia que existiam! Isso faz parte do processo, doutor, ou é o que chamamos de "o material"? Eu só faço me queixar, essa repugnância parece um poço sem fundo, e estou começando a achar que talvez já seja o bastante. Toda essa minha choradeira ritualizada parece que é justamente o que faz com que os pacientes de análise sejam tão malvistos pelo público. Será que eu detestava mesmo a minha infância e tinha tanto ressentimento desses meus pobres pais quanto me parece agora, quando olho para trás e vejo o que era do ponto de vista do que sou — e não sou? Isso que estou dizendo hoje é a verdade ou apenas uma arenga? Ou será que para gente como eu a arenga é uma *forma* de verdade? Seja como for, minha consciência faz questão de deixar registrado, antes que as lamúrias recomecem, que *no tempo em que eu era menino* minha infância não era essa coisa que hoje me inspira tanto distanciamento e rancor. Por maior que fosse meu estado de confusão, por mais profunda que minha turbulência interior me pareça agora ter sido, que eu me lembre nunca fui o tipo de menino que conscientemente sonha em morar em uma outra casa com uma outra família, quaisquer que fossem meus desejos inconscientes. Afinal, em que outra casa eu teria uma plateia como aquela para as minhas imitações? Na hora das refeições, eu quase matava os dois de rir — uma vez minha mãe literalmente molhou a calcinha, doutor, e teve que ir correndo para o banheiro, rindo histérica da minha imitação do senhor Kitzel, personagem do "Jack Benny Show". Que mais? Os passeios, os passeios com meu pai no Weequahic Park aos domingos, que até hoje não esqueci. O senhor sabe, se eu estou no campo e encontro no chão uma bolota, sempre me lembro dele e daqueles passeios. E isso não é pouca coisa, não, passados quase trinta anos.

E já lhe falei, com relação a minha mãe, sobre nossas conversas no tempo em que eu ainda não tinha idade para frequentar a escola? Durante aqueles cinco anos em que ficávamos sozinhos os dois o dia inteiro, tenho a impressão de que cobrimos quase todos os assuntos conhecidos pelo homem. "Conversando com o Alex", ela dizia ao meu pai quando ele voltava para casa à noite, exausto, "eu sou capaz de passar roupa a tarde inteira e nem ver o tempo correr." Veja bem, eu tinha só *quatro* anos.

E quanto à gritaria, às choradeiras e ameaças, até nisso havia algo de bom, de vivo e animado; além disso, o fato de que nada nunca era apenas nada, mas sim sempre ALGUMA COISA, de que até mesmo o episódio mais corriqueiro podia se transformar, sem aviso prévio, numa TERRÍVEL CRISE, isso para mim era simplesmente *a vida como ela era*. Um romancista, como é mesmo que se chama, Markfield, escreveu um conto em que diz que até os quatorze anos de idade ele achava que "desespero" fosse uma palavra judaica. Pois era isso que eu pensava a respeito de "tumulto" e "hospício", dois dos substantivos prediletos de minha mãe. E também "espátula". Eu já era o queridinho da professora na primeira série, e esperavam que eu ganhasse todas as competições em sala de aula, quando uma vez a professora me pediu para identificar um objeto que aparecia numa ilustração, o qual reconheci perfeitamente como sendo aquilo a que minha mãe dava o nome de "espátula". Só que não consegui de jeito nenhum lembrar como se dizia aquilo em inglês. Gaguejando, vermelho de vergonha, me sentei, derrotado, não tão estupefato quanto minha professora, mas mesmo assim muito abalado... para o senhor ver como meu destino estava selado desde cedo, como desde esse tempo era considerado "normal" eu entrar num estado de angústia — nesse caso particular, por causa de algo tão monumental quanto um utensílio de cozinha.

Ah, tanta confusão por causa de uma espátula, mamãe, Imagine o que não sinto pela senhora!

A propósito desse episódio delicioso, lembro que, no tempo em que ainda morávamos em Jersey City, quando eu ainda era o bebezinho de minha mãe, ainda tinha o cheiro dos perfumes dela, inteiramente escravizado pelo *kugel* e pelo *grieben* e pelos *ruggelech* que ela fazia — houve um suicídio no nosso prédio. Um garoto de quinze anos chamado Ronald Nimkin, que havia sido nomeado "José Iturbi Segundo" pelas mulheres do edifício, se enforcou no cano do chuveiro de seu banheiro. "Com aquelas mãos de ouro!", gemiam as mulheres, referindo-se, naturalmente, a seus dotes de pianista — "Com todo aquele talento!", e, em seguida: "Nunca se viu um menino mais apaixonado pela mãe do que ele!".

Juro que não estou inventando, juro que não é uma lembrança encobridora: foram exatamente essas as palavras usadas por aquelas mulheres. Os grandes temas operísticos do sofrimento e da paixão saem da boca daquelas mulheres como se fossem os preços de Oxydol e milho Del Monte! Pois, se minha mãe, só para lembrar o senhor, quando voltei de minha aventura na Europa no verão passado, me saudou no telefone assim: "E então, como está o meu namorado?". Ela me chama de *namorado*, quando o marido está escutando na extensão! E nunca lhe ocorre que, se eu sou namorado dela, então quem é ele, o *schmegeggy* que vive com ela? Não, com essa gente não precisa ficar escavando as profundezas — o inconsciente delas está estampado na testa!

A sra. Nimkin, chorando na nossa cozinha: "Por quê? Por quê? Por que ele fez uma coisa dessas conosco?". Ouviu? Não o que *nós* fizemos com *ele*, ah, isso não — por que foi que *ele* fez isso *conosco*? Nós, que daríamos a vida para que ele fosse feliz e de lambuja se tornasse um grande pianista clássico! Mas será que elas são realmente tão cegas assim? Será possível que existam pessoas de uma estupidez tão abissal? O senhor acredita?

Será que essas pessoas têm todo o equipamento, cérebro, medula espinhal, os quatro buracos nos ouvidos e olhos — um equipamento, sra. Nimkin, quase tão impressionante quanto uma televisão a cores — e mesmo assim vivem a vida inteira sem entender absolutamente *nada* sobre os sentimentos e anseios de pessoas que não sejam elas mesmas? Sra. Nimkin, sua panaca, me lembro bem da senhora, eu só tinha seis anos, mas me lembro da senhora, o que levou à morte o seu querido Ronald, o futuro pianista, está na cara: FOI O SEU EGOÍSMO, FOI A SUA BURRICE, PORRA! "Tantas aulas que demos a ele", chora a sra. Nimkin... Mas espere aí, por que é que eu insisto nisso? Talvez a intenção dela seja boa, é claro que é — num momento de dor, o que esperar dessas pessoas tão simples? É só porque, em seu sofrimento, ela não sabe o que dizer que faz esse comentário horrendo sobre as aulas todas que eles pagaram para uma pessoa que agora é um defunto. Pois afinal o que são elas, essas mulheres judias que nos criaram? Na Calábria encontramos outras mulheres tão sofredoras quanto elas, imóveis feito pedras nas igrejas, engolindo toda aquela idiotice católica horrorosa; em Calcutá elas mendigam nas ruas, ou, se têm sorte, puxam arados num campo poeirento... É só nos Estados Unidos, rabino Golden, que essas camponesas, nossas mães, tingem os cabelos de platina aos sessenta anos de idade e andam pela Collins Avenue de calça três-quartos e estola de *vison* — expressando suas opiniões a respeito de todos os assuntos deste mundo. Elas não têm culpa se lhes deram o dom da fala — pois, se as vacas falassem, elas diriam a mesma espécie de asneiras. Isso, isso mesmo; talvez seja esta a solução: encará-las como vacas, que por milagre foram abençoadas com o dom da fala e a capacidade de jogar majongue. Não custa nada a gente pensar o melhor dos outros, não é, doutor?

Eis o meu detalhe favorito do suicídio de Ronald Nimkin: ele está pendurado no chuveiro e encontram um bilhete preso com um alfinete na camisa de manga curta do jovem pianista morto — aliás, é o que eu mais me lembro de Ronald: aquele adolescente alto, escaveirado e platônico, andando de um lado para outro sempre sozinho, com aquelas camisas de manga curta grandes demais para ele, as lapelas engomadas e passadas a ferro, tão duras que pareciam à prova de bala... Ronald, todos os membros dele tão tensos, a coluna tão rígida, que, se você encostasse o dedo nele, ele provavelmente começaria a vibrar... e os dedos, é claro, aqueles dedos compridos, brancos, grotescos, com no mínimo sete falanges até chegar à unha cuidadosamente roída, aquelas mãos de Bela Lugosi, que minha mãe me dizia — e dizia — *e dizia* — porque nada é dito uma vez só — nada! — que eram "mãos de pianista nato".

Pianista! Ah, essa é uma das palavras que elas adoram, quase tanto quanto *doutor*, doutor. E "residência". E, o melhor de tudo: *consultório próprio*. *Ele abriu um consultório próprio na Livingston.* "Você se lembra do Seymour Schmuck, Alex?", ela me pergunta, ou então é Aaron Putz ou Howard Shlong, algum pateta que conheci na escola primária há vinte e cinco anos e do qual não me lembro nem um pouco. "Pois bem, encontrei a mãe dele hoje na rua, e ela me disse que o Seymour é agora o mais importante neurocirurgião de todo o hemisfério ocidental. Ele é dono de seis casas de vários níveis, todas de pedra, em Livingston, e é membro da administração de onze sinagogas, todas novas em folha e projetadas por Marc Kugel, e no ano passado, com a mulher dele e as duas filhinhas, que são tão lindas que já foram contratadas pela Metro Goldwyn Mayer, e tão brilhantes que já deviam estar na faculdade — ele foi com todas elas para a Europa, e gastou oitenta milhões de dólares visitando sete mil países, inclusive uns de que você nunca ouviu falar, países que foram criados só para homenagear o Seymour, e mais ainda, ele é tão importante, o Seymour, que em todas as cidades europeias por onde passou ele foi convidado pessoalmente pelo prefeito para realizar uma neurocirurgia impossível num hospital que foi construído só para ele, e — escuta isso — enquanto ele operava eles botaram para tocar na sala de operação o tema de *Êxodo*, para todo mundo saber qual é a religião dele — para você ver como o seu amigo Seymour está importante! *E a alegria que ele dá aos pais dele!*"

E você — é o que está escrito nas entrelinhas —, quando é que você vai se casar, hein? Em Newark e arredores, é esta a pergunta que todos trazem na ponta da língua: QUANDO É QUE ALEXANDER PORTNOY VAI DEIXAR DE SER EGOÍSTA E DAR NETINHOS AOS PAIS DELE, QUE SÃO PESSOAS TÃO MARAVILHOSAS? "E então", diz meu pai, os olhos se enchendo de lágrimas, "e então", ele pergunta, *todas as vezes em que encontro com ele*, "tem algum namoro sério, hein, Homem Importante? Me desculpa por perguntar, sou só o seu pai, mas, como eu não vou viver pra sempre, e como é você que vai transmitir o nome da família, caso você tenha esquecido, eu queria saber se você podia me contar o segredo."

Sim, é uma vergonha, uma vergonha, Alex P., o único da sua turma do colegial que até agora não transformou em avós sua mamãe e seu papai. Enquanto todos os outros já se casaram com boas moças judias, e tiveram filhos, e compraram casas e (a expressão é do meu pai) *criaram raízes*, enquanto todos os outros filhos deram continuidade ao nome da família, tudo o que ele fez foi... correr atrás de boceta. E boceta de *shikse* ainda por cima! Correndo atrás de boceta, cheirando boceta, lambendo boceta, comendo boceta, mas, acima de tudo, *pensando* em boceta. Dia e noite, no trabalho e na rua — aos trinta e três anos de idade, continua andando pela rua com os olhos esbugalhados. É um milagre ele até hoje não ter sido esmagado por um táxi, do jeito que ele anda pelas principais artérias de Manhattan na hora do almoço. Trinta e três anos, e continua devorando com os olhos e elaborando fantasias sobre toda moça que cruza as pernas a sua frente no metrô! Até hoje se maldizendo por não ter falado com o par de peitos suculentos que subiu vinte e cinco andares a sós com ele num elevador! E se maldizendo também pelo motivo oposto! Pois ele já foi capaz de abordar moças de aparência respeitável na rua e, muito embora desde que apareceu num programa de televisão numa manhã de domingo seu rosto não seja mais de todo desconhecido para uma parcela mais esclarecida do público — muito embora ele talvez esteja indo ao apartamento de sua atual namorada para jantar —, em uma ou duas ocasiões ele foi capaz de murmurar: "Vem cá, você gostaria de vir pra minha casa comigo?". *É claro* que ela vai dizer não. É claro que ela vai gritar: "Vai embora, seu!", ou então retrucar, seca: "Muito obrigada, eu já tenho uma casa muito boa, e um marido também". O que é que ele tem na cabeça, esse bobalhão! esse idiota! esse garoto dissimulado! Esse tarado! Ele simplesmente não consegue — não *quer* — controlar o fogo que tem no *putz*, a febre que arde no cérebro, o desejo constante pelo que é novo, louco, jamais pensado e, se é possível se imaginar tal coisa, *jamais sonhado*. Em matéria de boceta, ele vive num estado que nem se atenuou nem sofreu o menor refinamento desde o tempo em que tinha quinze anos e não conseguia se levantar da carteira na sala de aula sem ter de usar o fichário para ocultar o pau duro. Toda garota que vê, ele constata (atenção!), tem entre as pernas... uma boceta. Espantoso! Surpreendente! Até hoje não conseguiu se habituar com a ideia fantástica de que quem olha para uma mulher está olhando para uma pessoa que, sem sombra de dúvida, tem... uma boceta! *Todas elas têm bocetas!* Debaixo do vestido! Bocetas que servem... para foder! E, doutor, meritíssimo, seja lá como o senhor se chame — pelo visto não faz diferença se o infeliz está se dando bem ou não, porque ele está sonhando com a boceta de amanhã no exato momento em que está comendo a de hoje!

Estou exagerando? Estou me penitenciando só como uma maneira engenhosa de me exibir? Ou de contar vantagem? Será que realmente vivencio essa inquietude, essa excitação, como uma doença — ou como uma proeza? As duas coisas? Talvez. Ou será apenas uma forma de evasão? Olhe, pelo menos não estou, aos trinta e poucos anos, preso num casamento com uma pessoa legal cujo corpo já não me interessa de verdade — pelo menos não sou obrigado a me deitar toda noite com uma pessoa que como mais por obrigação do que por desejo. Porque tem gente que sofre uma depressão horrível na hora de se deitar... Por outro lado, até eu preciso admitir que, de um certo ponto de vista, talvez haja algo um pouco deprimente na minha situação, também. É claro que não se pode ter tudo, ou pelo menos é o que penso — mas a pergunta que estou disposto a enfrentar é a seguinte: eu tenho alguma coisa? Por quanto tempo ainda vou poder continuar realizando esses experimentos com mulheres? Por quanto tempo ainda vou poder viver enfiando esse negócio nos buracos que se oferecem a ele — primeiro este buraco aqui, depois, quando eu cansar dele, aquele outro ali... e assim por diante. Quando é que isso vai acabar? Mas *por que* tem que acabar? Para agradar um pai e uma mãe? Para me conformar à norma? Por que eu preciso ficar na defensiva por ser aquilo que algum tempo atrás tinha o respeitável nome de solteiro? Porque afinal de contas é só disso que se trata — sou solteiro. Então qual é o crime? Liberdade sexual? No tempo em que vivemos? Por que motivo eu tenho de me submeter à burguesia? Por acaso eu peço que ela se submeta a mim? Está bem, admito que tenho algo de boêmio — o que há de terrível nisso? Quem eu estou prejudicando com a minha volúpia? Nunca dei uma pancada na cabeça de uma mulher para fazê-la desmaiar, nem torci o braço dela para obrigá-la a ir para a cama comigo. Sou, se me permitem dizê-lo, um homem honesto e sensível; falando sério, para um homem sou até bem... Mas por que é que tenho que me explicar! Me *desculpar*! Por que preciso justificar meus desejos com minha Honestidade e minha Sensibilidade! Está bem, tenho desejos, sim — só que eles são insaciáveis. Insaciáveis! E isso pode não ser uma coisa muito boa, se adotarmos por um momento o ponto de vista psicanalítico... Mas, afinal, a única coisa que o inconsciente sabe fazer, segundo Freud, é *desejar*. E desejar! E DESEJAR! Ah, Freud, disso sei eu! Esta aqui tem uma bela bunda, mas fala demais. Por outro lado, esta outra não fala nada, ou pelo menos não diz nada que se aproveite — mas como sabe chupar! Vá entender de pica assim! Já esta outra é um amor de menina, com os mamilos mais macios, mais rosados, mais encantadores que meus lábios já tocaram, só que se recusa a me chupar. Não é estranho? E no entanto — vá entender as pessoas! — ela gosta, quando está sendo comida, que eu enfie um ou dois dedos no ânus dela. Que coisa mais misteriosa! O inesgotável fascínio de todas essas aberturas e buracos! Como o senhor vê, eu não consigo parar! Nem me prender a *uma apenas*. Tenho casos que chegam a durar um ano, um ano e meio, meses e meses de amor, ao mesmo tempo terno e voluptuoso, mas no fim — é uma coisa tão inevitável quanto a morte — o tempo marcha e o desejo murcha. No final, não consigo dar o último passo e me casar. Mas por que tenho que me casar? *Por quê?* Existe alguma lei que diz que Alex Portnoy tem obrigação de se tornar marido e pai de alguém? Doutor, podem se plantar no patamar de uma janela e dizer que vão se esborrachar na calçada, podem fazer uma pilha de Seconal que chegue até o teto — posso passar semanas e semanas morrendo de medo que essas moças casadouras se joguem debaixo do trem do metrô, mas eu simplesmente não posso, não *quero*, assinar um contrato estipulando que vou ter que dormir com apenas uma mulher pelo resto da vida. Imagine só: digamos que eu me case com A, a dos peitinhos lindos etc. O que vai acontecer quando aparecer B, que tem peitos ainda mais lindos — ou, pelo menos, novos? Ou C, que sabe mexer o rabo de uma maneira especial que nunca provei antes; ou D, ou E, ou F. Estou tentando ser sincero com o senhor, doutor — porque em matéria de sexo a imaginação humana vai até Z, e além! Peitos, bocetas, pernas, lábios, bocas, línguas, cus! Como posso abrir mão do que nem cheguei a provar, em troca de uma garota que, por mais deliciosa e provocante que tenha sido, inevitavelmente vai acabar se tornando algo tão conhecido para mim quanto um pão? Por amor? Que amor? Será isso que mantém unidos todos esses casais que conhecemos — esses que se dão ao trabalho de se manter unidos? Não seria mais fraqueza? Não seria mais conveniência e apatia e sentimento de culpa? Não seria medo, exaustão, inércia, covardia pura e simples, muito, muito mais do que o tal "amor" que os conselheiros matrimoniais e compositores populares e psicoterapeutas vivem alardeando? Por favor, não me venham com essa embromação de "amor" duradouro. É por isso que eu pergunto: como posso me casar com uma pessoa que "amo" sabendo muito bem que daqui a cinco, seis, sete anos vou estar na rua à cata de uma boceta nova — enquanto minha esposa dedicada, que criou um lar tão caprichado, etcétera e tal, suporta com estoicismo a solidão e a rejeição? Como poderia eu enfrentar as lágrimas terríveis dela? Não poderia. Como enfrentar as crianças tão agarradas comigo? E depois o divórcio, não é? A pensão alimentícia. A pensão dos filhos. O direito de visita. Uma maravilha, realmente. E se alguma mulher se matar porque eu me recuso a fingir que não enxergo o futuro, bom, isso é problema dela — só dela! Não há motivo, não faz sentido uma pessoa ameaçar se matar só porque sou sensato e sei muito bem as frustrações e recriminações que me esperam... Meu amor, por favor, não fique urrando desse jeito não, por favor — vão achar que alguém está estrangulando você. Ah, meu amor (eu me vejo implorando, ano passado, este ano, todos os anos da minha vida!), vai ser bom para você, sabe, vai ser bom; você vai se recuperar e vai ser bem melhor para você, então, por favor, volte para dentro do quarto, sua babaca, *e me deixe ir embora!* "Você! Você e essa sua pica imunda!", grita a minha mais recente futura esposa desiludida (e autoiludida), essa minha amiga estranha, magricela e completamente pirada, que ganhava em uma hora, posando para anúncios de lingerie, o que o pai analfabeto levava uma semana para ganhar nas minas de carvão da Virgínia Ocidental: "Eu pensava que você fosse uma pessoa superior, seu filho da puta chupador de boceta!". Essa linda menina, que me entendeu tão mal, tem o apelido de Macaca, cuja origem é uma pequena perversão a que ela se entregava pouco antes de me conhecer e adotar outras, mais grandiosas. Doutor, nunca tive uma mulher como ela na minha vida, ela era a realização de meus sonhos de adolescência mais lascivos — mas daí a me casar...? Será que ela está falando sério? O senhor entende, apesar de ela se emperiquitar e se perfumar, sua autoimagem é muito ruim, e ao mesmo tempo — e eis a origem de muitos dos nossos problemas — a imagem que ela faz de mim é absurdamente elevada. E, ao mesmo tempo, absurdamente *negativa!* Trata-se de uma Macaca muito confusa, e, a meu ver, não muito inteligente. "Um intelectual!", ela grita. "Uma pessoa instruída, espiritual! Seu cachorro, mesquinho, tarado, você liga mais pras crioulas do Harlem que você nem conhece do que pra mim, que estou chupando você há um ano!" Confusa, arrasada e também enlouquecida. Pois tudo isso acontece na varanda do nosso quarto de hotel em Atenas, enquanto estou parado na porta, com as malas na mão, pedindo por favor que ela venha para dentro do quarto para que eu possa pegar o avião e ir embora dali. Então o gerente, um homenzinho irritado, todo azeite de oliva, bigode e respeitabilidade indignada, sobe a escada correndo agitando os braços — e aí, respirando bem fundo, eu digo: "Olha, se você quer pular, pula!" e saio do quarto — e as últimas palavras que sou obrigado a ouvir em relação a toda essa história são que foi só por amor a mim ("*Amor!*", ela grita) que ela se permitiu fazer as coisas degradantes que eu abre aspas a obriguei fecha aspas a fazer.

O que não é verdade, doutor! Não é verdade, mesmo! Isso não passa de uma tentativa dessa vigarista esperta de me atormentar de culpa — e desse modo arranjar marido. Porque aos vinte e nove anos de idade, o senhor entende, é isso que ela quer — mas isso não significa que eu tenha de querer também. "Em setembro, seu filho da puta, eu vou fazer trinta anos!" Correto, Macaca, correto! E é justamente por isso que você, e não eu, é quem é responsável por suas expectativas e seus sonhos! Entendeu? *Você!* "Eu vou contar pra todo mundo como você é, seu puto desalmado! Vou contar que espécie de tarado você é, as porcarias que você me obrigou a fazer!"

Que filha da puta! Ainda bem que consegui escapar dessa história vivo. Se é que consegui mesmo!

Mas voltemos a meus pais, para o senhor ver que, permanecendo solteiro, ao que parece, eu só trago infelicidade a esses dois. O fato, mamãe e papai, o fato de recentemente o prefeito ter me nomeado comissário adjunto da Comissão de Recursos Humanos da Prefeitura de Nova York não representa, pelo visto, merda nenhuma para vocês em termos de realização e *status* — só que isso não é bem verdade, eu sei, pois, para ser honesto, toda vez que meu nome aparece no *Times* eles mandam uma enxurrada de cópias da notícia para todos os meus parentes vivos. Metade da aposentadoria do meu pai ele gasta com despesas de correio, e mamãe passa dias direto no telefone, tem que ser alimentada por via intravenosa, porque a boca não para de falar no filho querido dela. Na verdade, é exatamente como sempre foi: eles estão deslumbrados com minha genialidade e meu sucesso, meu nome no jornal, o trabalho com o novo e magnífico prefeito, trabalhando pela Verdade e pela Justiça, inimigo dos donos de cortiços, racistas e ratos ("estimular a igualdade de tratamento, impedir a discriminação, promover a compreensão e o respeito mútuos...", é esse o propósito humanitário da minha comissão, conforme consta no decreto da Câmara Municipal)... mas apesar de tudo, se o senhor entende o que eu quero dizer, ainda não sou inteiramente perfeito.

Já viu ingratidão maior que essa? Com todos os sacrifícios que fizeram por mim, de tanta propaganda que fazem de mim, melhor do que qualquer firma de relações públicas (é o que eles mesmos dizem) que um filho poderia arranjar, mesmo assim eu não quero ser perfeito. O senhor já ouviu falar numa coisa igual a essa em toda a sua vida? Eu simplesmente me recuso a ser perfeito. Que menino mais difícil.

Eles vêm me visitar: "Onde você arranjou esse tapete?", pergunta meu pai, fazendo uma careta. "Foi no brechó ou foi alguém que te deu de presente?"

"Eu gosto desse tapete."

"Ora, não me venha com histórias", diz meu pai. "Um tapete gasto como esse."

Bem-humorado. "Está gasto, sim, mas ainda dá pro gasto. Está bem? Chega?"

"Alex, por favor", diz minha mãe, "esse tapete está muito gasto."

"Você vai escorregar nesse troço", diz meu pai, "e escangalhar o joelho, e aí você vai ver o que é bom."

"E com o joelho que você tem", diz minha mãe, cheia de insinuações, "não vai ser fácil, não."

Do jeito que a coisa está indo, a qualquer momento eles dois vão enrolar o tapete e jogá-lo pela janela. *E depois me levar para casa!*

"O tapete está ótimo. Meu *joelho* está ótimo."

"Não estava tão ótimo assim", diz minha mãe mais que depressa, "quando você teve que engessar a perna toda, meu amor, até a virilha. Me lembro dele arrastando aquela coisa de um lado para outro. Como ele sofreu!"

"Eu tinha quatorze anos, mãe."

"É, e quando tirou aquele troço", diz meu pai, "você não conseguia dobrar a perna. Pensei que você ia ficar aleijado pro resto da vida. Eu dizia: 'Dobra essa perna! Dobra!'. Eu praticamente implorava, de manhã, de tarde e de noite. 'Você quer ficar aleijado pro resto da vida? Dobra essa perna!'"

"Você quase nos deixou *malucos* por causa desse joelho."

"Mas isso foi em 1947. Estamos em 1966. Eu já tirei esse gesso há quase vinte anos!"

Qual a réplica relevante de minha mãe? "Você vai ver, um dia você ainda vai ser pai, aí vai ver como é. E quem sabe aí você vai parar de debochar da sua família."

A legenda inscrita na moeda judaica — no corpo de cada criança judia! — não é EM DEUS CONFIAMOS, e sim UM DIA VOCÊ VAI SER PAI E VER COMO É.

"Será", pergunta meu pai satírico, "que ainda vamos viver para ver isso, Alex? Será que vai ser antes de eu ir pra cova? Não — ele prefere se arriscar com um tapete gasto!" Satírico e lógico! "... E quebrar a cabeça! E deixe eu lhe perguntar mais uma coisa, meu filho independente — quem é que ia saber que você estava caído no chão, morrendo de hemorragia? Quando eu ligo pra cá e você não atende, eu imagino você caído no chão, sei lá por que motivo — e quem é que vai tomar conta de você? Quem é que vai trazer um prato de sopa pra você, se — Deus me livre! — acontecer alguma coisa terrível?"

"Eu sei me virar sozinho! Não sou como certas pessoas" — puxa, ainda pega pesado com o pai, hein? — "certas pessoas que eu conheço, que vivem aguardando uma catástrofe final!"

"Você vai ver", diz ele, acenando com a cabeça, trágico, "você vai ficar doente" — e de repente um grito de raiva, um gemido, que brota do nada, e exprime um ódio absoluto *de mim!* — *"você vai ficar velho, e quero ver como é que vai ser sua independência!"*

"Alex, Alex", começa minha mãe, enquanto meu pai vai até a janela para se recuperar e, no caminho, fazer um comentário de desprezo sobre "esse bairro em que ele se meteu". Eu trabalho para a prefeitura de Nova York, e ele continua querendo que eu vá morar na bela Newark!

"Mamãe, estou com trinta e três anos! Sou o comissário adjunto da Comissão de Recursos Humanos da Prefeitura de Nova York! Fui o primeiro da minha turma na faculdade de direito! A senhora se lembra? Fui o primeiro aluno de *todas* as turmas por que eu já passei! Aos vinte e cinco anos eu já era consultor especial de uma subcomissão... do Congresso Federal, mamãe! Dos Estados Unidos! Se eu quisesse ir pra Wall Street, mãe, eu podia estar em Wall Street! Sou um profissional muito respeitado, é uma coisa óbvia! Neste exato momento, mãe, estou realizando uma investigação das práticas discriminatórias ilegais no mercado imobiliário de Nova York — *discriminação racial*! Estou tentando obrigar o Sindicato dos Metalúrgicos a me revelar os segredos da instituição, mamãe! Isso é só o que eu fiz *hoje*! Olha, ajudei a resolver aquele escândalo daquele programa de televisão de perguntas e respostas, a senhora *lembra*...?" Ah, para que continuar? Para que insistir, com aquela voz aguda e estrangulada de adolescente? Jesus Cristo, um homem judeu com os pais vivos continua sendo um menino de quinze anos, e vai continuar sendo *até eles morrerem!*

Enfim, a essa altura Sophie já segurou minha mão e, baixando a vista, espera eu terminar de mencionar a última realização minha de que me lembro, o último ato virtuoso que já pratiquei, e então diz: "Mas para nós você continua sendo um bebê, meu amor". E daí começam os cochichos, os famosos cochichos de Sophie, que todos que estiverem na sala podem ouvir sem nenhum esforço, pois ela não quer excluir ninguém: "Pede desculpa pra ele. Dá um beijo nele. Um beijo seu é capaz de mudar o mundo".

Um beijo meu *é capaz de mudar o mundo!* Doutor! Doutor! Eu disse quinze? Desculpe, eu quis dizer dez! Eu quis dizer cinco! Eu quis dizer zero! Um homem judeu com os pais vivos é um *recém-nascido* indefeso! Por favor, me ajude — e depressa! Me liberte desse papel de filho sufocado numa piada judaica! Porque está começando a perder a graça, aos trinta e três anos! Além disso, dói, sabe? É uma coisa dolorosa, envolve sofrimento humano, se me permite falar assim — só que essa parte da piada Sam Levenson *nunca conta*! É, lá no cassino do Concord, as mulheres de estola de *vison* e os homens de terno fosforescente riem e riem, até não poder mais — "Socorro, socorro, meu filho médico está se afogando!", ha ha *ha*, ha ha *ha*, mas e a *dor*, Myron Cohen! E o cara que está mesmo se afogando? Realmente afundando num oceano de amor materno implacável! E ele? Ele, que — por acaso, Myron Cohen — sou *eu*? Doutor, *por favor*, não consigo mais viver num mundo cujo significado e cuja dimensão são estabelecidos por um vulgar palhaço de boate. Por um comediante, um praticante de *humor negro*! Porque todos esses praticantes de humor negro, os Henny Youngmann e os Milton Bearle que quase matam a plateia de tanto rir, lá no Fountainebleau, o que é que eles contam? Histórias de assassinato e mutilação! "Socorro", exclama a mulher que corre pela praia em Miami Beach, "socorro, meu filho médico está se afogando!" Ha ha ha — só que o filho é o *paciente*, minha senhora! E está se afogando, mesmo! Doutor, tire essa gente de cima de mim, está bem? O macabro é muito engraçado no palco — mas não na vida real, obrigado! Então eu lhe peço, me diga como é que se faz, que eu faço! É só me dizer, que eu falo bem na cara deles! Cai fora, Sophie! Vá se foder, Jack! Me deixem em paz!

Eis uma piada, por exemplo. Três judeus estão andando numa rua, minha mãe, meu pai e eu. Foi no verão passado, logo antes da minha viagem de férias. Acabamos de jantar ("Aqui tem peixe?", pergunta meu pai ao garçom do restaurante francês chique aonde eu levo os dois, *para mostrar como sou adulto* — "*Oui, monsieur*, temos..." "Está bom, então me traz um pedaço de peixe", diz meu pai, "*mas tem que estar quente, ouviu?*"), acabamos de jantar e depois, chupando uma pastilha de Tritralac (para aliviar a acidez estomacal), faço uma pequena caminhada com eles até colocá-los dentro do táxi que os levará até o terminal de ônibus. Imediatamente meu pai começa a se queixar por eu ter passado cinco semanas sem visitá-los (assunto que eu pensava já ter sido discutido no restaurante, enquanto minha mãe cochichava para o garçom que o peixe do "menino" — o menino sou eu, gente! — tinha de ser muito bem passado), e agora eu vou ficar um mês inteiro viajando, afinal de contas quando é que eles podem ver o filho deles? Eles veem a filha, e as filhas da filha, e com bastante frequência, mas isso não conta. "Com aquele genro", diz meu pai, "se você não diz aos filhos dele a coisa psicologicamente certa, se eu não falo psicologia com as minhas próprias netas, ele quer mandar me prender! Ele pode dizer o que disser, pra mim ele continua raciocinando que nem um comunista. Minhas próprias netas, tudo o que eu digo tem que passar por ele, o censor!" Não, a filha deles agora é a sra. Feibish, e as filhinhas dela são Feibishinhas também. Onde estão os Portnoy com quem ele sempre sonhou? Dentro dos meus colhões. "Olha", exclamo, com minha voz estrangulada, "o senhor está me vendo *agora*! O senhor está comigo *neste exato momento!*" Mas ele já pegou o embalo, sobretudo porque não está mais com medo de se engasgar com uma espinha de peixe, e ninguém o segura mais — o sr. e a sra. Schmuck têm o Seymour e a linda mulher dele e os sete mil filhinhos brilhantes e lindos deles que vêm visitá-los *todas as noites de sexta sem falta* — "Olha, sou uma pessoa muito ocupada! Minha pasta está cheia de coisas importantes pra fazer...!". "Ocupado!", ele replica. "Você tem que comer, você pode fazer uma refeição por semana conosco, porque você tem que comer mesmo, às seis da tarde — é ou não é?" Quando então intervém Sophie, para dizer a ele que, quando ela era pequena, a família dela vivia mandando-a fazer isso e aquilo, e às vezes ela ficava triste e ressentida, e que meu pai não devia insistir comigo porque, ela conclui, "O Alexander já está crescidinho, Jack, ele tem direito de tomar as decisões dele, isso é uma coisa que eu sempre disse a ele". Que você sempre *o quê*? O que foi *mesmo* que ela disse?

Ah, que adianta bater nessa tecla? Para que tanta obsessão? Por que não ter espírito esportivo como Sam Levenson e levar a coisa na brincadeira — não é mesmo?

Mas espere só eu terminar. Então eles entram no táxi. "Dá um beijo nele", minha mãe cochicha. "Afinal, você está indo lá para a Europa."

É claro que meu pai escuta — é por isso que ela baixa a voz, para que todos prestem atenção — e entra em pânico. Ano após ano, a partir de setembro, ele fica o tempo todo me perguntando o que é que pretendo fazer em agosto — e agora ele se dá conta de que eu o passei para trás: não apenas vou tomar um avião à meia-noite rumo a outro continente, mas, pior ainda, ele não faz a menor ideia do meu itinerário. Isso mesmo! Eu consegui!

"Mas na Europa onde? A Europa é metade do mundo...", ele exclama, quando começo a fechar a porta do táxi, do lado de fora.

"Eu já lhe disse. Não sei."

"Não sabe como? Você *tem* que saber! Como é que você vai chegar lá se você 'não sabe'..."

"Desculpe, desculpe..."

Desesperado, ele se debruça sobre minha mãe — na hora exata em que eu bato a porta — *oy*, nos dedos dele não, por favor! Jesus, esse meu pai! Que tenho desde que me entendo por gente! Que de manhã eu encontrava ferrado no sono no vaso sanitário, o pijama arriado até o joelho e o queixo apoiado no peito. Levantava às quinze para as seis da manhã, para ficar uma hora inteira na privada, na esperança de que, se ele for bonzinho e compreensivo com seu intestino, ele há de desistir, ceder, dizer finalmente "Está bem, Jack, você venceu", e presentear o pobre-diabo com cinco ou seis míseras bolinhas de merda. "Jesus Cristo!", ele geme quando eu o acordo, porque tenho de me preparar para ir para a escola, e ele se dá conta de que já são quase sete e meia e, dentro do vaso no qual está sentado dormindo há uma hora, deve haver, com sorte, uma única pelotinha marrom, o tipo de coisa que sai do reto de um coelho — e não do traseiro de um homem que agora vai ser obrigado a trabalhar por doze horas totalmente entupido. "Sete e *meia*? Por que você não disse nada!" Vapt-vupt, ele se veste, já está de chapéu e paletó, e com o livro preto numa das mãos devora suas ameixas cozidas e seu germe de trigo sem nem sequer se sentar, e põe no bolso um punhado de frutas secas que, em um ser humano normal, teria um efeito mais ou menos semelhante a uma crise de disenteria. "Eu devia mesmo era enfiar uma granada no cu", ele cochicha para mim, discreto, enquanto minha mãe ocupa o banheiro e minha irmã se prepara para a escola no "quarto" dela, a varanda — "Comi uma quantidade de germe de trigo que dava pra derrubar um elefante. Estou até aqui, meu Deus", diz, com a mão à altura da garganta. Então, por que me fez rir, e ele próprio está achando graça, abre a boca e aponta para dentro da goela com o polegar. "Olha só. Está vendo onde começa a ficar escuro? Não é só porque não entra luz, não — é aquele monte de ameixa que chega até onde ficavam as amídalas. Graças a Deus que eu mandei tirar as amídalas, se não nem ia caber."

"Uma conversa muito apropriada", grita minha mãe do banheiro. "Muito apropriada pra uma criança."

"Conversa?", ele exclama. "É a *verdade*", e de imediato começa a andar de um lado para outro, irritado, gritando: "Meu chapéu, estou atrasado, cadê o meu chapéu? Quem viu o meu chapéu?", e minha mãe aparece na cozinha e me dirige aquele seu olhar de esfinge, paciente, eterna, sábia... e espera... e logo ele aparece de novo no corredor, apoplético e gemendo, quase desesperado: "Cadê o meu chapéu? *Cadê o diabo do chapéu!*", até que, em voz baixa, das profundezas de sua alma onisciente, minha mãe responde: "Seu bobo, está na sua cabeça". Por um instante, os olhos dele parecem se esvaziar de todo e qualquer sinal de consciência e compreensão humanas; fica parado, mudo, uma coisa, um corpo cheio de merda e mais nada. Então a consciência lhe volta — sim, ele vai ter que enfrentar o mundo, mesmo, pois seu chapéu foi encontrado, e logo onde, na sua cabeça. "Ah, é", diz ele, pondo a mão no chapéu, surpreso — e então sai de casa, entra em seu Kaiser; assim, o Super-Homem vai embora, para só voltar à noite.

O Kaiser, é hora de contar minha primeira história sobre o Kaiser: orgulhoso, meu pai me levou com ele quando foi, depois da guerra, trocar seu Dodge 1939 por um carro novo, marca nova, modelo novo, tudo novo — a maneira perfeita de um pai americano impressionar seu filho americano! —, e o vendedor tagarela parecia não acreditar no que estava ouvindo, ficava atônito cada vez que meu pai dizia não a cada um dos mil e um pequenos acessórios que o sacana queria acrescentar ao carro. "Bom, o senhor é que sabe, mas na minha opinião", diz o filho da puta miserável, "ele fica muito mais bonito com pneu de banda branca — você não acha, meu jovem? Você não acha que o papai devia levar os pneus com banda branca, pelo menos?" Pelo menos. Ah, seu escroto de merda! Então você se vira para mim sem mais nem menos, para se aproveitar do meu pai — seu ladrão cachorro filho de uma puta! Quem é você, me diga, para cagar na nossa cabeça — um reles vendedor da Kaiser-Fraser! Onde é que você está *agora*, seu cachorro intimidador? "Não, nada de banda branca", murmura meu pai, humilhado, e eu simplesmente dou de ombros, constrangido por ele não poder proporcionar a mim e a minha família as coisas belas da vida.

Enfim, enfim — lá vai ele para o trabalho, no seu Kaiser sem rádio e sem banda branca, e, quando chega ao escritório, quem abre a porta para ele é a faxineira. Agora, me diga, por que meu pai tem de levantar as persianas do escritório todo dia? Por que é que ele tem o maior expediente de toda a história das companhias de seguro? Ele faz isso por quem? *Por mim?* Ah, se é por mim, se é esse o motivo, então a coisa é realmente trágica demais, puta que o pariu. É um mal-entendido grande demais! Por *mim*? Vou lhe pedir um favor: *não faça isso por mim!* Por favor, não fique tentando encontrar um motivo para a sua vida ser como é para depois concluir que o motivo é o Alex! Porque eu não sou a razão de ser da existência de todo mundo! Eu me recuso a carregar esse fardo pelo resto da *minha* vida! O senhor está me ouvindo? Eu me recuso! Pare com essa história de achar incompreensível eu ir para a Europa, a milhares e milhares de quilômetros de distância, justo quando o senhor acaba de completar sessenta e seis anos e está pronto para bater as botas a qualquer minuto, como nas notícias que o senhor lê no *Times* todos os dias. Homens da idade dele, e ainda mais jovens, *morrendo* — estão bonzinhos, de repente morrem, e pelo visto ele fica achando que se eu estiver apenas na outra margem do Hudson e não do outro lado do Atlântico... Me diga uma coisa, o que será que ele pensa, *mesmo*? Que se eu estiver com ele nada vai acontecer? Que eu vou correr para junto dele, segurar a mão dele, e desse modo fazê-lo voltar à vida? Será que ele realmente acredita que eu tenho o poder de anular a morte? Que eu sou a ressurreição e a vida? Então meu pai é um cristeiro de mão-cheia! E nem se dá conta do que é!

A morte de meu pai. A morte e o intestino dele: a verdade é que eu me preocupo com essas coisas quase tanto quanto ele. Toda vez que recebo um telegrama, toda vez que o telefone toca depois de meia-noite, sinto meu estômago esvaziar como se fosse uma pia, e digo em voz alta — em voz alta! — "Ele morreu". Porque, ao que parece, também eu acredito que de algum modo posso salvá-lo da morte — posso e devo! Mas de onde foi que tiramos essa ideia ridícula e absurda, a ideia de que eu sou tão... poderoso, tão precioso, tão necessário à sobrevivência de todos! O que é que deu nesses pais judeus — porque eu não estou sozinho neste barco, não; estou no navio mais lotado de todo o oceano... e quando eu olho pela vigia e nos vejo lá, empilhados em nossos beliches até o teto, gemendo e choramingando de autocomiseração, esses filhos tristes e sofredores de pais judeus, totalmente nauseados de tanto navegar por esses mares tormentosos de culpa — é assim que às vezes imagino a nós, eu e meus colegas de infortúnio, melancólicos ou irônicos, ainda na terceira classe do navio, tal como nossos antepassados —, sofrendo, sofrendo como cachorros, reclamando de vez em quando, um para o outro: "Papai, como que você pôde...?", "Mamãe, por que foi que você...?", e as histórias que contamos, enquanto o grande navio sacoleja e joga, as disputas que travamos — quem teve a mãe mais castradora, quem teve o pai mais obtuso, eu sou páreo para você, seu puto, em matéria de humilhação e vergonha... vomitando nas privadas depois das refeições, rindo histéricos no leito de morte do beliche, e chorando — aqui uma poça de lágrimas de contrição, ali uma outra de indignação —, num piscar de olhos, o corpo de um homem (com cérebro de menino) se levanta, movido por uma raiva impotente, para fustigar o colchão acima dele, para imediatamente cair deitado outra vez, se torturando com remorsos. Ah, meus amigos judeus! Meus irmãos desbocados e culpados! Minhas namoradas! Meus camaradas! Quando é que esta porra deste navio vai parar de jogar? Quando? *Quando*, para podermos parar de reclamar dessa náusea — e sair para o ar livre, e viver!

Dr. Spielvogel, não traz nenhum alívio determinar a culpa — pois ficar culpando continua a ser doença, é claro —, mas, mesmo assim, o que é que deu nesses pais judeus, como foi que eles conseguiram fazer com que nós, seus filhinhos judeus, acreditássemos ser por um lado príncipes, seres únicos como unicórnios, mais geniais e brilhantes do que qualquer outro filho em toda a história da infância — salvadores, perfeitos, por um lado, e, por outro, incapazes, incompetentes, imprestáveis, impotentes, egoístas, uns merdas, uns *ingratos*!

"Mas *onde*, na Europa...?", ele grita para mim, enquanto o táxi se afasta do meio-fio.

"*Não sei*", respondo, dando adeus com alegria. Estou com trinta e três anos e finalmente vou me livrar de minha mãe e de meu pai! Por um mês.

"Mas como vamos saber seu endereço?"

Felicidade! Êxtase! "Vocês não vão saber!"

"Mas e se justo agora...?"

"Mas e se o quê?", dou uma gargalhada. "Mas o senhor está preocupado com o quê?"

"E se...?" Meu Deus, será que ele realmente grita isso pela janela do táxi? Será que seu medo, sua avidez, sua necessidade e sua fé em mim são tão grandes que ele realmente grita essas palavras nas ruas de Nova York? "E se eu morrer?"

Pois é isso que eu ouço, doutor. As últimas palavras que ouço antes de pegar o avião para ir à Europa — e em companhia da Macaca, cuja existência eles desconhecem por completo. "E se eu morrer?" E é assim que vou embora para umas férias orgiásticas no estrangeiro.

... Agora, se as palavras que ouvi são as palavras que foram de fato pronunciadas, isso é outro problema. E se ouvi o que ouvi por compaixão, por temor da inevitabilidade desse acontecimento horrendo, a morte de meu pai, ou se por ansiar que a coisa aconteça logo de uma vez, isso também é outro problema. O que, naturalmente, o senhor compreende; afinal, é seu ganha-pão.

Eu estava dizendo que o detalhe do suicídio de Ronald Nimkin que mais me fascina é o bilhete destinado à mãe que estava preso com um alfinete à sua confortável camisa de força, sua camisa esporte bonita e bem engomada. Sabe o que estava escrito nele? Adivinhe. A última mensagem de Ronald para sua mãe? Adivinhe.

A sra. Blumenthal ligou. É para a senhora levar as suas regras de majongue para o jogo de hoje.

Ronald

Isso é que é ser um bom menino até o fim, hein? Isso é que é um menino exemplar, prestativo, bem-educado e comportado, um menino judeu de quem ninguém jamais vai se envergonhar, não é? Diz obrigado, meu amor. Diz de nada, meu amor. Pede desculpas, Alex. Pede desculpa! *Pede!* Está bem, desculpa por quê? O que foi que eu fiz agora? Veja, estou escondido embaixo da minha cama, de costas para a parede, e me recuso a pedir desculpas, e também me recuso a sair daqui e assumir as consequências. *Me recuso!* E lá vem ela atrás de mim com uma vassoura, tentando puxar para fora esta minha carcaça podre. Digno de um Gregor Samsa! Olá, Alex; tchau, Franz! "É melhor você pedir desculpa, senão...! Eu estou falando sério!" Tenho cinco, talvez seis anos, e ela ataca de senão e estou-falando-sério, como se o pelotão de fuzilamento já estivesse lá fora, forrando o asfalto com o jornal, se preparando para minha execução.

Eis que chega meu pai: após um dia agradável tentando vender apólices de seguro de vida a negros que nem têm certeza se estão mesmo vivos, eis que ele chega em casa e encontra uma mulher histérica e um filho metamorfoseado — porque o que foi que eu fiz, eu, a bondade em pessoa? Incrível, inacreditável, mas o fato é que dei um chute na canela de minha mãe, ou então a mordi. Não quero parecer que estou contando vantagem, mas realmente tenho a impressão de que fiz *as duas coisas*.

"Por quê?", ela quer saber, ajoelhada no chão, apontando uma lanterna para meus olhos, "por que você fez uma coisa dessas?" Ah, é muito simples, por que foi que Ronald Nimkin abriu mão da vida e do piano? PORQUE A GENTE NÃO AGUENTA MAIS! PORQUE VOCÊS, MÃES JUDIAS, SÃO INSUPORTÁVEIS, PUTA QUE O PARIU! Li o livro de Freud sobre Leonardo, doutor, e me desculpe a hybris, mas as minhas fantasias são iguaizinhas às dele: um pássaro imenso, sufocante, batendo asas freneticamente em cima da minha cara e da minha boca *a tal ponto que nem consigo respirar*. O que é que nós queremos, eu, Ronald e Leonardo? *Queremos que nos deixem em paz!* Mesmo que seja só por meia hora de cada vez! Parem de nos *atormentar* para que sejamos *bonzinhos! educadinhos!* Nos deixem em paz, puta merda, para a gente poder bater uma bronha com tranquilidade e pensar nossos pensamentozinhos egoístas — parem de respeitabilizar nossas mãos e nossas bundas e nossas bocas! Enfiem no cu as vitaminas e o óleo de fígado de bacalhau! Só queremos que nos deem a carne nossa de cada dia! E que perdoem nossas transgressões — que aliás nem são transgressões coisíssima nenhuma!

"... um menininho que chuta a canela da mãe, é isso que você quer ser...?" É meu pai que fala... e olhe só os braços dele, olhe! Nunca tinha reparado o tamanho dos antebraços desse homem. Ele pode não ter pneu de banda branca nem diploma de segundo grau, mas os braços dele são de respeito. E, meu Jesus, ele está uma fera. Mas por quê? Pois, de certo modo, seu *schmuck*, se chutei minha mãe foi *por você!*

"... mordida de gente é pior do que mordida de cachorro, você sabe disso, não sabe? Sai debaixo dessa cama! Está ouvindo? O que você fez com a sua mãe é pior do que se fosse um cachorro!" E ele ruge tão alto, e de modo tão convincente, que minha irmã, em geral tranquila, vem correndo à cozinha, emitindo grandes gemidos de pavor, e assume o que agora chamamos de posição fetal entre a geladeira e a parede. Pelo menos, é o que lembro — se bem que, pensando bem, como é que eu posso saber o que está acontecendo na cozinha se ainda estou escondido debaixo da minha cama?

"A mordida é o de menos, o chute é o de menos" — a vassoura dela, implacável, ainda continua tentando me expulsar de minha caverna —, "mas o que fazer com um filho que se recusa a pedir desculpa? Que é incapaz de pedir desculpa à mãe dele e prometer a ela que nunca mais, nunca mais vai fazer uma coisa assim, *nunca mais*! O que é que a gente faz com um menininho assim, papai, na nossa casa!"

Será que ela está *brincando*? Será que ela está falando *sério*? Por que é que não chama logo a polícia e me manda para a prisão de crianças, se sou tão incorrigível assim? "Alexander Portnoy, cinco anos de idade, você está condenado à forca por haver se recusado a pedir desculpas a sua mãe." Quem ouvisse era capaz de pensar que aquela criança ali, bebendo leite e tomando banho de banheira com seu patinho e seus barquinhos, era o criminoso mais procurado do país. Quando na verdade o que estamos representando em casa é um pastelão de *Rei Lear*, sendo que eu faço o papel de Cordélia! No telefone, ela vive dizendo a quem quer que não a esteja ouvindo do outro lado da linha que seu maior defeito é ser boa demais. Porque não é *possível* que alguém a esteja ouvindo — não é *possível* que alguém esteja do outro lado da linha concordando com a cabeça e anotando no bloco de papel ao lado do telefone aquela baboseira autocomplacente e idiota que até mesmo uma criança em idade pré-escolar percebe o que é. "Sabe qual é meu maior defeito, Rose? Não gosto de falar nisso, mas eu sou boa demais." São as palavras textuais dela, doutor, gravadas em fita há tantos anos na minha cabeça. E até hoje me matando! São essas as mensagens que aquelas Roses e Sophies e Goldies e Pearls transmitem umas às outras *diariamente*! "Dou tudo o que tenho para as outras pessoas", ela admite, com um suspiro, "e em troca me dão um soco na cara — e meu defeito é que podem me dar soco na cara até não poder mais, que eu continuo sendo boa."

Ora, porra, Sophie, por que você não *tenta*, hein? por que *todos nós* não tentamos! Porque ser *mau*, mamãe, isso é que é realmente difícil: ser mau — e aproveitar! É isso que transforma um menino em homem, mamãe. Mas o que minha "consciência" fez com minha sexualidade, minha espontaneidade, minha coragem! Não se impressione com algumas das coisas que eu tento fazer, porque nunca consigo, mesmo. Estou marcado dos pés à cabeça, como um mapa rodoviário, com minhas repressões. Dá para viajar por todo o meu corpo passando pelas autoestradas de vergonha, inibição e medo. Porque eu também sou bom, mamãe, eu também sou cheio de princípios morais até não poder mais — igualzinho à senhora! A senhora já me viu tentando fumar um cigarro? Eu pareço a Bette Davis. Hoje em dia, crianças de ambos os sexos que ainda nem têm idade de fazer o *bar mitzvah* já andam por aí com cigarros de maconha na boca como se fossem de chocolate, e eu ainda fico cheio de dedos com um Lucky Strike. Para a senhora ver como eu sou *bom*, mamãe. Não consigo fumar, quase não bebo, não uso droga nenhuma, não peço dinheiro emprestado, não jogo baralho, e toda vez que conto uma mentira começo a suar como se estivesse cruzando o Equador. É bem verdade que eu digo "porra" a toda hora, mas posso lhe garantir que essa é praticamente a única forma de transgressão que consigo praticar. Veja só o que o fiz com a Macaca — desisti dela, fugi dela apavorado, a garota que tem aquela boceta que passei a vida inteira sonhando chupar. Por que o mínimo de turbulência está além dos meus poderes? Por que o menor desvio das convenções respeitáveis se torna um verdadeiro inferno para mim? Se eu *odeio* essas convenções de merda! Se na minha cabeça já joguei fora esses tabus há muito tempo! Doutor, meu doutor, como é mesmo que o senhor diz, VAMOS RECOLOCAR O ID NO YID! Vamos liberar a libido desse bom menino judeu, por favor, está bem? Pode aumentar o preço se for necessário — pago o que for preciso! Mas não aguento mais recuar apavorado diante dos prazeres profundos e secretos! Mãe, mãe, o que a senhora queria, me transformar num zumbi igual ao Ronald Nimkin? De onde foi que a senhora tirou a ideia de que a coisa mais maravilhosa a que eu poderia aspirar na vida era ser *obediente?* Ser um pequeno *cavalheiro?* Logo eu, uma criatura cheia de luxúria e desejo! "Alex", diz a senhora quando saímos da lanchonete de Weequahic — e não entenda mal, eu adoro: elogio é elogio, e eu não rejeito elogio —, "Alex", a senhora diz a mim, que estou todo arrumado, com uma gravata de prender com gancho e um paletó de duas cores, "adorei ver você cortando a carne! Comendo aquela batata assada sem deixar nada cair fora do prato! Me deu a maior vontade de te beijar, eu nunca vi um menino tão cavalheiro, com aquele guardanapinho no colo!" *Veadinho,* mamãe. O que você viu foi um *veadinho* — que era exatamente o que seu programa de adestramento visava produzir. É claro! É claro! O mistério não é eu não ter morrido como o Ronald Nimkin, e sim eu não ter ficado igual àqueles rapazes simpáticos que vejo passeando de mãos dadas na Bloomingdale's nas manhãs de sábado. Mamãe, as praias de Fire Island estão cobertas de corpos de bons meninos judeus, de biquíni, untados com Bain de Soleil, que nos restaurantes se comportam como pequenos cavalheiros perfeitos, disso não tenho dúvida, e que também ajudavam suas mamães a preparar o jogo de majongue nas noites de segunda-feira, antes de chegarem as amigas. Jesus Cristo! Depois de tantos anos preparando aqueles jogos — um, *bam!* dois, *crac!* Majongue! —, como é que eu consegui vir a gostar de boceta, esse é o mistério. Fecho os olhos, e não é tão difícil assim me ver dividindo uma casa em Ocean Beach com uma pessoa que pinta os olhos e se chama Sheldon. "Ah, Shelly, vá tomar no cu, você é que é amigo deles, você que prepare o pão de alho." Mamãe, seus pequenos cavalheiros agora estão todos crescidos, e lá estão eles, deitados em toalhas de praia lilases, cheios de um narcisismo furioso. E, *oy Gut,* um deles está chamando... a mim! "Alex? Alexander, o Grande? Tesouro, você *viu* onde eu pus o estragão?" Lá está ele, mamãe, seu pequeno cavalheiro, beijando na boca o tal do Sheldon! Porque ninguém faz um molho de ervas como ele! "Sabe o que eu li na *Cosmopolitan?*", diz minha mãe a meu pai. "Que existem mulheres que são homossexuais." "Ora", rosna Papai Urso, "mas que bobagem essa, que besteirada..." "Jack, por favor, não estou inventando, eu *li* na *Cosmo*! Eu mostro o artigo!" "Ora, eles publicam essas coisas pra vender mais..." Mamãe! Papai! Tem coisas muito piores do que isso — tem gente que enraba galinha! Tem gente que trepa com defunto! Vocês nem podem imaginar o que algumas pessoas são levadas a fazer por ter cumprido pena de quinze ou vinte anos sendo "bonzinho" para alguém que tem merda na cabeça! Então, se eu lhe dei um chute na canela, mamãe, se eu cravei os dentes no seu pulso até chegar ao *osso*, dê graças a Deus! Pois, se eu tivesse guardado tudo dentro de mim, é bem possível que um belo dia a senhora tivesse chegado em casa e encontrasse um cadáver adolescente cheio de espinhas pendurado em cima da banheira, enforcado no cinto do pai. Pior ainda, no verão passado, em vez de ficar de luto porque seu filho fugiu para a longínqua Europa, a senhora era bem capaz de ir jantar na minha varanda em Fire Island — a senhora, meu pai, eu e o Sheldon. E, se a senhora ainda se lembra do mal que aquela lagosta *goyische* fez ao seu *kishkas*, imagine só se tivesse que comer o *sauce béarnaise* preparado pelo Shelly.

Para a senhora ver.

Que pantomima tive de executar para despir aquele blusão de *zylon* e colocá-lo no colo para cobrir minha jeba naquela noite em que a expus aos elementos! Tudo isso por causa do motorista polaco, que detinha o poder de destruir num único instante, bastando para tal que acendesse a luz do interior do ônibus, quinze anos de cadernos caprichados e notas altas e escovação de dentes duas vezes por dia, sem jamais comer uma fruta sem antes lavá-la muito bem lavada... Mas como está quente aqui dentro! Quente, mesmo! Puxa vida, melhor tirar esse blusão e fazer com ele uma pequena trouxa no meu colo... Mas o que é que estou fazendo? Um polonês só ganha o dia, segundo meu pai, quando pisa com aqueles pés pesadões nos ossos de um judeu. Como posso estar correndo um risco desses na frente do meu pior inimigo! O que será de mim se me pegarem!

Só consigo acabar de descer o zíper do blusão sem fazer barulho quando estamos no meio do túnel — e lá está ele de novo, inchado como sempre, com suas exigências incessantes, como um macrocéfalo idiota a infernizar a vida dos pais dele com suas insaciáveis necessidades debiloides.

"Me toca uma punheta", me ordena o monstro sedoso. "*Aqui? Agora?*" "Aqui e agora, é claro. Quando que você pensa que vai ter outra oportunidade igual a esta? Você não vê o que essa moça adormecida ao seu lado representa? Olha só o nariz dela." "Que nariz?" "Justamente — é quase invisível. Olha só aquele cabelo, que parece saído de uma roca. Lembra daquela história de 'linho', que você estudou na escola? Pois isso aí é linho humano! Seu *schmuck*, isso aí é o produto genuíno. Uma *shikse*! E adormecida! Se bem que é muito possível que ela esteja só fingindo. Fingindo e murmurando baixinho: 'Vem cá, Garotão, faz comigo todas aquelas sacanagens que você sempre quis fazer'." "Será possível?" "Meu bem", sibila meu pau, "vou só começar a listar as muitas sacanagens que ela quer que você faça, só pra começo de conversa: por exemplo, ela quer que você pegue naqueles peitinhos duros de *shikse* dela." "Ela quer mesmo?" "Quer que você enfie os dedos naquela boceta de *shikse* dela até ela desmaiar." "Ah, meu Deus. Até ela desmaiar!" "É uma oportunidade que talvez nunca mais se repita. Em toda a sua vida." "Ah, mas a questão é esta: quanto tempo mais eu vou ter de vida? O nome desse motorista é cheio de X e Y — segundo o meu pai, esses poloneses são descendentes diretos do boi!"

Mas quem, algum dia, ganhou uma discussão com um pau

duro? *Ven der putz shteht, ligt der sechel in drerd.* O senhor conhece esse famoso provérbio? Quando a pica se levanta, o cérebro se enterra no chão! Quando a pica salta, o cérebro fica praticamente morto! E é verdade! E ela se levanta mesmo e, como um cachorro de circo, salta direto para dentro do arco formado pelo dedo médio, o indicador e o polegar, que já providenciei para a ocasião. Uma bronha de três dedos com golpes em *staccato* a centímetro e meio da base — é o indicado para um ônibus, garantindo (é o que espero) que meu blusão sacoleje o mínimo possível. É claro que essa técnica não permite o contato com a cabeça sensível, mas boa parte da vida é sacrifício e autocontrole, como até mesmo um tarado tem de reconhecer.

A bronha de três dedos foi aperfeiçoada para utilização em lugares públicos — já a pratiquei no Empire Burlesque, um teatro de revista no centro de Newark. Numa manhã de domingo — segundo o exemplo de Smolka, meu Tom Sawyer —, saio de casa em direção ao pátio da escola, assobiando e carregando uma luva de beisebol, e quando ninguém está olhando (na verdade, eu não chego a acreditar na possibilidade de que ninguém esteja olhando) entro num ônibus da linha 14 que passa vazio e fico abaixado no banco durante toda a viagem. Pode-se imaginar a multidão que está na entrada do teatro numa manhã de domingo. O centro de Newark está tão esvaziado de vida e movimento quanto o Saara, fora as imediações do Empire, onde há uma multidão que parece a tripulação de um navio atacada de escorbuto. Serei eu louco de entrar lá? Só Deus sabe que doenças não se pegam sentando naqueles assentos! "Entra assim mesmo, a doença que se foda", diz o maníaco que fala ao microfone dentro da minha cueca, "será que você não entende o que você vai ver lá dentro? Uma xota." "Uma *xota*?" "Todinha, quentinha, pingando, pronta pra entrar em ação." "Mas vou pegar sífilis só de segurar o ingresso. Vou pegar sífilis na sola do tênis e levar pra dentro de casa. Algum maluco vai entrar em parafuso e me esfaquear pra roubar a camisinha que está na minha carteira. E se a polícia vier? Com arma na mão — aí alguém sai correndo — aí quem leva o tiro sou *eu*, por engano! Porque sou menor de idade. E se me matarem — ou, pior ainda, me prenderem! E os meus pais?" "Olha, você quer ou não quer ver uma boceta?" "Quero! Quero!" "Lá dentro tem uma puta, garoto, que goza enfiando a cortina na periquita." Está bem — eu corro o risco de sífilis! Corro o risco de meu cérebro apodrecer e eu passar o resto da vida num hospício, jogando handebol com a minha própria merda — mas e se a minha foto sair no *Newark Evening News*! Quando a polícia acender a luz, dizendo: "Acabou a farra, seus pervertidos!" — e os *flashes* pipocando! E aí eles me prendem — a mim, que já sou presidente do Clube de Relações Internacionais quando ainda estou no segundo ano do colegial! A mim, que pulei duas séries do primário! A mim, que em 1946, porque não deixaram Marian Anderson cantar no Convention Hall, puxei um movimento de protesto que levou toda a minha turma de oitava série a boicotar o concurso de redações patrióticas patrocinado pelas DAR. Fui eu, e ainda sou, o menino de doze anos que, em reconhecimento a seu gesto corajoso de desafio à intolerância e ao ódio, foi convidado à Essex House em Newark para assistir à convenção da Comissão de Ação Política da CIO — convidado a subir à plataforma e apertar a mão do dr. Frank Kingdon, o renomado colunista que leio todos os dias no *PM*. Como é que eu posso pensar em entrar num teatro de revista cheio de degenerados para ver uma mulher de sessenta anos de idade fingir que faz amor com um pedaço de amianto, quando no palco do salão de baile da Essex House o dr. Frank Kingdon em pessoa me apertou a mão e me disse, enquanto toda a Comissão me aplaudia em pé por eu me opor às DAR: "Meu jovem, hoje você vai ver a democracia em ação aqui". E, acompanhado por meu futuro cunhado, Morty Feibish, já fui a reuniões da Comissão dos Ex-Combatentes da América e ajudei Morty, que é um dos diretores, a preparar as cadeiras para uma delas. Já li *Citizen Tom Paine* de Howard Fast e *Finnley Wren* de Philip Wylie. Com minha irmã e Morty, ouvi o disco de marchas militares do valente Coro do Exército Vermelho. John Rankin, Theodore Bilbo, Martin Dies, Gerald L. K. Smith e o padre Coughlin — todos esses fascistas filhos da puta são meus inimigos mortais. Então que diabo eu estou fazendo numa poltrona lateral de um teatro de revista, gozando na palma da minha luva de beisebol? E se houver violência? E se houver micróbios?

É, mas e se depois do espetáculo, aquela ali, com aquela peitaria imensa, *e se*... Em sessenta segundos evoco toda uma vida plena e maravilhosa de total degradação que vivemos os dois juntos sobre uma colcha de chenile num sórdido quarto de hotel, eu (o inimigo da America First) e Genuína (é o nome que dou à corista com mais cara de puta de todas). Uma vida e tanto, sob uma lâmpada nua (e a palavra HOTEL a piscar lá fora, bem junto à nossa janela). Ela aperta bolinhos de chocolate recheados com creme contra meu pau e depois come, às lambidas. Derrama xarope de bordo direto da lata de Log Cabin sobre minhas bolas e depois chupa até deixá-las limpinhas, como as de um bebê. Sua fala predileta é uma obra-prima literária: "Enfia na minha boceta, Fodão, até eu desmaiar". Quando eu peido dentro da banheira, ela se ajoelha nua no chão ladrilhado, se debruça sobre a banheira e beija as bolhas de ar. Ela senta sobre meu pau enquanto cago, introduzindo na minha boca um mamilo do tamanho de uma bolacha Maria, o tempo todo murmurando com fúria no meu ouvido todas as obscenidades que conhece. Põe cubos de gelo na boca até a língua e os lábios ficarem congelados, então me chupa até eu gozar — depois toma um chá quente! Tudo, tudo que já me passou pela cabeça também passou pela dela, *e ela topa fazer*. A maior puta da história. E é minha! "Ah, Genuína, estou gozando, estou gozando, sua puta rampeira", e assim me torno a primeira pessoa a ejacular sobre uma luva de beisebol dentro do Empire Burlesque de Newark. Talvez.

No Empire, o importante é o chapéu. Na mesma fileira em que estou sentado, um companheiro de vício cinquenta anos mais velho do que eu está gozando dentro do chapéu. Do chapéu dele, doutor! *Oy*, estou enjoado. Quero chorar. Dentro do chapéu, não, seu *shvantz*, quero ver você pôr essa porcaria na cabeça! Você vai ter que pôr esse troço na cabeça e andar pelo centro de Newark com gala escorrendo pela testa. Como é que você vai almoçar com esse chapéu!

A infelicidade que desce sobre mim quando as últimas gotas caem na luva. A depressão é avassaladora; até mesmo meu pau está envergonhado e não responde nem uma vez enquanto saio do teatro me xingando de modo impiedoso, gemendo em voz alta: "Ah, não, *não*", mais ou menos como um homem que acabou de enfiar o pé num cocô de cachorro... Só que não é só o pé, é tudo, até a alma... Arg! que nojo! Dentro do chapéu, pelo amor de Deus. *Ven der putz shteht! Ven der putz shteht!*

No chapéu que ele põe na *cabeça*!

De repente me lembro do dia em que minha mãe me ensinou a mijar em pé! Escute, quem sabe não era essa a informação que estávamos aguardando, a chave do que determinou minha personalidade, o que me faz viver neste estado, torturado por desejos que repugnam minha consciência, e uma consciência que repugna meus desejos. Ouça como foi que aprendi a mijar dentro da privada como um homem crescido. Ouça só!

Estou diante do círculo de água, meu peruzinho de neném

levantado, tão bonitinho, enquanto minha mãe, sentada a meu lado na beira da banheira, controla com uma das mãos a torneira (da qual escorre um fio de água que devo imitar) e, com a outra, segura meu pinto por baixo, fazendo cócegas nele. Repito: *fazendo cócegas no meu pinto!* Pelo visto, ela pensa que é assim que se faz para esguichar um negócio pelo buraco que tem na frente, e não é que ela tem razão? "Faz um bom pi, *bubala*, faz um pi bem caprichado pra mamãe", mamãe cantarola para mim, quando na verdade o que estou fazendo ali, com a mão dela na minha vara, é, muito provavelmente, o meu futuro! Imagine! Como é *ridículo*! O caráter de um homem está sendo forjado, um destino está sendo determinado... bom, talvez não... seja como for, não sei se a informação tem alguma importância, mas na presença de um outro homem simplesmente não consigo urinar. Até hoje. Minha bexiga pode estar do tamanho de uma melancia, mas, se eu for interrompido por uma outra presença antes de começar a sair o fluxo (o senhor quer ouvir tudo, não é? Então vou contar tudo), o fato é que em Roma, doutor, eu e a Macaca pegamos uma prostituta na rua e fomos para a cama com ela. Pronto, saiu. Demorou mas saiu.

    O ônibus, o ônibus, o que foi que interveio no ônibus que me impediu de esporrar em cima do braço da *shikse* adormecida? Não sei. Bom senso, o senhor acha? Um mínimo de decência? Eu de repente caí em mim, como se diz? Bom, então por que foi que não caí em mim no dia em que, chegando da escola e vendo que minha mãe não estava em casa, encontrei um pedaço grande e roxo de fígado cru na geladeira? Creio que já confessei que comprei um fígado num açougue e o currei atrás de uma placa de anúncio a caminho do curso de preparação para o *bar mitzvah*. É, quero fazer a confissão completa, Vossa Santidade. Aquela... aquele fígado não foi o primeiro. O primeiro, eu o comi na privacidade de minha própria casa, enrolado em meu pau, dentro do banheiro, às três e meia — e depois o comi, espetado no garfo, às cinco e meia, junto com os outros membros da minha pobre e inocente família.

Pronto. Agora o senhor já sabe qual foi a pior coisa que fiz na vida. Fodi o jantar da minha própria família.

A menos que o senhor concorde com a Macaca, para quem o crime mais hediondo de toda a minha carreira foi abandoná--la na Grécia. O segundo mais hediondo: fazê-la participar daquele triunvirato em Roma. Na opinião *dela* — ora, a opinião dela! —, eu sou o único responsável por aquele *ménage*, porque sou mais forte e tenho mais senso moral do que ela. "O Grande Filantropo!", ela exclama. "O homem encarregado de proteger os pobres da sanha dos proprietários! Você, que me fez ler John dos Passos! Foi *por você* que eu peguei o formulário de matrícula da Hunter College! É *por você* que estou me matando de estudar para não ser só a boazuda burra de alguém! E agora você quer me tratar como se eu fosse só uma coisa, para você *usar* — usar em tudo que é perversão maluca que você inventa —, você, que é o intelectual superior! Que aparece na porra da tevê educativa!"

A questão é que, para a Macaca, minha missão era resgatá--la daqueles abismos de frivolidade e perdição, de perversão, loucura e luxúria, nos quais passei a vida inteira tentando em vão mergulhar — ela queria que eu a salvasse das tentações em que venho me esforçando por cair esses anos todos! E para ela não tem a menor importância o fato de que na cama ela própria estava nutrindo essa fantasia com o mesmo fervor que eu. Doutor, eu pergunto ao senhor: quem foi que teve a ideia, para começo de conversa? Desde a noite em que nos conhecemos, quem é que está sempre tentando o outro com a ideia de levar mais uma mulher para a nossa cama? Falando sério, não estou tentando emergir da minha lama, não — eu quero mais é afundar nela! —, mas é preciso que fique bem claro, para o senhor e para mim, ainda que não para ela, que essa mulher completamente neurótica, essa ridícula puta caipira doida de pedra, está muito longe de ser *minha* vítima. Eu me recuso a engolir essa conversa fiada de vitimização! Ela está com trinta anos, quer se casar e ser mãe, quer ser respeitável e morar numa casa com um marido (ainda mais porque a fase mais rendosa de sua carreira glamourosa está praticamente encerrada), mas daí não se segue que só porque ela se considera uma vítima da marginalização e da exploração (e talvez seja mesmo, levando-se em conta a vida dela como um todo) eu tenho de assumir a culpa. Não é culpa minha se ela chegou aos trinta anos solteira. Não fui pegá-la nas minas da Virgínia Ocidental e assumi a responsabilidade por ela — e também não fui eu que a coloquei na cama junto com aquela puta! Na verdade, foi a própria Macaca, falando seu italiano de alta-costura, que pôs a cabeça para fora de nosso carro alugado e explicou à prostituta o que queríamos e quanto estávamos dispostos a pagar. Fiquei quietinho ao volante, com um pé no acelerador, pronto para fugir se fosse o caso... E, falando sério, quando a prostituta se sentou no banco de trás, eu pensei: não; e no hotel, onde conseguimos fazê-la subir sozinha para nosso quarto, passando pelo bar, pensei outra vez: não. Não! Não! Não!

Ela até que não era feia, a tal puta, meio arredondada e atarracada, mas tinha só vinte e poucos anos, um rosto largo, franco e agradável — e um par de tetas realmente estupendas. Foi por isso que a escolhemos, subindo e descendo a Via Veneto devagarinho para examinar a mercadoria que desfilava na calçada. A puta, que se chamava Lina, despiu o vestido no meio do quarto; por baixo ela usava um corpete sem alça, limitado ao norte pelos peitos abundantes e ao sul pelas coxas mais do que generosas. A teatralidade daquela roupa me deixou pasmo — mas naquele momento eu estava pasmo com tudo, sobretudo por termos finalmente agido depois de passar tantos meses planejando.

A Macaca saiu do banheiro com uma camisolinha curta (uma coisa que em geral me deixava muito excitado, aquela camisola de seda creme com uma linda Macaca dentro); enquanto isso, tirei toda minha roupa e fiquei sentado, nu, ao pé da cama. O fato de Lina não falar uma palavra em inglês intensificava ainda mais o sentimento que começou a fluir entre mim e a Macaca, uma espécie de sadismo contido: podíamos falar um com o outro, trocar segredos e planos, sem que a puta nos entendesse — tal como ela e a Macaca podiam trocar cochichos em italiano sem que eu tivesse como saber o que elas estavam dizendo, ou tramando... Lina foi a primeira a falar, e a Macaca se virou para mim e traduziu. "Ela diz que o seu é grande." "Aposto que ela diz isso pra todos." Então as duas ficaram paradas, em trajes menores, olhando para mim — *esperando*. Mas eu também estava esperando. E meu coração estava disparado. A coisa havia acontecido, eu com duas mulheres... e agora, o que acontece? Porque eu, o senhor sabe, continuo dizendo a mim mesmo: *Não!*

"Ela quer saber", diz a Macaca, depois que Lina falou pela segunda vez, "onde que o *signore* gostaria de começar." "O *signore*", respondi, "quer que ela comece pelo começo..." Ah, muito espirituosa, essa resposta, muito descontraída, só que continuamos os três parados, peladões, eu e o meu pau duro, sem ter para onde ir. Por fim é a Macaca que põe nossas libidos em movimento. Ela se aproxima de Lina, que é muito mais baixa que ela (ah, meu Deus, será que ela não basta? Não é suficiente para as minhas necessidades? Afinal, quantas picas eu tenho?), e põe a mão entre as pernas da puta. Havíamos imaginado a cena de antemão com todas as suas possibilidades, havíamos passado meses sonhando em voz alta com esse momento, e no entanto fico atônito ao ver o dedo médio da Macaca desaparecer dentro da boceta de Lina.

O estado em que entrei no momento seguinte pode ser caracterizado como uma agitação implacável. Meu Deus, como fiquei agitado! É porque tinha muita coisa a fazer. Você vai por aqui, eu vou por ali — está bem, agora você vem por aqui e eu vou por ali —, está bem, agora ela desce por este lado enquanto eu subo por lá, enquanto você meio que fica de lado aqui no... e por aí foi, doutor, até eu gozar pela terceira e última vez. A essa altura a Macaca era quem estava em decúbito dorsal sobre a cama, enquanto eu estava com a bunda virada para o candelabro (e as câmaras, a ideia me passou rapidamente pela cabeça) — e, no meio, enfiando os peitos na boca da Macaca, estava a nossa puta. Agora, de quem era o buraco, e *qual* o buraco, em que descarregarei minha última munição, é algo a respeito do qual só se pode especular. É possível que eu tenha terminado fodendo uma combinação úmida e odorífera de pentelhos italianos encharcados, bunda americana lambuzada e lençol absolutamente imundo. Então me levantei, entrei no banheiro e, como todos ficarão satisfeitos de saber, vomitei meu jantar. Minhas *kishkas*, mamãe — pus para fora as tripas na privada. Está vendo que bom menino eu sou?

Quando saí do banheiro, a Macaca e Lina estavam dormindo abraçadinhas.

O choro patético da Macaca, suas recriminações e acusações começaram assim que Lina se vestiu e foi embora. Eu a havia encaminhado ao mal. "*Eu? Foi você* que enfiou o dedo na xota dela e deu o pontapé inicial! *Foi você* que beijou a puta na boca, porra...!" "Porque", gritou ela, "se eu vou fazer uma coisa, então eu faço *mesmo*! Mas isso não quer dizer que eu *quero* fazer!" Então, doutor, começou a me atacar por causa dos peitos de Lina, dizendo que eu não havia *brincado* com eles direito.

"Você só fala, só pensa em peitos! *Os peitos das outras mulheres!* Os meus são pequenos, mas os peitos de todas as mulheres que você vê no mundo são *enormes* — aí finalmente você arruma uma mulher que tem uns peitões *colossais*, e o que é que você faz? *Nada!*" "'Nada' é exagero, Macaca — a questão é que você estava sempre na minha frente..." "Eu não sou lésbica, não! Você não ousa me chamar de lésbica! Porque, se eu sou lésbica, *foi porque você me fez ficar assim!*" "Ah, meu Jesus, essa não...!" "Fiz isso por você, *sim* — e agora você me odeia porque eu fiz o que fiz!" "Então não vamos fazer de novo, por *mim*, está bem? Se é para terminar nessa palhaçada ridícula!"

Só que na noite seguinte conseguimos nos excitar muito durante o jantar — tal como no início do nosso namoro, a uma certa altura a Macaca foi ao banheiro do Ranieri's e voltou à mesa com um dedo cheirando a boceta, o qual mantive sob meu nariz para ficar cheirando e beijando até chegar o prato principal — e, depois de uns dois conhaques no Doney's, pegamos Lina mais uma vez em seu posto e a trouxemos para o segundo round. Mas dessa vez fui eu que tirei a roupa de baixo de Lina e montei nela antes mesmo que a Macaca tivesse tempo de voltar do banheiro. Se eu vou fazer, pensei, então faço logo de uma vez! Até o fim! Tudo! E sem vomitar depois! Você não está mais no colégio secundário de Weequahic! Você está muito longe de Nova Jersey!

Quando a Macaca saiu do banheiro e viu que a partida já havia começado, não ficou muito contente. Sentou-se na beira da cama, o rostinho miúdo menor do que nunca, e, não aceitando o convite para participar, ficou em silêncio assistindo até eu gozar e Lina fingir que gozava. Então, prestativa — ela era mesmo um amor —, Lina tentou pôr a mão entre as pernas compridas da minha namorada, mas a Macaca se esquivou e foi sentar numa cadeira perto da janela, emburrada. Assim, Lina — uma pessoa que não tinha muita sensibilidade para conflitos interpessoais — se acomodou no travesseiro ao meu lado e começou a me contar sua vida. A grande desgraça de sua existência tinham sido os abortos. Ela era mãe de um menino, com quem morava em Monte Mario ("num lindo prédio novo", segundo a tradução da Macaca). Infelizmente ela não podia ter, dada a sua situação, mais de um — "embora ela adore crianças" —, e por isso era frequentadora habitual de uma clínica de abortos. Pelo visto, o único método anticoncepcional que ela usava era uma ducha espermicida não muito confiável.

Eu não acreditava que ela jamais tivesse ouvido falar de diafragmas ou de pílulas anticoncepcionais. Pedi à Macaca que lhe desse uma explicação a respeito dos métodos modernos aos quais ela certamente poderia ter acesso, com um mínimo de iniciativa. Minha namorada me dirigiu um olhar bem irritado. A puta a ouviu com atenção, mas parecia não levar aquilo muito a sério. Perturbou-me bastante constatar que ela era tão ignorante a respeito de uma questão da maior relevância para seu próprio bem-estar (enquanto ela, na cama, acariciava meus pentelhos úmidos): a porra da Igreja Católica, pensei...

Assim, quando foi embora naquela noite, ela levava em sua bolsa não apenas quinze mil liras minhas como também um estoque de Enovid que dava para um mês, de propriedade da Macaca — que eu dera a ela.

"Mas você, hein, é mesmo um tremendo salvador!", gritou a Macaca depois que Lina foi embora.

"O que você quer que ela faça — quer que ela fique grávida duas vezes por mês? Isso faz sentido?"

"Pois estou me lixando pra ela!", disse a Macaca, assumindo um tom de voz rural e perverso. "Ela é uma *puta*! E *você*, você só queria trepar com *ela*! Não pôde nem esperar eu sair do banheiro! E depois ainda dá pra ela as *minhas* pílulas!"

"Aonde você quer chegar, hein? Afinal, o que é mesmo que você está querendo dizer? Sabe, se tem uma coisa que você não parece ter, Macaca, é a capacidade de pensar logicamente. Franqueza, sim — lógica, não!"

"Então me despacha! Você já conseguiu o que você queria! Pode ir embora!"

"É uma boa ideia!"

"Pra você, eu sou igual a *ela*, mesmo! Você, com todas as suas palavras difíceis e seus ideais sagrados, pra você eu sou só uma boceta — e uma lésbica! — e uma puta!"

Vamos pular a briga. É a mesma lengalenga de sempre. Domingo: saímos do elevador e quem vemos entrando no hotel pela porta da frente senão a nossa Lina — e com uma criança de sete ou oito anos de idade, um menino gorducho esculpido em alabastro, todo babados, veludos e verniz. O cabelo de Lina está solto e seus olhos negros, recém-saídos da igreja, ostentam aquela típica expressão melancólica italiana. Uma mulher bonita, realmente. Um amor de pessoa (não consigo encará-la de outro modo!). E ela veio para exibir seu *bambino*! Pelo menos é o que parece.

Apontando para o filhinho, ela cochicha, dirigindo-se à Macaca: "*Molto elegante, no?*". Mas depois ela vai atrás de nós até o nosso carro e, enquanto o menino examina o uniforme do porteiro, nos convida a ir ao apartamento dela em Monte Mario naquela tarde para nós três transarmos com um outro homem. Ela tem um amigo, diz ela — veja bem, tudo isso me é relatado por minha intérprete —, ela tem um amigo que, disso está certa, gostaria de trepar com a *signorina*. Vejo as lágrimas escorrendo por detrás dos óculos escuros da Macaca quando ela se vira para mim e pergunta: "Então, o que é que eu digo a ela, sim ou não?".

"Não, é claro. De jeito nenhum." A Macaca troca algumas palavras com Lina e depois se vira para mim outra vez: "Ela diz que não seria por dinheiro, seria só...".

"Não! Não!"

Durante todo o caminho, até chegarmos à Villa Adriana, ela chora: "Eu também quero um filho! E um lar! E um marido! Eu não sou lésbica não! Eu não sou puta não!". Ela me recorda uma ocasião, na primavera anterior, em que a levei comigo ao Bronx, para assistir a uma "Noite de Igualdade de Oportunidade" organizada pela Comissão. "Aqueles pobres porto-riquenhos sendo explorados no supermercado! Você falando espanhol, e eu tão impressionada! Falando sobre problemas de higiene, ratos e insetos, a proteção da polícia! Porque discriminação é crime! Um ano de prisão ou multa de quinhentos dólares! E aquele porto-riquenho pobre que se levantou e gritou: 'As duas coisas!'. Ah, você é um farsante, Alex! Um hipócrita, um impostor! Bancando o maioral na frente daqueles cucarachas, mas eu sei a verdade, Alex! *Você obriga as mulheres a trepar com putas!*"

"Eu não obrigo ninguém a fazer nada contra a vontade."

"Oportunidades iguais! Direitos humanos! *Humano!* Como você enche a boca com essa palavra! Mas eu sei o que isso quer dizer, seu cafetão filho da puta! Eu vou te *mostrar* o que isso quer dizer! Para o carro, Alex!"

"Desculpa, mas não paro, não."

"Para, sim! Para! Porque eu vou saltar! Eu vou encontrar um telefone! Vou fazer uma ligação interurbana pro John Lindsay e vou contar pra ele o que você me obrigou a fazer."

"Vai porra nenhuma."

"Vou desmascarar você, Alex — vou ligar pro Jimmy Breslin!"

Então, em Atenas, ela ameaça pular da varanda do quarto do hotel se eu não me casar com ela. Assim, vou embora.

Shikses! No inverno, quando os micróbios da poliomielite estão hibernando e posso contar com a possibilidade de sobreviver sem pulmão de ferro até o final do ano letivo, vou patinar no gelo no Irvington Park. Ao cair da tarde nos dias de semana, e o dia inteiro aos sábados e domingos de tempo bom, traço círculos e mais círculos na pista, seguindo *shikses* que moram em Irvington, a cidade vizinha, cujos limites são próximos às ruas e casas do bairro judeu onde me sinto protegido. Sei onde moram as *shikses* só de ver o tipo de cortina que suas mães põem nas janelas. Além disso, os góis penduram um paninho branco com uma estrela na janela da frente, em homenagem a si próprios e a seus filhos que estão servindo as forças armadas no estrangeiro — uma estrela azul se o filho está vivo, uma estrela dourada se o filho morreu. "Uma mãe estrela-dourada", diz Ralph Edwards, solene, anunciando uma participante do programa de perguntas e respostas *Truth or Consequences*, que dali a dois minutos vai levar uma esguichada de soda bem na altura da xota e logo em seguida vai ganhar uma geladeira novinha em folha para sua cozinha... Minha tia Clara, do andar de cima, também é uma mãe estrela-dourada, só que há uma diferença: ela não pôs nenhuma estrela dourada na janela, porque o filho morto não a faz sentir-se orgulhosa nem nobre, não a faz sentir coisa alguma, aliás. O que aconteceu foi que ela se tornou, para usar a expressão de meu pai, "doente dos nervos" para o resto da vida. Desde que Heshie morreu na invasão da Normandia, tia Clara passa a maior parte de seus dias na cama, chorando de modo tão incontrolável que de vez em quando o dr. Izzie é chamado para lhe dar uma injeção, para tentar acalmar sua histeria... Mas as cortinas — as cortinas são enfeitadas com renda, ou com algum outro detalhe que minha mãe caracteriza, com desprezo, como "mau gosto de gói". Na época do Natal, quando não tenho aula e posso ficar patinando à noite, pois a lagoa é iluminada, vejo as árvores de Natal piscando por trás das cortinas góis. Não no nosso quarteirão — Deus me livre! — nem na Leslie Street, nem na Schley Street, nem mesmo na Fabian Place, mas à medida que me aproximo da divisa de Irvington vejo um gói aqui, outro ali, e mais outro lá — e pronto, já estou em Irvington, e é mesmo terrível: não apenas há uma árvore copiosamente iluminada em cada sala, como também as próprias casas estão contornadas por pequenas lâmpadas coloridas anunciando o cristianismo, e as vitrolas derramam os acordes de "Noite feliz" pelas ruas como se — como se? — fosse um hino nacional, e nos gramados cobertos de neve há pequenos presépios de madeira — chega mesmo a dar náuseas. Como é que eles podem *acreditar* nessa bobajada? E não são só as crianças, não, há adultos parados nos gramados cobertos de neve contemplando sorridentes pedaços de madeira de quinze centímetros de altura identificados como Maria, José e o menino Jesus — e as vaquinhas e os cavalinhos também sorriem! Meu Deus! A idiotice dos judeus o ano inteiro, e depois a idiotice dos góis nos feriados de fim de ano! Que país! Não admira que todo mundo seja meio maluco aqui!

Mas as *shikses*, ah, as *shikses*, são outra história. Sentindo o cheiro de serragem úmida e lã molhada da casa flutuante aquecida, contemplando aqueles cabelos louros frios a transbordar dos lenços e chapéus, entro em êxtase. Em meio àquelas garotas coradas, que riem de modo incontrolável, amarro os cadarços de meus patins com dedos fracos e trêmulos e vou descendo a prancha de madeira atrás delas, na ponta dos pés, e me lanço no gelo seguindo aquela revoada de *shikses* — um buquê, uma grinalda de moças góis. Fico de tal modo extasiado que, em meu estado de desejo, *estou além do tesão*. Minha pequena pica circuncidada permanece engelhada de veneração. Talvez seja pavor. Como é que elas podem ser tão lindas, tão saudáveis, tão *louras*? O desprezo que sinto pelas crenças delas é mais do que neutralizado pela adoração que me inspira a aparência delas, seu jeito de andar e rir e falar — as vidas que elas devem levar por trás daquelas cortinas góis! O orgulho daquelas *shikses*... ou será dos *shkotzim*? Pois os irmãos mais velhos dessas moças são simpáticos, bondosos, confiantes, limpos, velozes e poderosos jogadores dos times de futebol americano de suas faculdades, a Northwerstern, a Texas Christian, a UCLA. Seus pais são homens de cabelos brancos e vozes graves que jamais erram na conjugação de um verbo, e suas mães são aquelas senhoras de sorrisos benévolos e maneiras irrepreensíveis que dizem coisas como "É extraordinário, Mary, vendemos trinta e cinco bolos na feira beneficente". "Não volte muito tarde, querida" — é assim que elas se despedem, com vozes melodiosas, de suas lindas tulipinhas que saem, saltitantes, com vestidos rodados de tafetá, para ir ao baile do colégio com rapazes cujos nomes parecem saídos da cartilha: não Aaron e Arnold e Marvin, e sim Johnny, Billy, Jimmy e Tod. E o sobrenome nunca é Portnoy nem Pincus, e sim Smith, Jones e Brown! Essas pessoas é que são *americanas*, doutor — gente como a família Aldrich, como o grande Gildersleeve e seu sobrinho LeRoy dos programas de rádio, como Corliss e Veronica, como "Oogie Pringle", que canta debaixo da janela de Jane Powell em O *príncipe encantado*... É para essas pessoas que Nat "King" Cole canta todo Natal: "Castanhas assando numa lareira, o frio ardendo no nariz...". Uma lareira, na *minha* casa? Não, não, os narizes em questão não são os nossos. Não o nariz chato e negro de Nat "King" Cole, nem o meu, comprido e volumoso, e sim aqueles narizinhos incrivelmente minúsculos com narinas que apontam direto para o norte desde o berço. E ficam assim a vida toda! Essas crianças são as personagens saídas das ilustrações dos livros infantis, são a elas que se referem as placas pelas quais passamos em Union, Nova Jersey: CRIANÇAS BRINCANDO e DIRIJA COM CUIDADO, AMAMOS NOSSAS CRIANÇAS — são esses os meninos e meninas que moram na casa ao lado, que pedem o "carango" emprestado ao pai e sempre "aprontam" alguma confusão, mas sempre tudo se resolve antes do comercial final — e os vizinhos deles não se chamam Silverstein nem Landau, e sim Fibber McGee e Molly, Ozzie e Harriet, Ethel e Albert, Lorenzo Jones e sua mulher Belle, e Jack Armstrong! Jack Armstrong, o típico gói americano! — e o Jack dele é diminutivo não de Jake, como meu pai, e sim de John... Olhe, fazemos nossas refeições com o rádio ligado, o volume no máximo, até a hora da sobremesa, e o brilho amarelo do dial é a última luz que vejo todas as noites antes de dormir — por isso, não venha me dizer que nós somos tão bons como qualquer um, não venha me dizer que somos americanos tal como eles. Não, não, esses cristãos louros são os moradores legítimos, os verdadeiros proprietários deste lugar, e eles podem derramar os acordes de qualquer música nas ruas que ninguém vai impedi-los. Ah, América! América! Para meus avós, pode ter sido a terra onde havia ouro nas ruas; para meus pais, o país onde havia um frango na panela de cada família; mas para mim, uma criança cujas lembranças cinematográficas mais antigas são de Ann Rutherford e Alice Faye, a América é uma *shikse* abraçadinha a mim, toda derretida, sussurrando amor amor amor amor!

Assim: fim de tarde numa lagoa congelada num parque, e eu, patinando atrás das orelheiras vermelhas e dos cachos louros ao vento de uma *shikse* desconhecida, aprendo o significado da palavra *anseio*. Para um indignado filhinho de mamãe judia de treze anos de idade, é quase insuportável. O senhor me desculpe a insistência, mas essas foram talvez as horas mais pungentes de toda a minha vida — aprendo o significado da palavra *anseio*, aprendo o significado da palavra *angústia*. Lá vão aquelas criaturas encantadoras subindo a margem da lagoa, pelo caminho sem neve entre os pinheiros — e lá vou eu atrás (se tenho coragem!). O sol já está quase se pondo, e tudo está flamejante (tal como minhas palavras), enquanto vou seguindo as *shikses* a uma distância prudente, até que elas atravessam a rua, patinando, e entram rindo numa *bonbonnière* perto do portão do parque. Quando consigo criar coragem suficiente para entrar também — sem dúvida, todo mundo vai olhar para mim! —, elas já afrouxaram os cachecóis e baixaram os zíperes dos casacos, e estão tomando goles de chocolate quente, com suas bochechas coradas e lisas — e aqueles narizes, mistério dos mistérios!, desaparecem por completo dentro das xícaras cheias de chocolate e *marshmallow* e delas emergem imaculados! Meu Jesus, como elas comem entre as refeições sem nenhum sentimento de culpa! Que meninas! Num gesto de louca impetuosidade, também peço um chocolate quente — e desse modo estrago meu apetite antes do jantar, que será servido por minha mãe pontualmente às cinco e meia, hora em que meu pai retorna para casa "faminto". Então vou atrás delas de volta para a lagoa. Depois ando atrás delas em torno da lagoa. Então, por fim, meu êxtase termina — elas voltam para suas casas, para seus pais bem-falantes e suas mães impecáveis e seus irmãos confiantes com quem vivem na mais perfeita harmonia por trás daquelas cortinas góis, e eu volto para Newark, para minha vida emocionante com minha família, agora por trás das persianas de alumínio que minha mãe pôde comprar após anos de economias.

Que tremenda ascensão social a nossa, graças àquelas persianas! Pelo visto, minha mãe está crente de que da noite para o dia entramos para a alta sociedade. Boa parte de sua vida agora é dedicada à tarefa de espanar e lustrar as lâminas das persianas; passa o dia atrás delas, limpando; à tardinha fica a contemplar, por entre as lâminas limpas, a neve que começa a cair, à luz dos postes de iluminação — e logo começa a funcionar sua máquina de se preocupar. Em geral bastam uns poucos minutos para que ela entre em desespero. "Mas onde que ele está?", ela geme cada vez que um par de faróis aparece na rua e não é o dele. Onde,

onde estará nosso Odisseu! No andar de cima, o tio Hymie está em casa, do outro lado da rua Landau está em casa, no apartamento ao lado Silverstein está em casa — todo mundo já chegou em casa às cinco e quarenta e cinco, menos meu pai, e o rádio informa que uma nevasca já está alcançando Newark, vinda do polo norte. É, pelo visto não há mais dúvida, o jeito é telefonar para a Tuckerman & Farber e se informar sobre funerais, e começar a convidar as pessoas. Sim, basta que as estradas comecem a brilhar de gelo para que minha mãe fique imaginando, cada vez que meu pai chega quinze minutos atrasado para o jantar, que ele está esmagado contra um poste em algum lugar, morto, numa poça de sangue. Minha mãe entra na cozinha com um rosto que parece saído de um quadro de El Greco. "Meus dois armênios famintos", diz ela, mal contendo as lágrimas, "podem comer, vamos, meus amores — podem ir começando, não faz sentido esperar..." E quem não ficaria arrasado? Só de pensar no que vai acontecer agora — dois filhinhos órfãos de pai, ela sem marido e provedor, tudo isso só porque, sem mais nem menos, quando aquele pobre homem voltava para casa, começou a nevar.

Nesse ínterim já estou pensando se, com a morte de meu pai, terei de trabalhar depois das aulas e aos sábados, e por esse motivo não poderei mais patinar no Irvington Park — serei obrigado a deixar de patinar com as minhas *shikses* antes mesmo de ter chegado a dizer qualquer palavra a uma delas. Tenho medo de abrir a boca e não sair nada — ou então de sair a coisa errada. "Portnoy, sim, é um nome francês antigo, corruptela de *porte noir*, porta ou portão negro. Parece que na Idade Média, na França, a porta da mansão de nossa família era pintada..." e por aí afora. Não, não, elas vão ouvir aquele *oy* no final e serei desmascarado. Então Al Port, ou Al Parsons! "Como vai, Genuína, podemos patinar juntos? Meu nome é Al Parsons...", mas Alan não é um nome tão judaico e estrangeiro quanto Alexander? Sei que existe o Alan Ladd, mas por outro lado tenho um amigo chamado Alan Rubin, que é interbases no nosso time de softbol. E, depois, ela vai ficar sabendo que eu estudo na Weequahic. Ah, não adianta, eu posso mentir à vontade, inventar um nome diferente, uma escola diferente, mas o que é que eu faço com essa porra desse nariz? "Você parece uma pessoa muito interessante, Al Porte-Noir, mas por que você está sempre cobrindo o meio da sua cara?" Porque de repente o meio da minha cara inchou! Porque desapareceu aquele botãozinho da minha infância, aquela coisinha tão bonitinha que as pessoas paravam para admirar no carrinho, e eis que, em seu lugar, surgiu uma protuberância que foi se elevando em direção a Deus! Porte-Noir, Parsons é o caralho, garoto, bem no meio da sua cara está escrito JUDEU em letras garrafais — olha só o narigão dele, meu Deus! Isso não é nariz, é um hidrante! Cai fora, judeuzinho! Sai do lago e deixa essas meninas em paz!

 É verdade. Encosto a cabeça na mesa da cozinha e, numa folha de papel timbrado da firma de meu pai, traço meu perfil com um lápis. E é *terrível*. Como foi que uma coisa dessas aconteceu comigo, eu que era tão bonitinho naquele carrinho, mamãe! Na parte de cima ele se eleva em direção ao céu, e ao mesmo tempo, onde termina a cartilagem mais ou menos na metade da extensão, ele começa a recuar em direção à boca. Daqui a mais uns dois anos nem vou poder mais comer, essa coisa vai estar no meio do caminho! Não! Não! Não pode ser! Entro no banheiro, me planto diante do espelho e aperto as narinas para cima com dois dedos. Visto de lado até que não fica tão mal, mas de frente, onde antes ficava meu lábio agora só se veem dentes e gengiva. Isso não é cara de gói. Isso mais parece o Pernalonga! Recorto pedaços do papelão que vem da lavanderia com as camisas e os prendo com fita adesiva aos dois lados do nariz, desse modo restaurando em perfil a curva delicada que exibi durante toda a infância... mas que agora desapareceu! Tenho a impressão de que esse bico começou a despontar exatamente na época em que descobri as *shikses* patinando no Irvington Park — como se a própria ossatura de meu nariz resolvesse agir como representante de meus pais! O quê? Patinando com as *shikses*? Você vai ver, seu espertinho. Você se lembra da história do Pinóquio? Pois bem, aquilo é brincadeira em comparação com o que vai acontecer com você. Elas vão rir, gritar, vaiar — e, pior ainda, vão chamá-lo de Goldberg, e você vai embora ardendo de fúria e ressentimento. De quem você imagina que elas estão sempre rindo? De você! Do judeuzinho magricela e narigudo que está sempre atrás delas, todas as tardes — e não consegue falar! "Por favor, para de mexer no nariz", diz minha mãe. "Não estou interessada, Alex, no que há dentro dele, não na hora do jantar." "Mas ele é grande demais." "O quê? O que é grande demais?", pergunta meu pai. "Meu nariz!", eu grito. "Ora, é sinal de personalidade", diz minha mãe. "Deixa esse nariz em paz!"

Mas quem disse que eu quero personalidade? Eu quero é a Genuína! Com aquela parca azul, aquelas orelheiras vermelhas e aquelas luvas brancas — Miss América de patins! Com árvore de Natal e castanhas (ou seja lá o que for) e aquela casa em que só mora uma família, com escada e balaustrada, e pais que são cheios de tranquilidade, paciência e *dignidade*, e um irmão chamado Billy que sabe desmontar motores e diz "não há de quê" e não tem medo de nada que seja físico, e ah, já posso até imaginá-la se aconchegando a mim no sofá, com uma suéter de lã e as pernas dobradas sob a saia de xadrez escocês, e depois, à porta, virando para mim e dizendo: "Muito obrigada por uma noite realmente maravilhosa", e então essa criatura extraordinária — à qual ninguém jamais disse "*Shah!*" nem "Só espero que um dia seus filhos façam a mesma coisa com você!" —, essa criatura perfeita, essa completa desconhecida, lisinha e reluzente, fresca como creme de leite, vai me beijar — levantando a perna graciosa —, e meu nariz e meu nome não terão mais nenhuma importância.

Olhe, não estou pedindo o céu — só não entendo por que não posso aproveitar a vida pelo menos tanto quanto um *schmuck* como Oogie Pringle ou Henry Aldrich. Eu também quero Jane Powell, porra! E Corliss e Veronica. Também quero ser o namorado de Debbie Reynolds — é meu lado Eddie Fisher vindo à tona, só isso, o anseio que todos nós, judeus morenos, sentimos por essas louras Lauras, essas criaturas suaves e exóticas chamadas *shikses*... O que eu não sei, ainda, nesses anos febris, é que para cada Eddie ansiando por uma Debbie existe uma Debbie ansiando por um Eddie — uma Marilyn Monroe ansiando por seu Arthur Miller —, até uma Alice Faye ansiando por um Phil Harris. Até mesmo a Jayne Mansfield ia se casar com um judeu, lembra, quando ela morreu de repente num desastre de carro? Quem podia imaginar, no tempo em que víamos no cinema *A mocidade é assim*, quem podia imaginar que aquela estupenda moça de olhos violeta, possuída pelo supremo dom gói, a coragem e o *know-how* necessários para andar a cavalo (e não apenas andar numa carroça puxada por um cavalo, como o belchior que me emprestou o nome) — quem teria acreditado que aquela moça que andava a cavalo, com suas calças de amazona e sua dicção perfeita, ansiava por um homem como nós tanto quanto nós ansiávamos por uma garota como ela? Porque o senhor sabe o que era o Mike Todd: uma imitação barata de meu tio Hymie! E quem seria doido a ponto de imaginar que Elizabeth Taylor sentiria tesão pelo tio Hymie? Quem imaginaria que para ter acesso ao coração (e à pererecá) de uma *shikse* o segredo não era tentar se fazer passar por um gói um pouco mais narigudo que os outros, tão sem graça e vazio quanto o irmão dela, e sim ser igual ao tio, ser igual ao pai, ser exatamente o que se era, em vez de fazer uma ridícula imitação judaica de um *shegetz* babaca, frio como o gelo, que está morto e nem sabe, um desses Jimmys ou Johnnys ou Tods, que pensam, se sentem e falam como pilotos de aviões de combate!

Veja só a Macaca, minha velha amiga e cúmplice. Doutor, só de pronunciar o nome dela, só de pensar nela, fico de pau duro na hora! Mas sei que não devo telefonar para ela, que não devo nunca mais me encontrar com ela. Porque essa piranha é doida! Essa maníaca sexual é doida de pedra! É encrenca na certa!

Mas... o que ela esperava de mim senão que eu fosse o salvador judeu *dela*? O Cavaleiro do Corcel Branco, o rapaz de Armadura Reluzente que todas as meninas sonhavam que viria um dia libertá-las do castelo em que elas sempre se imaginavam prisioneiras; bom, pelo menos para uma certa tribo de *shikse* (da qual a Macaca é uma magnífica representante), o cavaleiro em questão é um judeu intelectual, narigudo e meio calvo, dotado de forte consciência social e colhões cobertos de pelos negros, que não bebe nem joga nem frequenta dançarinas; um homem que certamente vai lhes dar filhos para criar e Kafka para ler — um verdadeiro Messias doméstico! Claro, é possível que, numa espécie de homenagem a sua adolescência rebelde, ele tenda a dizer "merda" e "porra" o tempo todo dentro de casa — até mesmo na frente das crianças —, mas o fato inquestionável e tranquilizador é que *ele está sempre em casa*. Nada de bares, bordéis, nada de Jockey Club, nada de partidas de gamão que duram a noite inteira no Racquet Club (a respeito do qual ela ouviu falar numa época mais refinada de sua vida) nem de chope até o dia raiar na Associação de Ex-Combatentes (que ela conheceu em sua adolescência miserável e sórdida). Não, não, de modo algum — o que temos diante de nós, senhoras e senhores, saído direto de um longo convívio (aliás, um recorde de longevidade) com sua própria família, é um rapaz judeu que anseia com todas as forças por ser Bom, Responsável & Dedicado à família que constituirá. A mesma gente que produziu *For 2¢ plain* de Harry Golden agora lhe oferece... o Programa Alexander Portnoy! Se você gostou de Arthur Miller no papel de salvador de *shikses*, você vai amar Alex! O senhor entende, sob todos os aspectos que eram cruciais para a Macaca, minha origem era exatamente o contrário do que ela tivera de suportar vivendo trinta quilômetros ao sul de Wheeling, numa cidadezinha carvoeira chamada Moundsville — enquanto eu estava em Nova Jersey me afogando em *schmaltz* (me refestelando no "calor humano" judaico, do ponto de vista da Macaca), ela estava na Virgínia Ocidental quase morrendo de frio, uma verdadeira escrava para o pai — o qual era, segundo a descrição feita pela Macaca, ele próprio uma espécie de primo-irmão de uma mula — e apenas um amontoado de necessidades incompreensíveis para uma mãe que era tão bem-intencionada quanto pode ser uma caipira filha de caipiras dos montes Alleghenies, uma mulher que não sabia ler nem escrever nem contar números muito grandes e que, para completar, não tinha um único molar na boca.

    Eis uma história contada pela Macaca que muito me impressionou (na verdade, todas as suas histórias, variações em torno dos temas de crueldade, ignorância e exploração, eram do maior interesse para este neurótico que lhe fala): uma vez, aos onze anos de idade, contra a vontade do pai, ela escapuliu num sábado para assistir a uma aula de balé ministrada pelo "artista" local (chamado sr. Maurice); o pai foi buscá-la com um cinto e ao longo de todo o caminho de volta para casa ficou lhe acertando cintadas nas canelas; ao chegar, deixou-a trancada dentro do armário o resto do dia — e com os pés *amarrados*, por precaução.

"Se eu pego ocê de novo com aquele veado eu não vou só amarrar os teu pé, não, eu faço coisa pior, ora se não faço!"

Quando chegou em Nova York, a Macaca tinha dezoito anos mas também não tinha nenhum molar. Todos haviam sido extraídos (por motivos que até hoje ela desconhece) pelo dentista de Moundsville, que era tão bom como dentista quanto o sr. Maurice, pelo que ela se lembra, era como dançarino. Quando nos conhecemos, faz quase um ano, a Macaca já tinha um casamento e um divórcio nas costas. Havia se casado com um industrial francês de cinquenta anos de idade, que a cortejou e desposou em uma semana em Florença, onde ela estava trabalhando como modelo num desfile no Palazzo Pitti. Depois que o industrial se casou com ela, a vida sexual dele consistia em ir para a cama com sua esposa jovem e bela e se masturbar em cima de uma revista chamada *Liga Elástica*, que ele mandava vir da rua 42 de Nova York. A Macaca domina um certo dialeto rural, rude e vulgar, que ela gosta de acionar em certas ocasiões e que sempre utilizava ao relatar os excessos que era obrigada a testemunhar como esposa do industrial. Seus relatos dos quatorze meses que vivera com ele eram às vezes muito engraçados, embora a experiência provavelmente tenha sido deprimente, se não apavorante. Por outro lado, ele a mandou de avião a Londres, depois do casamento, para fazer um tratamento dentário que custou cinco mil dólares, e a trouxe de volta para Paris, onde pendurou em torno de seu pescoço algumas centenas de milhares de dólares em joias; por um bom tempo, segundo a Macaca, isso teve o efeito de mantê-la leal ao marido. Para usar suas próprias palavras (antes de eu a proibir de dizer *sabe como é*, *cara*, *negócio* e *bacana*): "Era um negócio, sabe como é, de ética".

O que por fim a levou a cair fora foram as pequenas orgias que ele começou a organizar, depois que os dois enjoaram das punhetas inspiradas por *Liga Elástica* (ou seria *Salto Agulha*?).

Contratava-se uma mulher, de preferência negra, por uma quantia muito alta, para ficar nua, de cócoras, numa mesa de centro, e cagar enquanto o milionário, deitado debaixo da mesa, batia uma bronha. E, enquanto a merda se espalhava pelo vidro a quinze centímetros do nariz de seu amado, a Macaca, nossa pobre Macaca, era obrigada a ficar sentada no sofá de damasco vermelho, completamente vestida, tomando conhaque e assistindo.

Cerca de dois anos após voltar para Nova York — calculo que ela estaria com vinte e quatro, vinte e cinco anos —, a Macaca tentou se suicidar, mas só um pouquinho, arranhando os pulsos com uma gilete, por causa da maneira como fora tratada no Le Club, ou no El Morocco, se não foi no L'Interdit, pelo namorado, cujo nome constava na lista dos cem homens mais bem vestidos do mundo. Foi assim que ela conheceu o ilustre dr. Morris Frankel, que doravante aparecerá nesta confissão com o nome de Harpo. Nos últimos cinco anos, intermitentemente, a Macaca tem se debatido no divã de Harpo, na esperança de que ele lhe diga o que ela deve fazer para se tornar esposa e mãe. Por que será, pergunta a Macaca a Harpo, que ela sempre acaba se envolvendo com filhos da puta horrorosos e sem coração, e não com *homens* de verdade? Por quê? Harpo, diga alguma coisa! Diga alguma coisa a mim! *Qualquer coisa!* "Ah, eu sei que ele está vivo", dizia a Macaca, franzindo o rostinho angustiado, "eu sei. Você já viu defunto ter secretária eletrônica?" E assim a Macaca interrompe e recomeça sua terapia (se isso é mesmo terapia): interrompe sempre que um provável cavaleiro galante desponta no horizonte, e recomeça quando mais um filho da puta a deixa arrasada.

Para ela, eu "caí do céu". Harpo, naturalmente, não disse que sim, mas também não disse que não, quando ela lhe deu a entender que era assim que me via. Porém tossiu, o que a Macaca tomou como uma confirmação. Às vezes ele tosse, às vezes rosna, às vezes arrota, de vez em quando peida, se é sem querer ou de propósito só Deus sabe, ainda que, na minha opinião, um peido deva ser interpretado como uma reação de transferência negativa da parte dele. "Ceuzinho, como você é *brilhante*!" "Ceuzinho" é quando ela é minha gatinha dengosa — quando está lutando pela sobrevivência, é assim: "Seu judeu filho da puta! Eu quero me casar e virar um ser humano!".

Pois é isso, eu caíra do céu para ela... mas ela não caíra do céu para mim? Nunca na minha vida surgira nada semelhante à Macaca — nem jamais voltará a surgir. Não que eu não tivesse rezado, é claro. Não; você reza e reza, você eleva a Deus suas preces no altar da privada, no decorrer de sua adolescência você oferece a Ele em sacrifício litros e mais litros de espermatozoides seus — e então uma bela noite, por volta de meia-noite, na esquina da Lexington com a 42, quando você já chegou a perder a fé na existência de uma criatura como a que você vem imaginando há trinta e dois anos, lá está ela, com um terninho marrom, tentando chamar um táxi — magricela, desengonçada, cabelos negros abundantes, feições mirradas que lhe emprestam uma expressão irritadiça, e uma bunda realmente fantástica.

Por que não? O que tenho a perder? Por outro lado, o que tenho a ganhar? Vá em frente, seu filho da puta inibido, *fale com ela*. Essa criatura tem uma bunda com as formas arredondadas e a fenda da nectarina mais perfeita do mundo!

"Oi" — bem baixinho, com um toque de surpresa, como se talvez eu já a conhecesse de algum lugar...

"O que é que você quer, hein?"

"Te pagar um drinque", respondi.

"Um cara muito esperto", disse ela, debochando.

Debochando! Dois segundos — dois insultos! Falando com o comissário adjunto da Comissão de Recursos Humanos de toda esta cidade! "Chupar a tua boceta, menina, que tal?"

Meu Deus! Ela vai chamar a polícia! E a polícia vai me entregar ao prefeito!

"Melhorou", respondeu ela.

E assim um táxi parou, e fomos para o apartamento dela, onde ela tirou a roupa e disse: "Manda brasa".

Eu mal acreditava que uma coisa dessas estivesse acontecendo comigo! Chupei até não poder mais! De repente era como se a minha vida tivesse se transformado num devaneio masturbatório. Lá estava eu, finalmente chupando a estrela de todos aqueles filmes pornográficos que vinham passando na minha cabeça desde o dia em que pus a mão na pica pela primeira vez... "Agora sou eu", disse ela. "Uma mão lava a outra." E então, doutor, essa mulher desconhecida começou a me chupar com uma boca que parecia ter feito pós-graduação para aprender todas aquelas coisas maravilhosas que sabia fazer. Que achado, pensei! Ela engole até as bolas! Em que boca fui cair! É o que se chama de aproveitar uma oportunidade! E, ao mesmo tempo: *Vá embora! Já! Sabe lá quem é essa mulher!*

Depois tivemos uma conversa longa, séria e muito emocionante sobre perversões. Ela começou me perguntando se eu já havia transado com um homem. Respondi que não. Perguntei (tal como me pareceu que ela queria que eu perguntasse) se ela já havia transado com uma mulher.

"... Não."

"... Você gostaria?"

"... Você gostaria que eu transasse?"

"... Claro, por que não?"

"... Você gostaria de assistir?"

"... Acho que sim."

"... Então quem sabe a gente não dá um jeito."

"... E então?"

"... Está bem."

"... É, acho que eu gostaria, sim."

"Ah", disse ela, com um sutil toque de sarcasmo, "acho que você vai gostar, sim."

Contou então que um mês antes ela estava com uma virose e um casal amigo viera preparar o jantar para ela. Depois da refeição, os dois disseram que queriam tê-la como plateia enquanto trepavam. Foi o que ela fez. Recostada na cama, com trinta e nove graus de febre, ficou vendo os dois, que tiraram a roupa e se atracaram no tapete do quarto. "E sabe o que eles me pediram pra fazer, enquanto transavam?"

"Não."

"Eu tinha umas bananas na cozinha, e eles queriam que eu comesse uma banana. Enquanto eu assistia."

"Pelo simbolismo da coisa, claro."

"Pelo *quê*?"

"Por que é que eles queriam que você comesse uma banana?"

"Cara, sei lá. Acho que eles queriam saber que eu estava ali. Queriam, sabe como é, me *ouvir*. Mastigando. Vem cá, você só faz chupar ou fode também?"

A Genuína! Minha rampeira do Empire Burlesque — sem as tetas colossais, mas tão bonita!

"Eu fodo também."

"Pois eu também fodo."

"Que coincidência", disse eu, "a gente se encontrar."

Ela riu pela primeira vez, mas, em vez de isso me tranquilizar, de repente cismei que alguma coisa ia acontecer — um crioulão ia saltar de dentro do armário e cravar uma faca no meu coração —, ou então ela mesma ia entrar em parafuso, o riso ia se transformar numa crise de histeria — só Deus sabia que catástrofe aconteceria. Eddie Waitkus!

Seria ela uma *call-girl*? Uma psicopata? Estaria mancomunada com um traficante porto-riquenho que ia agora entrar na minha vida? Entrar na minha vida — e dar fim a ela, por causa dos quarenta dólares na minha carteira e do meu relógio de pulso comprado na Korvette's?

"Vem cá", foi a pergunta inteligente que me ocorreu fazer, "você faz esse tipo de coisa, assim, o tempo todo...?"

"Mas que pergunta é essa! Que comentário mais idiota! Então você é mais um filho da puta insensível, é? Você acha que eu não tenho *sentimentos*!"

"Desculpe. Mil perdões."

Mas de repente, onde antes havia fúria e indignação, agora só havia lágrimas. Seria necessário mais algum indício de que essa moça era, no mínimo, um pouco instável psicologicamente? Qualquer homem em pleno gozo de suas faculdades mentais teria, nesse momento, se levantado, se vestido e caído fora o mais depressa possível. Dando graças a Deus por estar inteiro. Mas, como o senhor vê, para mim o pleno gozo das faculdades mentais é sinônimo de medo! Do legado de terror que trago comigo de meu passado ridículo! Esse tirano, meu superego, devia ser enforcado, esse filho da puta, devia ser pendurado de cabeça para baixo, amarrado pelas botas de nazista! Na rua, quem estava tremendo de medo, eu ou a garota? Eu! Quem tinha coragem, ousadia, peito, eu ou a garota? A garota! A porra da garota!

"Olha aqui", disse ela, enxugando as lágrimas na fronha do travesseiro, "olha, eu menti pra você, caso você esteja interessado em saber, em escrever isso em algum lugar, sei lá."

"É mesmo? Mentiu sobre o quê?" Pronto, é agora, pensei, que o *schwartze* vai sair de dentro do armário — os olhos, o dente e a navalha brilhando! Já sei até qual vai ser a manchete: COMISSÁRIO ADJUNTO DE RECURSOS HUMANOS DECAPITADO EM APARTAMENTO DE GAROTA DE PROGRAMA!

"Você quer saber por que foi que eu menti pra você?"

"Eu não sei do que você está falando."

"É que, sabe como é, não foram eles que pediram pra eu comer a banana, não. Não foram os meus amigos, não. Fui eu que pedi."

Daí o nome: Macaca.

Agora, por que foi que ela mentiu, para *mim*? Creio que tenha sido uma maneira de dizer a si própria — de modo semiconsciente, imagino — que eu era uma pessoa do tipo superior: que, muito embora eu a tivesse pegado na rua, e a tivesse chupado com toda a vontade, e *ela* tivesse me chupado até me enlouquecer — que, apesar de toda aquela conversa sobre taras depois... mesmo assim, ela não queria que eu ficasse pensando que ela era uma pessoa *totalmente* dedicada a excessos e aventuras sexuais... Porque bastou ela me ver para que toda uma vida possível se descortinasse em sua imaginação... Chega de *playboys* narcisistas de terno Cardin; chega de publicitários casados desesperados que moram em Connecticut; chega de veados com sobretudos ingleses que vêm almoçar no Serendipity; chega de velhos tarados da indústria de cosméticos que ficam babando em cima dos pratos caríssimos do Le Pavillon... Chega; finalmente a figura que povoou os sonhos *dela* por tantos anos (é o que fica claro), um homem que há de ser bom marido e bom pai... e judeu. E que judeu! Primeiro ele lhe chupa a boceta e imediatamente depois começa a falar e explicar, a distribuir juízos de valor a torto e a direito, recomendando leituras, dizendo em quem ela deve votar, como a vida deve e não deve ser vivida. "Como é que você sabe disso?", ela perguntava, desconfiada. "Quer dizer, isso aí é só a sua *opinião*?" "O que você quer dizer com *opinião*? Não é a minha opinião, menina, é a verdade." "Eu quero saber é se... se isso é uma coisa que todo mundo sabe... ou só você sabe?" Um judeu que se preocupa com o bem-estar dos pobres da cidade de Nova York! Um homem que já apareceu na tevê educativa... esporrando dentro de sua boca! De repente, doutor, ela deve ter compreendido tudo — isso é possível? Será que as mulheres são *tão* calculistas assim? Será que sou um ingênuo em matéria de mulher? Será que ela viu e planejou tudo, ali mesmo, na Lexington Avenue?... Uma lareira ardendo em silêncio em nossa sala de visitas cheia de livros da nossa casa de campo, a babá irlandesa dando banho nas crianças antes de a mamãe fazê-las dormir, e a esguia ex-modelo, membro do *jet-set* e tarada sexual, nativa das minas da Virgínia Ocidental, suposta vítima de dezenas de autênticos filhos da puta, ei-la com seu pijama Saint-Laurent e suas botas de pelica, lendo pensativa um romance de Samuel Beckett... ei-la deitada num tapete de pele com o marido, do qual Todos Estão Falando, o Santo Comissário da Cidade de Nova York... ei-lo com seu cachimbo e seu cabelo de judeu, encarapinhado, negro, cada vez mais ralo, com todo seu fascinante fervor messiânico de judeu...

O que finalmente aconteceu no Irvington Park: numa tarde de sábado, dei por mim quase a sós na lagoa congelada com uma gracinha de *shikseleh* de quatorze anos, que eu vira praticando traçar oitos desde pouco depois da hora do almoço, uma garota que me parecia ter o encantamento classe média de Margaret O'Brien — aquela graça brejeira em torno dos olhos reluzentes e do nariz sardento — e também a simplicidade e acessibilidade proletária, o cabelo louro escorrido, de Peggy Ann Garner. O senhor entende, essas figuras que para todo mundo eram estrelas de cinema para mim não passavam de tipos diferentes de *shikse*. Muitas vezes eu saía do cinema tentando imaginar em que colégio de Newark estudariam Jeanne Crain (com aqueles seios) ou Kathryn Grayson (com aqueles seios) se fossem da minha idade. E onde eu encontraria uma *shikse* como Gene Tierney, que às vezes eu pensava que talvez fosse judia, ou até tivesse algum sangue chinês. Enquanto isso, Peggy Ann O'Brien acaba de traçar seu último número oito e desliza preguiçosamente em direção à casa flutuante, e eu não tomei nenhuma iniciativa em relação a ela, nem a nenhuma delas, durante todo o inverno, e agora a primavera já está chegando — em breve vão colocar uma bandeira vermelha na lagoa e pronto, terminou a temporada de patinação e começou a de poliomielite. No próximo inverno eu talvez nem esteja mais vivo, *então o que é que estou esperando?* "Agora! Ou nunca!" Assim, parto em direção à garota — tão logo ela desaparece de vista — a toda a velocidade. "Com licença", vou dizer a ela, "você se incomoda se eu levá-la em casa?" Ou será que é "se eu a levar em casa"? Porque minha gramática tem de ser perfeita. Sem nada de judaísmo. "Você aceitaria um chocolate quente? Você me daria seu telefone, para que eu lhe telefonasse uma noite dessas? Meu nome? É Alton Peterson" — um nome que encontrei no catálogo telefônico do condado de Essex — completamente gói, e de lambuja ainda lembra Hans Christian Andersen. Genial! Às escondidas, passei o inverno praticando assinar "Alton Peterson" em folhas do meu caderno que depois arranco e queimo para que não tenha de dar nenhuma explicação a ninguém lá em casa. Meu nome é Alton Peterson, meu nome é Alton Peterson — Alton Christian Peterson? Ou será que isso também já é exagero? Alton C. Peterson? E estou tão preocupado com a possibilidade de me esquecer de quem eu gostaria de ser, tão ansioso para chegar à casa flutuante enquanto ela ainda estiver tirando os patins e calçando os sapatos — e preocupado também com o que vou dizer quando ela me perguntar o que aconteceu com esse negócio que tenho no meio da cara (um acidente numa partida de hóquei? Caí do cavalo quando jogava polo depois de ir à igreja numa manhã de domingo — comi salsichas demais no café da manhã, ha ha ha!) — o bico de um dos meus patins chega à margem do lago um pouco antes do que eu havia calculado — e assim caio de cara no chão congelado, lascando um dente incisivo e esmagando a protuberância óssea no alto da tíbia.

Passo seis meses com minha perna direita engessada, do calcanhar até a cintura. Segundo o médico, sofro de um tal de mal de Osgood Shlatterer. Depois que o gesso é retirado, ando arrastando a perna, como um soldado ferido em batalha — enquanto meu pai grita: "Dobra essa perna! Você quer ficar assim a vida inteira? Dobra a perna! Anda direito! Para de puxar essa perna, Alex, senão você vai acabar aleijado pelo resto de seus dias!".

Por ter patinado no gelo com *shikses*, usando um nome falso, eu ficaria aleijado pelo resto de meus dias.

Com uma vida como essa, doutor, eu nem preciso de sonhos, não é?

Bubbles Girardi, uma garota de dezoito anos que tinha sido expulsa do colégio secundário de Hillside e foi depois encontrada flutuando na piscina do Olympic Park por meu lascivo colega de turma, Smolka, o filho do alfaiate...

Eu, por mim, jamais teria chegado perto daquela piscina, nem que me pagassem — é um viveiro de poliomielite e meningite, para não falar em doenças da pele, do couro cabeludo e do cu —; dizem até que um garoto de Weequahic uma vez pisou no lava-pés entre o vestiário e a piscina e saiu do outro lado sem as unhas dos pés. E no entanto é lá que a gente encontra garotas que trepam. Tinha que ser lá, não é? É justo lá que a gente acha o tipo de *shikse* que Topa Tudo! Assim, é preciso correr o risco de pegar poliomielite na piscina, gangrena no lava-pés, ptomaína no cachorro-quente e elefantíase no sabonete e nas toalhas para talvez conseguir comer alguém.

Estamos na cozinha, onde Bubbles estava passando roupa

quando chegamos — só de combinação! Eu e Mandel ficamos folheando números antigos de *Ring* enquanto na sala Smolka tenta convencer Bubbles a aceitar os dois amigos dele como um favor pessoal. O irmão de Bubbles, que já foi paraquedista, não é problema nenhum, Smolka nos garante, porque está em Hoboken lutando boxe, com o nome de Johnny "Geronimo" Girardi. O pai dela passa o dia dirigindo táxi e a noite trabalhando como chofer para a Máfia — no momento está rodando por aí levando gângsteres de um lado para o outro e só chega em casa de madrugada, e a mãe dela também não é problema nenhum porque já morreu. Perfeito, Smolka, perfeito, eu não podia estar mais tranquilo. Realmente, não tenho nenhum motivo para me preocupar — quer dizer, o único problema é que a camisinha que trago sempre comigo está há tanto tempo dentro da minha carteira que já deve estar mofada, no interior de seu invólucro de papel laminado. Ao primeiro esguicho, ela vai se despedaçar dentro da xota de Bubbles Girardi — e aí o que é que eu faço?

Para me certificar de que essas camisinhas realmente aguentam pressão, passei a semana inteira no porão, enchendo-as com litros e litros de água — embora saia caro, tenho me masturbado com camisinha, para ver se ela resiste a essa foda simulada. Até agora, tudo bem. Mas como estará a camisinha sagrada que já deixou até uma marca indelével na minha carteira, a camisinha especialíssima que estou guardando para minha primeira trepada, aquela que é lubrificada na ponta? Como ela pode estar em perfeito estado se estou há quase seis meses me sentando em cima dela na escola, esmigalhando-a dentro da carteira? E quem me garante que o tal Geronimo vai passar a noite toda em Hoboken? E se a pessoa que os gângsteres têm de assassinar hoje já morreu de medo antes de eles chegarem lá e o sr. Girardi for dispensado mais cedo? E se a garota tiver sífilis! Mas nesse caso o Smolka também tem! — Smolka, que vive bebendo um gole de refrigerante no gargalo dos outros, que tem mania de agarrar o pau dos outros! Era só o que faltava, com a mãe que tenho! Nunca mais iam me deixar em paz! "Alex, o que é isso que você está escondendo embaixo do seu pé?" "Nada." "Alex, por favor, eu ouvi uma coisa caindo no chão. O que foi que caiu de dentro da sua calça e depois você pôs o pé em cima? Da sua calça mais nova!" "Nada! Meu sapato! Me deixa em paz!" "Meu filho, o que é que... ah, meu Deus! Jack! Vem ver! Depressa! Olha, olha ali no chão, junto do pé dele!" Com as calças em torno dos joelhos e o *Newark News* aberto na página dos obituários na mão, ele vem do banheiro correndo até a cozinha — "Mas o que foi agora?". Minha mãe grita (é a resposta que dá) e aponta para algo embaixo da minha cadeira. "Mas o que é isso, seu engraçadinho? Brincadeira do colégio, é?", grita meu pai, possesso. "O que é esse troço de plástico preto aí no chão?" "Não é de plástico, não", respondo, e começo a chorar. "É o meu... Eu peguei sífilis de uma garota italiana de dezoito anos, lá de Hillside, e agora não tenho mais p-p-p-pênis!" "A coisinha dele", berra minha mãe, "que eu fazia cócegas pra ele fazer pipi..." "NÃO PEGA NISSO! NINGUÉM SE MEXE!", grita meu pai, pois minha mãe parece a ponto de dar um salto para a frente, como uma viúva diante do túmulo do marido — "Vamos ligar pra... pra Sociedade de Proteção aos Animais..." "Como se fosse um cão raivoso?", ela chora. "Sophie, o que é que você quer fazer? Guardar numa gaveta? Pra mostrar pros filhos dele? Ele nunca vai ter filho, não!" Ela começa a urrar, patética, como um animal, enquanto meu pai... mas a cena rapidamente se esvaece, pois segundos depois fico cego e daqui a uma hora meu cérebro já adquiriu a consistência de mingau.

    Acima da pia na casa dos Girardi há uma imagem de Jesus Cristo subindo para o Céu de camisola cor-de-rosa. Como há gente repulsiva neste mundo! Os judeus eu desprezo por serem bitolados, cheios de si — de onde foi que esses trogloditas dos meus pais tiraram a convicção de que são superiores? —, mas em matéria de mau gosto e vulgaridade, de crendices capazes de envergonhar um gorila, os góis são mesmo imbatíveis. Como é que esses *schmucks* podem ser idiotas a ponto de adorar uma pessoa que, em primeiro lugar, nunca existiu e que, em segundo lugar, se tivesse existido e fosse como essa imagem, seria sem dúvida a Bichona de Belém. Com aquele cabelo pajem, aquela tez de Palmolive — e uma camisola que, hoje me dou conta, deve ser da Fredericks de Hollywood! Chega de Deus e dessa bobajada toda! Abaixo a religião e a humilhação do homem! Viva o socialismo, viva a dignidade humana! Na verdade, eu devia estar aqui na casa dos Girardi não para comer a filha — Deus me livre! —, e sim para convertê-los à causa de Henry Wallace e Glen Taylor. É claro! Pois, afinal, os Girardi são precisamente *o povo*, em nome do qual, sobre cujos direitos, liberdade e dignidade, eu e meu futuro cunhado terminamos discutindo todas as tardes de domingo com meu pai e meu tio, esses ignorantes incuráveis (que votam no Partido Democrata e raciocinam como homens de Neandertal). Se não gostamos daqui, eles nos dizem, por que não voltamos para a Rússia, onde tudo é tão maravilhoso? "Você vai transformar esse menino num comunista", meu pai adverte Morty, e eu protesto: "O senhor não entende! Todos os homens são irmãos!". Jesus Cristo, dá até vontade de estrangular uma pessoa assim, que simplesmente não consegue enxergar a fraternidade humana!

 Agora que vai se casar com minha irmã, Morty dirige o caminhão e trabalha no depósito de meu tio, e de certo modo eu também: há três semanas que todos os sábados me levanto antes de o sol nascer e vou com Morty fazer as entregas de engradados de Squeeze em vendas na região rural, perto da divisa de Nova Jersey, quase nos montes Pocono. Escrevi uma peça radiofônica, inspirada por meu mestre, Norman Conwin, e sua celebração da vitória dos Aliados na Europa, *On a note of triumph* (Morty me deu o livro de aniversário). *Então o inimigo foi morto, num beco atrás da Wilhelmstrasse; parabéns, soldado, parabéns, Zé Ninguém...* O ritmo dessas palavras é o bastante para me deixar todo arrepiado, tal como a cadência da marcha vitoriosa do Exército Vermelho ou a canção que aprendemos no primário durante a guerra, que nossos professores chamavam de "Hino Nacional da China". "Avante, os que recusam a servidão, com nossa carne e nosso sangue" — ah, aquele tom de desafio! Lembro a letra toda, aquelas palavras heroicas! — "construiremos uma nova muralha!". E então meu verso predileto, que começava com minha palavra predileta: "A in-dig-na-*ção* de nosso peito varo-*nil*! A-*van-te*! A-*van-te*! A-VAN-TE!".

Abro minha peça na primeira página e começo a lê-la em voz alta para Morty quando damos início a nossa viagem de caminhão, passando por Irvington, as Oranges, rumo ao Oeste — Illinois! Indiana! Iowa! Ah, minha América de pradarias e montanhas e vales e rios e cânions... É com fórmulas patrióticas como essas que me embalo todas as noites, depois de me masturbar dentro da meia. Minha peça radiofônica se intitula *Sinos da liberdade*. É uma alegoria (como percebo agora) cujos personagens principais se chamam Preconceito e Tolerância, e é escrita no que denomino "prosa poética". Paramos numa lanchonete de beira-estrada em Dover, Nova Jersey, no momento exato em que Tolerância começa a defender o cheiro dos negros. O som de minha própria retórica, humanitária, compassiva, pomposa, aliterante, cuja grandiloquência quase incompreensível foi colhida nas páginas do dicionário de sinônimos que minha irmã me deu de aniversário — mais o fato de eu ter acordado e saído de casa antes de o dia nascer — mais o balconista tatuado da lanchonete a quem Morty se dirige como "chefe" — mais aquele café da manhã com batatas fritas, o primeiro da minha vida — mais a volta para a boleia do caminhão, eu de calça Levis, casaco de couro e mocassim (um traje que, na estrada, não dá a impressão de ser uma mera fantasia, como parece ser nos corredores do colégio) — mais o sol que começa a iluminar as fazendas serranas de Nova Jersey, o meu estado! — Renasci! Constato que estou livre de todo e qualquer segredo pecaminoso! Sinto-me limpo, forte e virtuoso — tão americano! Morty pega a estrada outra vez, e naquele exato instante faço meu juramento, juro dedicar minha vida a lutar contra as arbitrariedades, a elevar os oprimidos e marginalizados, a libertar os que estão injustamente presos. Tendo como testemunha Morty — meu novo irmão mais velho, viril e esquerdista, prova viva de que é possível amar a humanidade e o beisebol ao mesmo tempo (e que além disso ama minha irmã, que estou até disposto a amar também agora, por ter ela proporcionado a nós dois essa tábua de salvação), que é minha ligação com a Comissão dos Ex-Combatentes da América, com Bill Mauldin, que é meu herói tanto quanto Corwin ou Howard Fast — para Morty, com lágrimas de amor (por ele e por mim) nos olhos, juro usar "o poder da pena" para libertar da injustiça e da exploração, da humilhação e da pobreza e da ignorância, as pessoas que agora são para mim (e fico todo arrepiado só de pensar nisso) *o povo*.

Estou gelado de pavor. Medo da garota e da sífilis dela! do pai e dos amigos dele! do irmão e dos punhos dele! (muito embora Smolka tenha tentado me convencer de algo que me parece completamente inacreditável, mesmo em se tratando de góis: que tanto o irmão como o pai dela sabem que Bubbles é puta, e estão se lixando para o fato). E medo, também, de que junto à janela da cozinha, da qual pretendo saltar assim que ouvir passos na escada lá fora, haja uma cerca de ferro na qual vou morrer empalado. É claro que a cerca em que estou pensando fica em torno do orfanato católico da Lyons Avenue, mas a essa altura já estou num estado intermediário entre a alucinação e o coma, e também um pouco enjoado, como se estivesse há muito tempo sem comer. Vejo a foto no *Newark News*, da cerca e da poça escura formada pelo meu sangue na calçada: FILHO DE AGENTE DE SEGUROS SALTA PARA A MORTE.

Enquanto morro de frio no meu iglu, Mandel sua abundantemente — e cheira a suor. O cheiro dos negros me enche de compaixão, de "prosa poética", mas com o de Mandel sou menos tolerante: "ele me dá engulhos" (como diz minha mãe), mas nem por isso deixa de ser uma figura tão fascinante quanto Smolka. Tem dezesseis anos e é judeu como eu, mas a semelhança entre nós só vai até aí: usa o cabelo comprido penteado para trás, formando uma bunda de pato, costeletas que vão até o maxilar, um paletó com um botão só, sapatos pretos de bico fino e um colarinho à Billy Eckstine maior que o de Billy Eckstine! Mas é judeu. Incrível! Um professor moralista nos revelou que Arnold Mandel tem um Q.I. de gênio, e no entanto prefere andar em carros roubados, fumar cigarro e beber cerveja até passar mal. Dá para acreditar? Um garoto judeu? Além disso, participa das rodas de punheta realizadas na sala de visita de Smolka, com as venezianas da janela baixadas, quando os pais de Smolka estão se matando de trabalhar na alfaiataria. Já ouvi essas histórias, mas assim mesmo (apesar de eu próprio ser onanista, exibicionista e *voyeur* — para não falar no meu fetichismo) não consigo acreditar, me recuso a acreditar: quatro ou cinco caras formam um círculo no chão e, quando Smolka dá o sinal, todos começam a bater bronha — e o primeiro a gozar ganha o bolo, um dólar por cabeça.

São uns animais.

A única explicação que posso dar para o comportamento de Mandel é o fato de que ele perdeu o pai quando tinha apenas dez anos. E é isso, é claro, que me deixa mais fascinado: *um menino que não tem pai.*

E como explico a ousadia de Smolka? *A mãe dele trabalha fora.* A minha, lembre-se, patrulha os seis cômodos do nosso apartamento tal como um exército de guerrilheiros se movimenta por seu território — tem na cabeça uma visão fotográfica do conteúdo de todos os meus armários e gavetas. Já a mãe de Smolka passa o dia sentada ao lado de uma luzinha fraca num cantinho da oficina do marido, alargando e apertando roupas, e, quando chega em casa à noite, não tem mais forças para pegar o contador Geiger e tentar localizar a assustadora coleção de camisas de vênus incrementadas de seu filho. Os Smolka, é preciso deixar claro, não são tão ricos quanto nós — e aí é que está a diferença fundamental. Uma mãe que trabalha, janelas sem persianas... sim, isso explica tudo para mim — é por isso que ele nada na piscina do Olympic Park e é por isso também que ele vive agarrando o pau dos outros. Ele se alimenta de bolinhos de chocolate e tem de se virar sozinho. Eu almoço em casa todos os dias e tenho as inibições que fazem parte do pacote. Mas não me entenda mal (como se tal coisa fosse possível); durante uma nevasca no meio do inverno, o que poderia ser mais emocionante, quando se está batendo os sapatos para se livrar da neve antes de entrar pela porta dos fundos na hora do almoço, do que ouvir "Aunt Jenny" vindo do rádio da cozinha e sentir cheiro de sopa de tomate vindo do fogão? Existe coisa melhor do que ter pijamas lavados e passados em todas as estações do ano e um quarto que recende a lustra-móveis? Eu ia gostar de encontrar meus pijamas cinzentos e amarfanhados na gaveta, como os de Smolka? Não ia. Ia gostar de usar meias furadas e de não ter ninguém para me levar limonada quente com mel quando estou com dor de garganta?

Por outro lado, e se Bubbles Girardi viesse a minha casa uma tarde e me chupasse, tal como ela fez com Smolka, na cama dele?

Um episódio de certo interesse irônico. Na primavera passada, eu estava andando pela Worth Street e encontrei o ex-participante de rodas de punheta, o sr. Mandel, com uma pasta cheia de amostras de fundas, cintas corretivas e suspensórios escrotais. E quer saber uma coisa? Fiquei absolutamente atônito de constatar que ele ainda estava vivo e respirando. Eu não conseguia acreditar — até hoje não consigo. E casado, também, domesticado, com mulher e dois filhos pequenos — e uma casa grande em Maplewood, Nova Jersey. Mandel está vivo, é proprietário de alguns metros de mangueira de jardim, segundo ele próprio me disse, e uma churrasqueira com carvão e tudo! Mandel, que, de tão deslumbrado com Pupi Campo e Tito Valdez, foi à prefeitura assim que abandonou o colégio secundário e oficialmente mudou o nome de Arnold para Ba-ba-lu. Mandel, que bebia seis latas de cerveja! Milagre. Não pode ser! Como é possível que ele tenha escapado? Lá estava ele, ano após ano, indolente e ignorante, parado na esquina da Chancellor com a Leslie, batucando no seu bongô como se fosse um mexicano, exibindo aos céus seu cabelo estilo bunda de pato — e nada, ninguém, o castigou, e agora ele está com trinta e três anos, como eu, trabalhando como vendedor para seu sogro, dono de uma loja de artigos ortopédicos na Market Street de Newark. E eu, pergunta ele, estou trabalhando em quê? Será possível que ele não sabe? Então ele não está na mala direta dos meus pais? Então nem todo mundo sabe que eu sou agora o homem mas virtuoso de Nova York, todo motivos altruístas e ideais humanitários? Será que Mandel não sabe que meu trabalho é fazer o *bem?* "Sou funcionário público", respondi, apontando para o prédio de número 30 da Worth Street. Modéstia é comigo mesmo.

"Você ainda tem contato com a velha turma?", perguntou Ba-ba-lu. "Você se casou?"

"Não, não."

Apesar de não usar mais costeletas, continua sendo o mexicano sonso de sempre. "E então, como é que você se arruma em matéria de mulher?"

"Tenho casos, Arn, e bato bronha."

Um erro, penso na mesma hora. Um erro! E se ele abrir o bico para o *Daily News*? COMISSÁRIO ADJUNTO DE RH É PUNHETEIRO. *E também vive em pecado, segundo ex-colega.*

Sempre as manchetes, revelando meus segredos sórdidos a um mundo escandalizado e indignado.

"Ah", diz Ba-ba-lu, "lembra da Rita Girardi? A Bubbles? Que chupava todos nós?"

"... Sim, o que houve com ela?" Fale mais baixo, Ba-ba-lu! "O que houve com ela?"

"Você não leu no *News*?"

"... Que *News*?"

"O *Newark News*."

"Eu não leio mais os jornais de Newark. O que aconteceu com ela?"

"Foi assassinada. Num bar da Hawthorne Avenue, pertinho do Annex. Ela estava com um crioulo e aí entrou um outro crioulo que deu um tiro na cabeça dela e outro na dele. Quem diria, hein? Trepando com crioulo."

"Porra", disse eu, falando sério. Depois, de repente: "Me diga uma coisa, Ba-ba-lu, que fim levou o Smolka?".

"Sei não", diz Ba-ba-lu. "Ele não virou professor universitário? Ouvi dizer."

"Professor universitário? O *Smolka*?"

"É, parece que é professor numa faculdade."
"Ah, não pode ser", retruco, com ar de superioridade.
"Pois é. Foi o que me disseram. Professor de Princeton."
"*Princeton?*"

Mas não pode ser! Sem sopa de tomate quente no almoço dos dias mais frios? Com aqueles pijamas imundos? Com todos aqueles preservativos de borracha vermelha cheios de pontas espetadas, que segundo ele enlouqueciam o mulherio lá em Paris? Smolka, que nadava na piscina do Olympic Park, *também* está vivo? E é professor de Princeton ainda por cima? Em que departamento, letras clássicas ou astrofísica? Ba-ba-lu, você está falando que nem minha mãe. Você certamente quer dizer encanador, ou eletricista. Porque eu me recuso a acreditar! Quer dizer, no fundo do meu *kishka*, das minhas emoções mais profundas, minhas crenças mais antigas, por trás do eu que compreende perfeitamente que Smolka e Mandel continuam vivos, morando em boas casas e desfrutando das oportunidades profissionais abertas aos homens deste planeta, não consigo acreditar que esses dois meninos maus sobreviveram, muito menos que se tornaram homens de classe média bem-sucedidos. Ora, eles deviam estar na cadeia — ou na sarjeta. Eles nem faziam o dever de casa, porra! Smolka colava de mim nas provas de espanhol, e Mandel estava cagando tanto para os estudos que nem se dava ao trabalho de colar; e quanto a lavar as mãos antes das refeições... O senhor entende? Esses dois garotos tinham que ter morrido! Tal como a Bubbles. Bom, pelo menos a carreira dela faz sentido. Eis aí um caso de causas e efeitos que confirma minhas crenças a respeito das vidas humanas! Uma menina má, depravada, que vivia chupando tudo que era garoto, terminou assassinada por um crioulo. Era *assim* que o mundo devia ser!

Smolka volta para a cozinha para nos dizer que ela não topa.

"Mas você disse que a gente ia se dar bem, todo mundo!", exclama Mandel. "Você disse que ela ia chupar a gente! Que ela chupava, pintava e bordava! Foi o que você disse!"

"Ah, deixa pra lá", digo eu. "Se ela não está a fim, então ela que se foda, e vamos embora..."

"Mas eu estou há uma semana tocando punheta pensando em hoje! E agora não vai ter nada? Que merda é essa, Smolka? Será que ela nem me bate uma bronha?"

Eu com meu refrão: "Ah, vem cá, se ela não está a fim, vamos embora...".

Mandel: "Quem ela pensa que é que não pode nem bater uma bronha na gente? Uma mísera punheta. Ninguém está pedindo o céu pra ela. Só vou embora se ela me chupar ou me tocar umazinha — uma coisa ou outra! Ela pode escolher, a filha da puta!".

Assim, Smolka volta para consultá-la mais uma vez e reaparece na cozinha quase meia hora depois dizendo que a garota mudou de ideia: ela toca punheta em um cara, mas sem tirar as calças dele, e fim de conversa. Tiramos no cara ou coroa — e eu sou contemplado com o privilégio de poder pegar sífilis dela! Mandel diz que não valeu porque a moeda raspou no teto e está pronto para me assassinar — continua gritando que não valeu quando vou para a sala saborear o fruto da vitória.

Ela está de combinação, sentada no sofá, na outra extremidade do cômodo recoberto de linóleo, pesa uns oitenta quilos e está deixando crescer o bigode. Anthony Peruta, esse é o meu nome se ela perguntar. Mas ela não pergunta. "Olha", diz Bubbles, "vamos deixar isso claro — só vou fazer com você. Só você, e pronto."

"Você é quem decide", respondo, educado.

"Está bom, agora põe o negócio pra fora da calça, *mas não*

baixa a calça não. Ouviu? Porque eu disse pra ele que não vou pegar nos colhões de ninguém."

"Está bem, está bem. Como você quiser."

"E não tenta pegar em mim não."

"Olha, se você quiser que eu vá embora, eu vou."

"Põe o negócio pra fora."

"Está bem, se é o que você quer... toma aí...", digo eu, porém estou me precipitando. "Deixa só eu pegar..." Mas onde é que está o tal negócio? Na sala de aula, às vezes fico conscientemente pensando em coisas como A MORTE e HOSPITAIS e ACIDENTES DE CARRO HORROROSOS na esperança de que tais pensamentos sinistros tenham o efeito de fazer o tesão diminuir antes que o sinal toque e eu seja obrigado a me levantar da carteira. Não posso ir até o quadro-negro, nem tentar saltar do ônibus, sem que ele se assanhe todo, dizendo "Oi! Olha eu aqui!" para todos a meu redor — e agora não consigo encontrá-lo.

"Achei!", exclamo finalmente.

"Isso aí?"

"Bom", respondo, corando, "fica maior quando endurece..."

"É, mas eu não tenho a noite inteira, não."

Educadamente: "Ah, não vai levar a noite inteira, não...".

"Deita aí!"

Bubbles, não de todo satisfeita, se senta numa cadeira de espaldar reto enquanto eu me esparramo no sofá a seu lado — e de repente ela o agarra, e é como se meu pobre pau tivesse ficado preso numa máquina qualquer. Vigorosamente, para dizer o mínimo, começa a tortura. Mas é como tentar masturbar uma água-viva.

"O que houve?", ela pergunta por fim. "Você não consegue gozar?"

"Em geral consigo."

"Então para de se segurar."

"Não estou me segurando, não. Estou tentando, Bubbles..."

"Porque eu vou contar até cinquenta, e, se até lá você não conseguir, a culpa não é minha."

Cinquenta? Vou me considerar um sujeito de sorte se meu pau continuar preso no resto do corpo quando ela chegar ao cinquenta. *Vá com jeito*, tenho vontade de gritar. *Não precisa apertar com tanta força, não, por favor!* — "onze, doze, treze" — e penso com meus botões: *Graças a Deus já vai acabar — aguente firme, são só mais uns quarenta segundos* —, mas junto com a sensação de alívio, é claro, vem a decepção, intensa: pois é com isso que estou sonhando dia e noite desde os treze anos de idade. Finalmente, não é com uma maçã descaroçada, nem com uma garrafa de leite vazia lambuzada de vaselina, e sim com uma garota de combinação, dotada de dois peitos e uma boceta — e um bigode, também, mas quem sou eu para bancar o exigente? É isso que estou há tanto tempo fantasiando...

E é assim que me dou conta do que devo fazer. Vou esquecer que aquela mão que está agarrando meu pau é a mão da Bubbles — vou fingir que é a minha! Assim, olho fixamente para o teto escuro e, em vez de fazer de conta que estou trepando com alguém, como costumo fazer quando me masturbo, faço de conta que estou me masturbando.

Imediatamente, começa a fazer efeito. Por azar, no entanto, quando chego bem ao ponto em que quero estar, termina o expediente de Bubbles.

"Pronto, acabou", diz ela, "cinquenta", e para!

"Não!", exclamo. "Mais!"

"Olha, fiquei duas horas passando roupa, antes de vocês chegarem..."

"SÓ MAIS UMA VEZ! EU IMPLORO! SÓ MAIS DUAS! POR FAVOR!"

"NÃO!"

Quando então, incapaz (como sempre!) de suportar a frustração — a privação, o desapontamento —, eu próprio seguro meu pau, e PLOF!

Só que vai cair bem no meu olho. Com um único golpe de mestre, consigo fazer com que a gala saia espumando. Porque, afinal de contas, quem sabe me masturbar melhor do que eu? Só que, como estou reclinado no sofá, a porra sai na horizontal, passa por cima de meu peito e vai cair, úmida e ardente, bem no meu próprio olho.

"Seu judeu filho da puta!", grita Bubbles. "Você esporrou no sofá todo! E nas paredes! E no abajur!"

"E no meu olho! E não me chama de judeu filho da puta, não, sua!"

"É judeu e é filho da puta, sim! Você sujou tudo de porra, seu puto! Olha só os paninhos do sofá!"

É tal como meus pais sempre me disseram — assim que ocorre o primeiro desentendimento, por menor que seja, na mesma hora a *shikse* chama a gente de judeu. Uma descoberta terrível — meus pais, que nunca têm razão... estão com a razão! E meu olho — é como se estivesse pegando fogo — e de repente entendo por quê. Na ilha do Diabo, Smolka nos contou, os carcereiros se divertiam com os presos esfregando esperma nos olhos deles, *para cegá-los*. Vou ficar cego! Uma *shikse* pôs a mão nua no meu pau, e agora vou ficar cego para sempre! Doutor, minha psique é tão fácil de entender quanto uma cartilha! Nem precisa de sonhos, é ou não é? Para que *Freud*? Até a Rose Franzblau do *New York Post* sabe analisar um sujeito como eu!

"Judeuzinho!", ela está gritando. "Judeuzinho de merda! Só consegue gozar batendo punheta, seu judeu veado filho da puta!"

Assim também é demais, não? Que falta de solidariedade! "Mas o meu olho!", e vou correndo para a cozinha, onde Smolka e Mandel estão batendo nas paredes, em êxtase. "... bem no...", explode Mandel, que cai em dobrado no chão socando o linóleo com os punhos — "... bem na porra do...".

"Água, seus putos! Estou ficando cego! Estou pegando fogo!", e, passando por cima de Mandel como uma bala, enfio a cabeça debaixo da torneira. Acima da pia, Jesus continua subindo aos céus de camisola cor-de-rosa. Mas que filho da puta mais inútil! Eu pensava que ele tinha a obrigação de fazer os cristãos agir com bondade e compaixão. Eu pensava que ele dizia que as pessoas devem manifestar *compaixão* pelo sofrimento dos outros. Conversa fiada! Se eu ficar cego, a culpa é dele! Sim, de repente ele me parece ser o culpado de toda essa dor e toda essa confusão. E, meu Deus, enquanto a água fria escorre no meu rosto, como é que vou explicar minha cegueira para meus pais! Minha mãe já passa metade do tempo dela investigando meu cu, controlando a fabricação das minhas fezes — como é que vou disfarçar o fato de que não enxergo mais? "Toc, toc, toc, sou eu, mãe — esse cachorrão simpático me trouxe até em casa, com a minha bengala." "*Cachorro*? Na minha casa? Tira ele daqui antes que ele suje tudo! Jack, tem um cachorro na casa, e eu acabei de lavar o chão da cozinha!" "Mas, mamãe, ele veio pra ficar, ele tem que ficar — é um guia de cego. Estou cego." "Ah, meu Deus! Jack!", ela grita em direção ao banheiro. "Jack, o Alex chegou em casa com um cachorro — ele ficou cego!" "Ele ficou cego?", responde meu pai. "Como é que ele pode ficar cego, ele nem sabe o que é apagar uma luz." "Como?", grita minha mãe. "*Como? Me diga como foi que uma coisa dessas...*"

Como, mãe? Então você não sabe? Foi porque me meti com garotas cristãs.

Mandel me conta no dia seguinte que, meia hora depois da minha saída intempestiva, Bubbles estava de joelhos, aquela carcamana, chupando o pau dele.

Meu queixo cai. "É *mesmo*?"

"Ajoelhada assim, a carcamana", diz Mandel. "Seu *schmuck*, por que é que você foi embora pra casa?"

"Ela me chamou de judeu filho da puta!", respondo, cheio de indignação. "Pensei que tinha ficado cego. Olha, Ba-ba-lu, ela é antissemita."

"É? Pois eu estou cagando e andando", diz Mandel. Na verdade, creio que ele não sabe o que quer dizer "antissemita". "Só sei é que trepei, *duas vezes*."

"É *mesmo*? Com *camisinha*?"

"Camisinha porra nenhuma, foi sem nada."

"Mas ela vai ficar grávida!", exclamo, angustiado, como se eu fosse o responsável.

"Estou pouco me fodendo", responde Mandel.

E então por que é que *eu* me preocupo? Por que passo horas sozinho no porão testando camisinhas? Por que só eu morro de medo de pegar sífilis? Por que volto para casa correndo com um olho vermelho, achando que vou ficar cego para sempre, quando meia hora depois Bubbles vai estar ajoelhada, chupando meus amigos! E eu voltando para casa — para a mamãe! Para meu biscoitinho com copo de leite, para minha caminha limpa! *Oy*, o mal-estar da civilização! Ba-ba-lu, fale comigo, converse comigo, me conte o que foi que você sentiu quando ela fez o que fez! Eu preciso saber, e em detalhe — da maneira mais detalhada! E os peitos dela? E os mamilos dela? E as coxas dela? O que ela faz com as coxas, Ba-ba-lu, ela prende a sua bunda entre as coxas, como nos livros de sacanagem, ou aperta o seu pau com elas até você ter vontade de gritar, como nas minhas fantasias? E os pelos dela lá embaixo? Me conte tudo sobre os pentelhos, sobre o cheiro deles, e não faz mal eu já ter ouvido tudo isso antes. E ela ajoelhou de verdade ou você está me sacaneando? Ela ajoelhou *de joelhos* mesmo? E os dentes dela, onde que eles ficam? E ela chupa ou lambe ou faz as *duas* coisas ao mesmo tempo? Ah, meu Deus, Ba-ba-lu, você esporrou dentro da boca da Bubbles? Ah, meu Deus! E ela engoliu na mesma hora, ou cuspiu fora, ou ficou puta — me diz! O que foi que ela fez com a sua porra quente? Você avisou que ia gozar, ou apenas deixou que *ela* se preocupasse com isso? E quem foi que enfiou lá dentro — foi você ou foi ela, ou a coisa simplesmente *entra* sozinha? E onde estavam as roupas de vocês? — no sofá? No chão? Exatamente *onde*? Eu quero detalhes! Detalhes! Detalhes verídicos! Quem tirou o sutiã dela, quem tirou a calcinha dela — a *calcinha* — foi *você*? Foi *ela*? Quando ela estava chupando, Ba-ba-lu, ela fez algum comentário? E o travesseiro debaixo da bunda dela, você pôs um travesseiro debaixo da bunda dela como diz no manual para casais dos meus pais? O que aconteceu quando você gozou dentro dela? Ela gozou também? Mandel, me explica uma coisa que eu preciso saber — elas também gozam? Sai porra? Ou só ficam gemendo — *ou então o quê*? Como é que ela goza? Como é? Eu preciso saber como é, senão vou enlouquecer!

A tendência universal à depreciação na esfera do amor

Creio que ainda não falei sobre o efeito desproporcional que a caligrafia da Macaca tinha sobre meu equilíbrio psíquico. Que letra infame! Parecia de uma criança de oito anos — quase me enlouquecia! Nada de letra maiúscula, nada de pontuação — só uns garranchos grandes e irregulares, que iam descendo e minguando à medida que se aproximavam do final da linha. E sempre *letra de imprensa*, como nos desenhos que levávamos para casa em nossas mãozinhas ao voltar da escola *na primeira série*! E a ortografia. Uma palavrinha como "querida" sai escrita de três jeitos diferentes na mesma folha de papel. O senhor sabe, "querida", "Querida sra. Fulana" — de cada três vezes que ela escreve, duas saem com a letra K. K! K de "Joseph K.". Ou então "qerida", sem U. E logo na primeira vez (essa eu adorei) com I. Na noite em que vamos jantar na residência do prefeito — "quirida"! Quer dizer, sou obrigado a me perguntar — o que é que estou fazendo, tendo um caso com uma mulher de quase trinta anos de idade que acha que "querida" se escreve com I!

Já se passaram dois meses desde a noite em que a peguei na Lexington Avenue, e, como o senhor vê, continuo sendo levado por duas correntes afetivas: desejo, de um lado, um desejo *delirante* (nunca conheci uma mulher que se entregasse tanto ao prazer, em toda a minha vida!), e, de outro lado, algo que se assemelha ao desprezo. Correção. Uns poucos dias antes disso tínhamos viajado a Vermont, um fim de semana em que a desconfiança que ela me inspirava — a apreensão provocada por seu glamour de modelo, suas origens miseráveis e acima de tudo sua ousadia em matéria de sexo —, todo esse medo e essa desconfiança pareceram dar lugar a um surto avassalador de ternura e afeto.

Ora, estou influenciado no momento por um ensaio intitulado "Sobre a tendência universal à depreciação na esfera do amor"; como o senhor já terá adivinhado, comprei um volume das *Obras completas* e, desde que voltei da Europa, embalo meu sono todas as noites, no confinamento solitário de minha cama sem mulher, com um volume de Freud na mão. Às vezes com Freud na mão, às vezes com Alex na mão, muitas vezes com ambos. Assim, com meu pijama desabotoado, sozinho, fico remexendo a minha coisinha, como se fosse um menino em meio a uma fantasia sonolenta, puxando, torcendo, esfregando, massageando, e ao mesmo tempo lendo fascinado as "Contribuições à psicologia do amor" de cabo a rabo, sempre atento para a frase, a expressão, a *palavra* que vai me libertar do que sei muito bem serem minhas fantasias e fixações.

No ensaio sobre a "Depreciação" ocorre a expressão "corrente afetiva". Para que haja "um comportamento amoroso completamente normal" (merece uma análise semântica, essa expressão "completamente normal", mas toquemos adiante), para que haja um comportamento amoroso completamente normal, diz Freud, é necessário que se combinem duas correntes de sentimento: os sentimentos afetivos e ternos e os sentimentos sensuais. E em muitos casos isso não acontece, infelizmente. Há homens que, "quando amam, não desejam, e, quando desejam, não conseguem amar".

Pergunta: devo me considerar um membro dessa multidão de seres fragmentados? Falando às claras: os sentimentos sensuais de Alexander Portnoy estarão fixados em suas fantasias incestuosas? O que o senhor acha, doutor? Será que uma restrição tão patética foi imposta à minha escolha de objeto? Será verdade que é só se o objeto sexual preenche a minha condição de ser depreciado, degradado, que o sentimento sensual tem livre curso? Me diga, será que isso explica minha obsessão por *shikses*?

É, mas se isso é verdade, se isso é verdade, então como explicar aquele fim de semana em Vermont? Porque ali foi derrubada a barreira do incesto, ou pelo menos foi o que me pareceu. E, *vupt!*, aquele sentimento sensual se confundiu com as correntes de ternura mais puras e profundas que jamais conheci! Estou lhe dizendo, a confluência das duas correntes foi espetacular! E nela, também! Ela mesma disse isso!

Ou será que foi apenas a cor das folhas, o fogo ardendo na lareira do restaurante daquela pousada em Woodstock, será que foi só isso que enterneceu a nós dois? Teríamos mesmo sentido ternura um pelo outro, ou seria apenas o efeito do outono, inchando a abóbora (John Keats) e inspirando nos turistas os êxtases da nostalgia pela vida boa e simples? Seríamos nós dois apenas mais um casal de erotômanos silvícolas desprovidos de raízes, tendo orgasmos dentro de nossos jeans desbotados diante das paisagens da região histórica da Nova Inglaterra, sonhando com o velho sonho bucólico num conversível alugado — ou será que um comportamento amoroso completamente normal é mesmo algo possível, tal como me pareceu durante aqueles poucos dias ensolarados que passei em Vermont com a Macaca?

O que aconteceu, de fato? Bom, passamos a maior parte do tempo dentro do carro. Contemplando: vendo os vales, a serra, a luminosidade dos campos; e as folhas coloridas pelo outono, é claro, com mil aaahs e ooohs. Uma vez paramos para ver alguém ao longe, no alto de uma escada, martelando a parede de um celeiro — e achamos isso divertido também. Ah, e o carro alugado. Fomos de avião até Rutland e alugamos um conversível. Um conversível, imagine só! Eu era um jovem americano havia um terço de século e nunca tinha dirigido um conversível. Sabe por quê? Porque um filho de corretor de seguros sabe melhor do que ninguém o risco que é andar num carro desses. Ele entende tudo de cálculo atuarial! Basta passar por um calombo na estrada e pronto: se você está num conversível, você é jogado do banco (para não entrar em muitos detalhes) e cai na estrada de cabeça, e se tiver *sorte* passa o resto da vida numa cadeira de rodas. Agora, se o conversível capotar — bem, aí você pode se despedir do mundo. E isso é uma questão de estatística (diz meu pai), e não uma conversa fiada que ele está inventando só para se divertir. As companhias de seguro não querem perder dinheiro — e quando elas dizem uma coisa, Alex, é porque é verdade, mesmo! E então, reforçando as sábias palavras de meu pai, minha sábia mãe: "Por favor, pra que eu possa dormir de noite nos próximos quatro anos, me promete uma coisa, só uma coisa que sua mãe vai pedir, que depois ela nunca mais te pede nada: quando você chegar em Ohio, promete que você não vai andar em conversível de capota baixada. Para eu conseguir pregar o olho de noite, Alex, promete

que você não vai arriscar sua vida por uma bobagem dessas".
Meu pai outra vez: "Porque você é uma frutinha preciosa, Alex!", diz ele, perplexo e choroso diante da iminência de minha partida. "E nós não queremos que essa fruta caia da árvore antes de ficar madura!"

1. Prometa, Frutinha, que você nunca vai andar num conversível. É uma coisa tão pequena, não custa nada prometer, não é?

2. Você vai procurar o Howard Sugarman, sobrinho da Sylvia. Um amor de rapaz — *e é o presidente do centro universitário judaico*. Ele vai apresentar você às pessoas. *Por favor*, não deixe de procurar o Howard.

3. Frutinha, Amor, Luz do Mundo, você se lembra do seu primo Heshie, do sofrimento que ele passou, ele e a família dele, por causa daquela moça. O que o tio Hymie teve que fazer para salvar aquele menino da maluquice dele. Lembra? Por favor, nem é preciso dizer mais nada, não é? Você entende muito bem o que a gente quer dizer, não é, Alex? Não se venda barato. Não desperdice um futuro brilhante por uma coisa que não tem nenhum valor. Acho que não precisamos dizer mais nada. Não é? Você ainda é um bebê, dezesseis anos, saindo do colegial. Um bebê, Alex. Você não sabe o ódio que há no mundo. Por isso, acho que nem precisamos dizer mais nada a um menino inteligente como você. SÓ QUE VOCÊ TEM QUE TER CUIDADO COM A SUA VIDA! VOCÊ NÃO PODE SE LANÇAR NUM VERDADEIRO INFERNO! VOCÊ DEVE OUVIR O QUE ESTAMOS DIZENDO E SEM FAZER CARA FEIA, POR FAVOR, E SEM SER RESPONDÃO! NÓS SABEMOS! NÓS JÁ VIVEMOS! NÓS JÁ VIMOS! NÃO DÁ CERTO, MEU FILHO! ELES SÃO UMA ESPÉCIE TOTALMENTE DIFERENTE DE SER HUMANO! VOCÊ VAI SER DESPEDAÇADO! PROCURE O HOWARD, QUE ELE VAI APRESENTAR VOCÊ ÀS PESSOAS NO CENTRO UNIVERSITÁRIO! NÃO VÁ CAIR NOS BRAÇOS DA PRIMEIRA LOURA, POR FAVOR! PORQUE ELA

VAI LHE ARRANCAR O QUE PUDER E LARGAR VOCÊ SANGRANDO NA SARJETA! UM MENINO BRILHANTE E INOCENTE COMO VOCÊ, ELA VAI DEVORAR VOCÊ VIVO!

Ela vai me devorar vivo?

Ah, mas nós temos como nos vingar, nós, os meninos brilhantes, os bebês, as frutinhas. O senhor conhece a piada, é claro — Milty, o soldado, telefona do Japão. "Mamãe", diz ele, "é o Milton! Tenho uma boa notícia! Conheci uma moça japonesa maravilhosa, e nos casamos hoje. Assim que eu tiver baixa eu quero levar ela para casa, mamãe, para vocês se conhecerem." "Bom", diz a mãe, "pode trazer a moça, é claro." "Ah, maravilhoso, mamãe", diz Milty, "maravilhoso — mas eu estava pensando, no seu apartamento tão pequeno, onde que vou dormir com a Ming Toy?" "Onde?", diz a mãe. "Ora, na cama, não é? Onde que você ia dormir com a sua mulher? Na cama!" "Mas onde é que *a senhora* vai dormir, se nós dormirmos na cama? Mamãe, a senhora tem certeza que vai ter espaço?" "Milty, meu anjo, por favor", diz a mãe, "está tudo bem, não se preocupe, espaço é que não vai faltar: assim que desligar o telefone eu vou me suicidar."

Que ingênuo, o nosso Milty! Como deve estar estarrecido, lá em Yokohama, ao ouvir sua mãe dizer tal coisa! Milton, tão doce, tão passivo, incapaz de fazer mal a uma mosca, não é, *tateleh*? Você odeia derramar sangue, jamais pensaria em *bater* numa pessoa, muito menos em cometer um assassinato. *Então você arranja uma gueixa para cometer o assassinato por você!* Muito esperto, Milty, muito esperto! A gueixa vai acabar com ela. A gueixa, Milty, é o fim dela! Ha ha! Você conseguiu, Miltaleh, sem precisar levantar um dedo! É claro! Deixe a *shikse* cometer o assassinato por você! Você? Você foi apenas um espectador inocente! Foi um caso de fogo cruzado! Uma vítima, não é, Milt?

Genial, não é, essa história da cama?

* * *

Quando chegamos à pousada em Dorset, lembro a Macaca de que ela deve colocar um de seus diversos anéis no dedo apropriado. "Na vida pública, é preciso ser discreto", digo, acrescentando que reservei um quarto em nome do senhor e da senhora Arnold Mandel. "Um herói do passado de Newark", explico.

Enquanto preencho a ficha, a Macaca (com um ar extremamente erótico à Nova Inglaterra) anda pelo saguão, examinando os suvenires de Vermont que estão à venda. "Arnold", diz ela. Eu me viro: "Sim, meu bem". "A gente precisa comprar um xarope de bordo para a mamãe Mandel. Ela adora", e dirige ao recepcionista desconfiado seu sorriso misteriosamente sedutor de anúncio de lingerie do *Times* de domingo.

Que noite! Não que a Macaca tenha estrebuchado e sacudido os cabelos e gritado apaixonadamente mais do que de costume — não, foi o mesmo drama wagneriano a que eu já estava começando a me acostumar; o que era novo e fascinante era o fluxo de sentimento. "Ah, de você eu quero sempre *mais*!", ela exclamou. "Será que sou ninfomaníaca, ou será o efeito da aliança no dedo?" "Eu estava pensando que talvez fosse essa atmosfera de clandestinidade da 'pousada'." "Ah, tem alguma coisa! Estou me sentindo, assim, enlouquecida... e ao mesmo tempo tão carinhosa — loucamente carinhosa com você! Ah, meu amor. Estou com vontade de chorar, e estou tão *feliz*!"

No sábado fomos de carro até o lago Champlain, parando no caminho para a Macaca tirar fotos com sua Minox; no final da tarde pegamos um atalho até Woodstock, exclamando, suspirando, boquiabertos, a Macaca se aconchegando a mim. Uma vez, de manhã (num matagal perto da margem do lago), tivemos relações sexuais, e depois, no mesmo dia, à tarde, numa estrada de terra na serra na região central de Vermont, ela disse: "Ah,

Alex, para o carro agora — quero que você goze na minha boca", e assim ela me chupou, e com a capota do carro aberta!

O que é que estou tentando expressar? Só que começamos a sentir alguma coisa. A sentir *sentimentos*! E sem que o apetite sexual diminuísse!

"Conheço um poema", disse eu, falando como se estivesse bêbado, como se fosse capaz de dar uma surra em qualquer homem presente, "e vou recitar."

Ela estava aninhada no meu colo, os olhos ainda fechados, meu membro cada vez mais macio encostado em seu rosto, como se fosse um pintinho. "Ah, nem vem", ela gemeu, "agora não, eu não entendo poesia."

"Esse você vai entender. É um poema de sacanagem. Um cisne fode uma linda garota."

Ela levantou a vista, piscando com os cílios postiços. "Ah, assim, sim."

"Mas é um poema sério."

"Bom", disse ela, lambendo meu pau, "é um delito sério."

"Ah, são irresistíveis, essas mulheres sulistas espirituosas — principalmente quando são altas como você."

"Ah, não torra, Portnoy. Recita logo o poema de sacanagem."

"Porte-noir", corrigi, e comecei:

"Súbito, um baque: as grandes asas brancas
Pousam sobre a jovem e a agarram com jeito,
As patas negras lhe afagam as ancas
E a estreitam, impotente, contra o peito."

"Onde", pergunta ela, "você aprendeu uma coisa dessas?"
"Shhh. Tem mais:

*"Com dedos trêmulos, como afastar
Das coxas fracas o esplendor plumado?"*

"Epa!", exclamou ela. "Coxas!"

*"E como não sentir a palpitar
O estranho coração, desabalado?
Um espasmo — e eis que se gera um novo ser,
O muro rompido, a torre incendiada
E Agamênon morto.
                    Ali, fremente,
Pelo poder brutal aprisionada,
Terá ela apreendido o seu saber
Antes que a solte o bico indiferente?"*

"Acabou", disse eu.
Pausa. "Quem escreveu?" Sarcástica. "Você?"
"William Butler Yeats", respondi, me dando conta da minha falta de tato, da insensibilidade com que eu chamara a atenção para o abismo: sou inteligente e você é burra — era nisso que dava recitar para aquela mulher um dos três únicos poemas que consegui decorar em trinta e três anos de vida. "Um poeta irlandês", acrescentei, com desânimo.
"É?", ela retrucou. "E onde foi que você aprendeu, sentado no colo dele? Eu não sabia que você era irlandês."
"Na faculdade, meu amor." Com uma garota que conheci na faculdade. Que também me ensinou "A força que na verde haste impele a flor". Mas chega — para que compará-la com outra? *Por que não deixar que ela seja quem é? Que ideia! Ame-a tal como ela é! Com todas as suas imperfeições — que, afinal de contas, são humanas!*
"Bom", diz a Macaca, ainda bancando a motorista de cami-

nhão, "eu não fiz faculdade, não." Então vira a sulista boboca: "E lá em Moundsville, benzinho, sabe, o único verso que a gente conhecia era assim, ó: 'Vejo Istambul e Jerusalém, vejo a calcinha da Mary Jane'. Só que eu não usava calcinha não... Sabe o que eu fiz quando eu tinha quinze anos? Cortei um cachinho dos meus pentelhos e mandei num envelope pro Marlon Brando. O sacana não teve a delicadeza de acusar o recebimento".

Silêncio. Enquanto tentamos entender o que é que duas pessoas tão diferentes estão fazendo juntas — e em Vermont ainda por cima.

Então ela pergunta: "Está bem — o que é Agamênon?".

Explico, o melhor que posso. Zeus, Agamênon, Clitemnestra, Helena, Páris, Troia... Ah, me sinto um merda — e um impostor. Tenho *certeza* de que metade do que digo está errado.

Mas *ela* reage muito bem. "Está bem — agora recita de novo."

"Falando sério?"

"Falando sério! De novo! Mas, pelo amor de Deus, *devagarinho*."

Então recito o poema outra vez, e esse tempo todo minhas calças continuam amontoadas no chão do carro, e está escurecendo no desvio em que parei o carro, num lugar que não se pode ver da estrada, em meio à folhagem exuberante. As folhas, aliás, estão caindo dentro do carro. A Macaca parece uma criança tentando resolver um problema de multiplicação — mas não uma criança burra — não, uma menininha muito esperta! Nem um pouco burra! *Essa garota é mesmo muito especial. Apesar de eu a ter apanhado na rua!*

Quando termino, sabe o que ela faz? Pega minha mão e põe meus dedos entre as pernas dela. Ali onde Mary Jane continua não usando calcinha. "Sente só. Fiquei com a xoxota toda molhadinha."

"Amor! Você entendeu o poema!"

"Parece que sim!", diz, com seu sotaque de Scarlett O'Hara. Depois: "É, eu entendi um poema! Entendi, sim!".

"E com a boceta!"

"Meu Caído do Céu! Você está transformando a minha xota num gênio! Ah, Ceuzinho, me chupa", exclama, enfiando os dedos na minha boca — e me puxa para baixo pelo queixo, dizendo: "Ah, chupa a minha boceta sabida!".

Idílico, não é? À sombra da folhagem vermelha e amarela?

No quarto da pousada em Woodstock, enquanto faço a barba antes do jantar, ela toma um banho de espuma. Quanta força ela acumula naquele corpinho esguio — as acrobacias de que ela é capaz quando está transfixada pelo meu cacete! Parece até que vai partir uma vértebra, dobrada para trás, metade do torso dependurado da beira da cama — num êxtase! Uau! Deus abençoe a academia que ela frequenta! Que trepadas fantásticas! Que golpe de sorte! E ainda por cima agora percebo que ela é um ser humano — sim, tudo indica que ela talvez seja! *Um ser humano! Que pode ser amado!*

Mas por mim?

Por que não?

É mesmo?

Por que não?!

"Sabe uma coisa?", me diz ela, da banheira. "Meu buraquinho está tão esfolado que mal consegue respirar."

"Tadinho dele."

"Olha, que tal um tremendo jantar, com muito vinho e musse de chocolate, e depois a gente vem pra cá, deita nessa cama de duzentos anos — e não trepa!"

"E aí, Arn?", ela perguntou mais tarde, depois que apagamos as luzes. "É divertido, não é? Como se a gente tivesse oitenta anos."

"Ou oito", respondi. "Quero te mostrar uma coisa."

"Não, Arnold, *não*."

Durante a noite acordei e a puxei para junto de mim.

"Por favor", gemeu ela, "estou me guardando para o meu marido."

"Isso pra um cisne não quer dizer porra nenhuma, moça."

"Ah, por favor, por favor, não fode..."

"Sente aqui as minhas plumas."

"Ahhh", exclamou ela, quando o coloquei em sua mão. "Um cisne *judeu*! Epa!", gritou, agarrando meu nariz com a outra mão. "O bico indiferente! Acabei de entender mais um pouco o poema!... É ou não é?"

"Jesus Cristo, que garota maravilhosa!"

Esse comentário a deixou estarrecida. "Ah, sou mesmo?"

"É, sim!"

"*Sou mesmo?*"

"É, sim! É, sim! *Agora* posso comer você?"

"Ah, meu amorzinho, meu queridinho", exclamou a Macaca, "escolhe um buraco, qualquer buraco, sou tua!"

Depois do café da manhã, caminhamos por Woodstock com o rosto pintado da Macaca grudado à manga do meu casaco. "Sabe uma coisa?", disse ela. "Acho que não odeio você mais, não."

Voltamos no final da tarde, indo de carro até Nova York para prolongar o fim de semana mais um pouco. Após uma hora de viagem ela sintonizou o rádio na WABC e começou a rebolar ao som do rock. Então, de repente, exclamou: "Ah, chega de barulho, porra", e desligou o rádio.

Seria bom, disse ela, não ter que voltar, não é?

Seria bom, não é, um dia morar no campo, com uma pessoa de quem a gente gosta de verdade?

Seria bom, não é, acordar cheia de energia quando o dia começa a clarear e ir se deitar exausta quando começa a escurecer?

Seria bom, não é, ter um monte de obrigações a cumprir e passar o dia inteiro fazendo o que se tem que fazer e nem se dar conta de que são obrigações?

Seria bom, não é, passar dias e mais dias sem pensar em si própria, semanas inteiras, meses a fio? Andar com roupa velha, sem se pintar, e não ter que ser durona o tempo todo?

Passou um tempo. Ela assobiou. "Seria muito legal, não é?"

"O quê?"

"Ser adulta. Sabia?"

"Incrível", disse eu.

"O quê?"

"Faz quase três dias que não vejo aquela encenação de caipira, de Betty Boop burrona, de garotinha..."

Era um elogio, e ela se sentiu insultada. "Não é 'encenação' coisa nenhuma — sou *eu*! E se você não gosta do meu jeito de ser, comissário, azar o seu. Não começa a fazer pouco de mim só porque a gente está chegando perto daquela merda daquela cidade onde você é tão importante."

"Eu só quis dizer que você é mais inteligente do que dá a entender quando fica bancando a gostosona burra."

"Porra nenhuma. É humanamente quase impossível uma pessoa ser tão burra quanto você acha que eu sou!" Então esticou o braço, ligou o rádio na WABC. E foi como se o fim de semana jamais tivesse acontecido. Ela sabia de cor as letras de todas as músicas. Fez questão de deixar isso bem claro. *"Yeah yeah yeah, yeah yeah yeah."* Um desempenho notável, uma tremenda demonstração de cerebelo.

Quando escureceu, parei num Howard Johnson's. "Cara, vamos comer", disse eu. "Sabe como é, o negócio é comer, né?"

"Olha", disse ela, "está certo que eu não sei o que eu sou, mas você também não sabe o que você quer que eu seja! Estou falando sério."

"Bacana, cara."

"Seu puto! Será que você não vê como é a minha vida? Você acha que eu *gosto* de não ser ninguém? Você acha que eu adoro essa vida besta que eu levo? Eu odeio a minha vida! Eu odeio *Nova York*! Eu não quero nunca mais voltar pra aquela merda! Quero morar em Vermont, comissário! Quero morar em Vermont com você — e ser uma pessoa adulta, seja lá o que isso for! Quero ser casada com um Homem que eu Possa Respeitar. E Admirar! E Ouvir!" Estava chorando. "Um homem que não fique tentando me deixar maluca! Ah, eu acho que te amo, Alex. Acho que te amo, sim. Ah, olha só o que dá eu amar você!"

Em outras palavras: eu achava que amava a Macaca? Resposta: não. O que eu achava (o senhor vai rir), o que eu pensava, não era: será que eu a amo? Nem mesmo: será possível eu amá-la? E sim: será que *devo* amá-la?

No restaurante, a melhor coisa que me ocorreu dizer foi convidá-la para ir comigo ao jantar formal na Gracie Mansion, a residência do prefeito.

"Arnold, vamos ter um caso, está bem?"

"Ou seja...?"

"Ah, não fique todo cheio de dedos. O que é que você acha? Um caso, pronto. Você só trepa comigo e eu só trepo com você."

"Só isso?"

"Quase. Além disso, eu telefono pra você várias vezes por dia. Se eu entrar numa. Posso falar 'se eu entrar numa'? Está bom — *se eu tiver vontade*. Porque isso pra mim é um negócio que eu não consigo segurar. Quer dizer, vou ligar pro seu escritório toda hora. Porque eu gosto que todo mundo fique sabendo que eu tenho alguém. Foi o que eu aprendi com os cinquenta mil dólares que paguei ao tal analista. Quer dizer, sempre que eu arranjar um trabalho, eu ligo pra você — e digo que te amo. Estou sendo coerente?"

"Claro."

"Porque no fundo o que eu quero mesmo é isso: ser coerente. Ah, Ceuzinho, eu te adoro. Pelo menos agora. Ih", passando a sussurrar, "quer sentir um cheiro — um cheiro realmente *fenomenal*?" Olhou para os lados, para ver se a garçonete não estava por perto, e se inclinou para a frente, como se para ajeitar a meia. Um momento depois me estendeu os dedos. Apertei-os contra a boca. "Perfume My Sin, amorzinho", disse a Macaca, "diretamente da fábrica... e é pra você! Só pra você!"

E então, por que você não a ama logo de uma vez? Seja corajoso! Eis aí uma fantasia pedindo de joelhos para que você a transforme em realidade! Uma coisa tão erótica! Tão voluptuosa! Tão linda! Um pouco afetada, talvez, mas linda assim mesmo! Quando saímos juntos, as pessoas ficam olhando, os homens com cobiça, as mulheres com cochichos. Uma noite, num restaurante, ouço alguém dizendo: "Não é a... como é mesmo o nome dela...? A que trabalhou em *La dolce vita*?". E, quando viro para ver — pensando em talvez encontrar Anouk Aimée —, constato que estão olhando para nós: para a mulher que está comigo! Vaidade? Por que não? Pare de ficar ruborizado, pare de se envergonhar, você não é mais um filhinho da mamãe levado da breca! No que diz respeito a seus apetites, um homem de mais de trinta anos só presta contas a si próprio! Essa é que é a grande vantagem de ser adulto! Você quer pegar? Então pegue! Seja um pouco transviado, pelo amor de Deus! PARE DE SE PRIVAR DO QUE VOCÊ DESEJA! PARE DE NEGAR A VERDADE!

Ah, mas há que considerar (baixemos a cabeça), há que considerar "minha dignidade", meu bom nome. O que as pessoas vão pensar. O que *eu* vou pensar. Doutor, essa garota já trepou por *dinheiro*. Por dinheiro! Isso mesmo! Creio que é o que se chama de "prostituição"! Uma noite, para elogiá-la (pelo menos era o que me parecia ser minha intenção), eu disse: "Você devia vender isso, é demais pra um homem só", quer dizer, eu estava só sendo cavalheiro... ou intuitivo? Pois o que ela respondeu foi: "Eu já vendi". Não a deixei em paz enquanto ela não me explicou o que quis dizer; de início afirmou que fora apenas um comentário espirituoso, mas diante do interrogatório a Macaca acabou me contando a seguinte história, que me pareceu ser expressão da verdade, ou ao menos uma parte da verdade. Logo depois que se divorciou e voltou de Paris, ela foi mandada de avião para Hollywood (diz ela), onde ia fazer uma audição para trabalhar num filme (não foi aprovada. Insisto para que me diga o nome do filme, mas ela afirma que esqueceu, que o filme jamais chegou a ser feito). Quando voltava da Califórnia para Nova York, a Macaca e a garota que estava com ela ("Quem é essa outra garota?" "Uma garota. Uma amiga." "Por que é que você estava viajando com uma outra garota?" "Porque estava!"), ela e a tal outra garota resolveram conhecer Las Vegas. Em Las Vegas a Macaca foi para a cama com um sujeito que conheceu lá, segundo ela, na maior inocência; porém, para seu total espanto, no dia seguinte ele perguntou: "Quanto é?". Diz ela que a resposta lhe saiu da boca sem pensar: "O que você achar que valeu, meu chapa". Então ele lhe ofereceu três notas de cem dólares. "E você aceitou?", perguntei. "Eu tinha vinte anos. Claro que aceitei. Só pra sentir como que era, só por isso." "E o que foi que você sentiu, Mary Jane?" "Não lembro. Nada. Não senti nada."

Bem, o que o *senhor* acha? Ela diz que foi só essa vez, há dez anos, e assim mesmo por "coincidência": um mal-entendido da parte do homem e um capricho da parte dela. Mas o senhor acredita nisso? E eu, devo acreditar? Será um absurdo suspeitar que essa garota viveu durante um certo tempo como uma *call-girl* de luxo? Ah, Cristo! Se fico com ela, digo a mim mesmo, na escala da evolução estou no mesmo nível dos gângsteres e milionários que frequentam as coristas do Copacabana. Essa garota é do tipo que a gente vê pendurada no braço de um mafioso ou de um astro do cinema, e não do primeiro aluno da turma de 1950 da Weequahic High School! Nem do diretor da *Columbia Law Review*! Nem de um ínclito defensor dos direitos civis! Falando às claras: mesmo não sendo puta, no mínimo piranha ela é, não é? Quem vê a Macaca comigo sabe perfeitamente qual meu objetivo na vida. É o que meu pai chamava de "assanhada". É claro! E eu posso levar para casa uma assanhada, doutor? "Mamãe, papai, esta assanhada aqui é a minha esposa. Ela é um pedaço de mau caminho, não é?" Se eu a assumir por completo, o senhor compreende, o bairro inteiro vai finalmente entender que no fundo eu quero mesmo é sacanagem. O suposto gênio vai se revelar por fim um porco imundo, cheio de desejos indecentes. A porta do banheiro vai se abrir (estava destrancada!) e ei-lo, o salvador da humanidade, baba escorrendo pelo queixo, com um olhar completamente vidrado, disparando porra em direção à lâmpada do teto! Uma figura ridícula, enfim! Um menino mau! Uma eterna *shande* para sua família! Isso mesmo, já estou vendo tudo: como castigo por minhas abominações, um belo dia acordo e vejo que estou acorrentado a uma privada no Inferno, eu e os outros devotos de assanhadas deste mundo — "*Shtarkes*", diz o Demônio, enquanto distribuem para nós camisas todas brancas e gravatas Sulka, e experimentamos nossos elegantérrimos ternos de seda, "*gantze k'nockers*, homens importantes com mulheres de pernas compridas. Sejam bem-vindos. Vocês realmente fizeram muita coisa na vida. São mesmo pessoas da maior distinção. Você, em particular", diz ele, levantando a sobrancelha para mim, sarcástico, "que entrou na escola secundária com apenas *doze* anos, que atuou como um verdadeiro embaixador da comunidade judaica de Newark junto ao mundo exterior...". Ahá, eu sabia. Não é o Demônio propriamente dito, é o gordo do Warshaw, o rabino. Meu líder espiritual balofo e pomposo! O homem das sílabas destacadas e do bafo de Pall Mall! O rabino Ad-mi-ra-do! É meu *bar mitzvah*, e eu estou ao lado dele, muito tímido, adorando aquela puxação de saco, muito contente de estar sendo santificado, ora se não estou. Alexander Portnoy isso, Alexander Portnoy aquilo, e, para dizer a verdade, aquela mania dele de falar separando as sílabas, transformando as menores palavrinhas em palavras enormes, e as palavras maiores em frases completas, para ser honesto, isso não me incomoda tanto quanto costuma me incomodar. A manhã de sábado transcorre lenta enquanto ele enumera minhas virtudes e realizações diante dos meus parentes e amigos reunidos, sílaba por sílaba. Capriche bastante, Warshaw, carregue nos adjetivos, por mim não tenha pressa nenhuma, por favor. Sou jovem, posso passar o dia inteiro em pé ao seu lado, se for necessário. "... filho dedicado, irmão amoroso, aluno brilhantíssimo, um leitor ávido dos jornais (está a par de todos os acontecimentos, sabe o nome completo de cada membro do Supremo Tribunal e do gabinete presidencial, e também dos líderes da maioria e da minoria em ambas as câmaras do Congresso, e também dos presidentes das mais importantes comissões parlamentares), entrou para a Weequahic High School, esse menino, aos *doze* anos idade, com um Q.I. de 158, *cen-to e cin-quen-ta e oi-to*, e agora", diz ele àquela multidão admirada e sorridente, cuja adoração sinto estar palpitando em minha direção, até me circundar por completo, ali no altar — ora, eu não ficaria nem um pouco espantado se, quando o rabino terminasse, eles me pegassem e carregassem de um lado para o outro da sinagoga, como se eu fosse a própria Torá, me levassem muito sérios de fileira em fileira, enquanto os membros da congregação se esticariam para tocar com os lábios alguma parte da minha roupa nova comprada na Ohrbach's, os velhos tentando encostar os xales de oração em meus reluzentes sapatos London Character. "Deixa eu passar! Deixa eu pegar nele!" E, quando eu for famoso no mundo inteiro, eles vão contar aos netos: "É, eu estava lá, no *bar mitzvah* de Portnoy, o presidente do Supremo Tribunal" — "um embaixador", diz o rabino Warshaw, "nosso embaixador extraordinário...". Só que agora a melodia é outra, muito diferente! "Agora", diz ele a mim, "com uma mentalidade de cafetão! Com os valores humanos de um jóquei! Para ele, qual é a mais sublime experiência humana? Entrar num restaurante de braço dado com uma *kurveh* de perna comprida! Uma vagabunda enfiada num *collant* de malha arrastão!" "Ah, por favor, Ad--mi-ra-do, eu já estou bem crescidinho — não me venha com essa indignação rabínica. A esta altura do campeonato, fica até meio ridículo. Sempre gostei mais de beleza e sensualidade do que de feiura e frieza — qual o problema? Por que me dar essa roupa de marginal de Las Vegas? Por que me acorrentar a uma privada por toda a eternidade? Por amar uma menina levada?" "Amar? *Você*? Essa é boa! Você só ama a si próprio, seu moleque! É Amor-Próprio com letra maiúscula! O seu coração é uma geladeira vazia! O seu sangue corre em pedras congeladas! Não sei como o mercúrio não vira gelo quando você põe o termômetro! Para você, essa tal 'menina levada' — levada é apelido! — representa uma bela conquista de macho, *só isso e mais nada, Alexander Portnoy!* O que você fez com o *seu* potencial é nojento! Amor? Amor, não — lascívia! Amor, não — egoísmo!" "Mas lá no Howard Johnson's eu senti uma pontada..." "No pau! Claro!" "Não!" "Sim! É o *único* lugar onde você já sentiu uma pontada na sua vida! Seu choramingão! Seu saco de ressentimentos! Ora, Cristo, você está apaixonado por você mesmo desde a primeira série!" "Não!" "Sim! Sim! Essa é a verdade mais profunda, meu amigo! Você está cagando e andando pros sofrimentos da humanidade! Isso é uma *fachada*, meu amigo,

não se iluda! Olhem, você anuncia a toda a humanidade, vejam só em quem estou enfiando minha pica — vejam só quem eu estou comendo: uma modelo de dez metros de altura! Eu consigo de graça o que os outros só conseguem pagando trezentos dólares, no mínimo! Isso é que é uma realização humana, hein? E não pensem que trezentos dólares compram pouca coisa — compram *muita* coisa! Agora, veja só quem você ama, Portnoy!"
"Ora, faça-me o favor, você não lê o *New York Times*? Passei toda a minha vida adulta protegendo os direitos dos indefesos! Militei cinco anos na American Civil Liberties Union, lutando pela justiça praticamente de graça. E antes disso fui membro de uma comissão parlamentar! Eu podia ganhar o dobro, o *triplo* do que ganho agora se abrisse uma firma, mas não! Eu não quero! Agora fui nomeado — será que você não lê jornal? — fui nomeado comissário adjunto da Comissão de Recursos Humanos! Estou preparando um relatório especial sobre as práticas discriminatórias da construção civil..." "Conversa. Comissário de Bocetas, isso é o que você é! Comissário de Sacanagens! Ah, seu punheteiro de meia-tigela! Você é um retardado emocional! Tudo é vaidade, Portnoy, mas você realmente é o campeão! Q.I. de cento e cinquenta e oito, e tudo isso jogado fora! O que adiantou você pular duas séries do primário, hein, seu panaca?" "*O quê?*" "E gastar o dinheiro que o seu pai mandava para o Antioch College — um dinheiro que ele tinha de fazer sacrifício para mandar! A culpa toda é dos seus pais, não é, Alex? Tudo o que é ruim, a culpa é deles — tudo o que é bom, foi você que fez sozinho! Seu mentecapto! Seu bloco de gelo! Por que é que você está acorrentado a uma privada? Vou dizer por quê: é o seu castigo ideal! Para que você possa ficar batendo bronha até o final dos tempos! Pegue no seu precioso peruzinho e fique punhetando *ad infinitum*! Pode mandar bala, comissário, é a única coisa que você realmente amou na sua vida — esse seu *putz* fedorento!"

* * *

Quando chego, de smoking, ela ainda está no banho. A porta do apartamento está destrancada, para que eu possa entrar sem incomodá-la, imagino. Ela mora no último andar de um edifício grande e moderno no Upper East Side de Manhattan, e fico irritado só de pensar que qualquer pessoa que passasse pelo corredor poderia ter entrado tal como eu. Digo isso a ela através da cortina do boxe. Ela encosta em minha bochecha o rostinho molhado. "Mas por que iam querer entrar?", diz ela. "Todo o meu dinheiro está no banco."

"Isso não é resposta", digo e recuo em direção à sala, tentando não perder as estribeiras. Vejo um pedaço de papel sobre a mesa de centro. Alguma criança esteve aqui?, eu me pergunto. Não, não, é que pela primeira vez estou diante de um espécime da letra da Macaca. Um recado para a faxineira. Ainda que, à primeira vista, eu tenha a impressão de que deve ser um recado deixado *pela* faxineira.

"Deve ser"? Por quê? Porque ela é "minha"?

quirida willa incere o chão perto do baneiro e *não deiche* de limpar as janela por dendro mary jane r

Três vezes leio a frase do início ao fim, e, tal como acontece com certos textos, cada leitura revela novas sutilezas de significado e conotação, cada leitura prevê mais desgraças que estou destinado a sofrer. Por que permitir que esse "caso" dê mais pano pra manga? Como pude pensar o que pensei em Vermont! Ah, aquele *ch*, aquele *ch* em "deiche" — eis aqui uma inteligência com a profundidade de uma marquise de cinema! E "as janela"! Exatamente o tipo de erro que uma prostituta não poderia deixar de cometer! Mas há algo naquela mutilação de "querida", essa palavra tão afetuosa, que me parece irremediavelmente patético. Não poderia haver uma relação mais antinatural do que essa! Trata-se de uma mulher ineducável e inaproveitável. Em comparação com ela, sou filho da elite bostoniana. O que é que duas pessoas como nós podemos ter em comum? Nada!

Os telefonemas, por exemplo, não aguento mais aqueles telefonemas! Parecia uma afetação deliciosamente infantil quando ela me avisou que me telefonaria o tempo todo — porém, surpresa: ela estava falando sério! Estou no meu escritório, os pais indigentes de uma criança psicótica estão me explicando que seu filho está morrendo de fome num hospital municipal porque a comida lhe é sistematicamente negada. Vieram se queixar a mim e não ao Departamento de Hospitais porque um brilhante advogado do Bronx lhes disse que o filho deles é uma vítima evidente de discriminação. Telefono para o psiquiatra do hospital e ele me explica que a criança se recusa a ingerir alimento — fica com a boca cheia de comida horas a fio, mas não engole. Assim, tenho de dizer àquelas pessoas que nem elas nem o filho estão sendo vitimizados tal como imaginam. Elas acham minha resposta evasiva. *Eu* acho minha resposta evasiva. Penso com meus botões: "O menino ia engolir a comida direitinho se fosse filho da *minha* mãe", e ao mesmo tempo demonstro estar solidário com eles na difícil situação em que se encontram. Mas agora os dois afirmam que só saem da minha sala depois que falarem com "o prefeito", tal como antes se recusaram a sair da sala da assistente social enquanto não falassem com "o comissário". O pai diz que vai fazer com que eu seja despedido, junto com todos aqueles que são responsáveis pela morte de um menino indefeso, que o estão matando de forma só porque ele é porto-riquenho! *"Es contrario a la ley discriminar contra cualquier persona..."* ele lê do livreto bilíngue da CRH — que eu mesmo redigi! Nesse momento, o telefone toca. O porto-riquenho está gritando comigo em espanhol, minha mãe brande uma faca diante de mim no fundo da minha infância, e minha secretária avisa que tem uma ligação para mim da srta. Reed. É a terceira naquele dia.

"Estou com saudade de você, Arnold", sussurra a Macaca.

"Desculpe, mas estou ocupado agora."

"Eu te amo muito muito."

"Sei, perfeito, podemos falar depois sobre isso?"

"Que vontade de sentir aquele caralhão gostoso dentro de mim..."

"Até mais!"

Já que estamos falando nisso, quais são os outros defeitos dela? Ela lê mexendo os lábios. Estou sendo mesquinho? O senhor acha? Alguma vez o senhor já se viu na mesa de jantar diante da mulher com quem está tendo um caso — uma mulher de vinte e nove anos de idade — e ficou vendo os lábios dela se mexendo enquanto ela procura no jornal um filme para ver com o senhor? Eu já sei que filmes estão passando antes mesmo de ela falar — basta ler nos lábios dela! E os livros que lhe dou, ela leva de um trabalho para o outro numa sacola — para ler? Não! Para causar impressão nos veados dos fotógrafos, para causar impressão nas pessoas com quem ela cruza na rua, pessoas *desconhecidas*, para que todos pensem que ela é uma personalidade com múltiplas facetas! Veja só aquela garota com aquela bunda sensacional — carregando um livro! Um livro cheio de palavras, de verdade! Um dia depois que voltamos de nossa viagem a Vermont, comprei *Let us Now Praise Famous Men* — escrevi num cartão "Para a garota fenomenal", e pedi que o embrulhassem para presente; eu o daria a ela naquela noite. "Me diz que livros eu devo ler, está bem?" Foi esse o pedido tocante que ela me fez na noite em que voltamos para Nova York: "Por que continuar sendo burra se, como você diz, eu sou tão inteligente?". Então, para começar, o livro de James Agee, com as fotos de Walker

Evans para suavizar a leitura: um livro que falava sobre o mundo de onde ela viera, que lhe daria uma visão mais ampla de suas próprias origens (origens, é claro, que eram muito mais fascinantes para um menino judeu de esquerda do que para a jovem proletária em questão). Como levei a sério a preparação daquela lista! Estava mesmo decidido a fazê-la crescer intelectualmente! Depois de Agee, *Dynamite!*, de Louis Adamic, o exemplar já amarelado que eu próprio lera nos tempos da faculdade; talvez fosse útil para ela ver aqueles trechos sublinhados, pois a ajudariam a distinguir o que é relevante do que é trivial, uma generalização de uma exemplificação, e assim por diante. Além disso, era um texto tão simples que talvez, sem que eu precisasse instigá-la, ela terminasse lendo não apenas os capítulos por mim sugeridos, os que diziam respeito ao passado dela (tal como eu o imaginava) — violência nas minas de carvão, começando com os Molly Maguires; o capítulo sobre os Wobblies —, mas toda a história de atos de brutalidade e terror praticados pela e contra a classe trabalhadora, sua classe de origem. Ela nunca lera um livro chamado *U.S.A.*? Mortimer Snerd: "Ããã... eu nunca leio nada não, senhor Bergen". Assim, comprei para ela a edição da Modern Library do romance de John Dos Passos, um livro de capa dura. Simples, pensei, coisas simples, porém educativas e edificantes. Ah, creio que o senhor já entendeu meu objetivo idealista. Os textos? *As almas da gente negra*, de W. E. B. Du Bois. *As vinhas da ira. Uma tragédia americana.* Um livro de Sherwood Anderson de que gosto, chamado *Poor White* (o título — "Branco pobre" — talvez a interessasse, pensei). *Notes of a Native Son*, de James Baldwin. O nome do curso? Ah, não sei — "Introdução às minorias humilhadas", do professor Portnoy. Ou "A história e a função do ódio nos Estados Unidos". Objetivo do curso: salvar a *shikse* burra; libertá-la da ignorância de sua raça; transformar essa filha do cruel opressor numa estudiosa do sofrimento e da opressão; ensiná-la a ser solidária, a sangrar um pouco pelas dores do mundo. Entendeu? O casal perfeito: ela recoloca o id no *yid*, ele recoloca o *oy* no gói.

Onde estou? De smoking. Supercivilizado, com roupa de festa, e "quirida willa" vem ainda ardendo na minha mão, quando então a Macaca aparece com o vestido que comprou especialmente para a ocasião. *Que ocasião*? Será que ela pensa que vamos participar de um filme pornográfico? Doutor, o vestido mal cobre a bunda dela! É um crochê feito com um fio metálico dourado, e por baixo só tem um *collant* cor da pele! E, para completar esse traje tão discreto, por cima do cabelo ela pôs uma peruca inspirada em Aninha, a Pequena Órfã, uma avantajada auréola de cachos negros que lembra um saca-rolhas, no centro da qual se vislumbra um rosto bocó coberto de maquiagem. Mas como ficou vulgar aquela boca! É mesmo uma garota da Virgínia Ocidental! A filha do mineiro na cidade do néon! "Então é assim", penso eu, "que ela vai comigo ao jantar do prefeito? Com essa pinta de dançarina de *strip-tease*? E escreve 'querida' com I! E não leu duas páginas do livro de Agee em uma semana! Será que pelo menos viu as fotos? Ãaã... acho difícil! Ah, um erro", penso, enfiando o bilhete da Macaca no bolso para guardá-lo de lembrança — amanhã vou mandar plastificar, custa vinte e cinco centavos — "um erro! É uma mulher que eu peguei na rua! Que me chupou antes mesmo de saber meu nome! Que já se vendeu em Las Vegas, quem sabe até em outros lugares! Olhe só para ela — uma autêntica mulher de gângster! O comissário adjunto de Recursos Humanos com uma mulher de gângster! Mas em que espécie de sonho estou vivendo? Para mim, andar com uma pessoa assim é um *equívoco total!* Não faz nenhum sentido! Um desperdício de energia, tempo e dignidade para todas as pessoas envolvidas!"

"Vem cá", diz a Macaca no táxi, "o que é que você tem, Max?"

"Nada."

"Você odiou a minha roupa."

"Ridículo."

"Motorista — magazine Peck and Peck!"

"Cala a boca. Gracie Mansion, motorista."

"Isso que está irradiando de você, Alex, deve ser até tóxico."

"Não estou irradiando porra nenhuma! Eu não disse *nada*."

"Você tem esses olhos negros de judeu, cara, eles dizem tudo por você. *Tutti!*"

"Relaxa, Macaca."

"Relaxa *você!*"

"Eu estou relaxado!" Porém minha determinação máscula só dura mais um minuto, no máximo. "Só uma coisa, pelo amor de Deus", digo a ela, "não vá falar em boceta com a Mary Lindsay!"

"*O quê?*"

"É isso mesmo que você ouviu. Quando a gente chegar lá, não vá começar a dizer que está com a boceta molhadinha à primeira pessoa que abrir a porta! Não vá tentar agarrar o *shlong* do prefeito logo de saída, espera pelo menos uma meia hora, está bem?"

Após esse comentário, o motorista emite um sibilo que parece um freio de mão — e a Macaca se joga contra a porta de trás num acesso de raiva. "Eu digo e faço o que eu quiser, eu uso a roupa que eu quiser! Estamos numa democracia, seu judeu neurótico e metido a besta!"

Só vendo a cara que fez para nós o sr. Manny Schapiro, o motorista, quando saltamos. "Ricos babacas!", ele grita. "Puta nazista!" E sai queimando borracha.

Do banco em que estamos sentados no Carl Schurz Park dá

para ver as luzes da Gracie Mansion; vejo os outros membros do novo governo chegando, enquanto acaricio o braço da Macaca, beijo-lhe a testa, digo que não há motivo para chorar, a culpa é minha, sim, sim, eu sou mesmo um judeu neurótico e metido a besta, e peço desculpas, peço desculpas, peço desculpas.

"... implica comigo o tempo todo — só de *olhar* pra mim você já está implicando comigo, Alex! Eu abro a porta à noite, *doida* pra ver você, passei o dia inteiro pensando só em você, e esses seus olhos já estão procurando tudo quanto é *defeito* em mim! Como se eu já não fosse super insegura, como se insegurança não fosse meu maior grilo, você faz essa cara na hora exata que eu abro a boca — eu não posso nem dizer que horas são sem você me olhar *assim*: ah, que merda, lá vai a retardada fazer mais um comentário idiota. Eu digo: 'São cinco pras sete', e você pensa: 'Meu Deus, ela é burra demais, mesmo!'. Olha, não sou nenhuma retardada, não, só porque não estudei em Harvard! E não me venha mais com essa história de me comportar na frente dos *Lindsay*. Puta que o pariu! Quem são os *Lindsay*, afinal de contas? Um merda de um prefeito e a mulher dele! Um *prefeito*, grande bosta! Caso você tenha esquecido, já fui casada com um dos homens mais ricos da França, *quando eu só tinha dezoito anos* — e fui convidada pra jantar na casa de Aly Khan quando você ainda estava em Newark, Nova Jersey, enfiando o dedo na xota da sua namoradinha judia!"

Então uma relação amorosa para mim era isso?, perguntou ela, soluçando, arrasada. Tratar uma mulher como se fosse leprosa?

Eu tinha vontade de dizer: "Então talvez não seja uma relação amorosa. Talvez seja mesmo um equívoco. Talvez o melhor a fazer seja ir cada um para o seu lado, sem guardar rancor". Mas não disse nada disso! Com medo de que ela se suicidasse! Pois menos de cinco minutos antes ela não tinha tentado saltar do táxi em movimento? Se eu dissesse: "Olha, Macaca, terminou" — quem me garante que ela não ia sair correndo pelo parque e se jogar no East River? Doutor, o senhor precisa acreditar em mim, isso era uma possibilidade real — foi por isso que eu não disse nada; mas então ela pôs os braços em volta do meu pescoço e falou, e *como* falou. "Eu te amo, Alex! Eu te adoro, loucamente! Por favor, não me despreze! Eu não seria capaz de suportar isso! Porque você é o melhor homem, mulher ou criança que já conheci na minha vida! Em todo o reino animal! Ah, Ceuzinho, você tem um cérebro enorme, uma pica enorme, e eu te amo!"

E então, num banco a apenas duzentos metros da mansão dos *Lindsay*, ela encostou a peruca no meu colo e começou a me chupar. "Macaca, *não*", implorei, "*não*", enquanto ela, enlouquecida de paixão, abria a braguilha da minha calça preta, "aqui está cheio de segurança!" — referindo-me ao policiamento que devia haver em torno da residência do prefeito. "Vamos ser presos por atentado público ao pudor — *Macaca, a polícia!*", mas ela afastou os lábios ambiciosos da minha braguilha aberta, cochichou: "Só na sua imaginação" (um comentário não isento de sutileza, mesmo que tal não tenha sido sua intenção) e voltou à carga, como um animalzinho peludo em busca de um lar. E me dominou com a boca.

Durante o jantar, ouvi a Macaca dizendo ao prefeito que trabalhava como modelo de dia e estudava no Hunter College à noite. Não disse nada a respeito de sua boceta, pelo menos não que eu ouvisse. No dia seguinte foi até o Hunter College e naquela noite me fez uma surpresa: me mostrou o formulário de inscrição que pegara na secretaria. O que me fez elogiá-la. Formulário, é claro, que ela jamais preencheu — quer dizer, só a idade: vinte e nove.

Uma fantasia da Macaca do tempo do colegial, em Moundsville. O mundo de devaneios em que ela vivia enquanto os outros aprendiam a ler e escrever:

Em torno de uma grande mesa de conferência, rigidamente empertigados, se encontram todos os rapazes da Virgínia Ocidental que estão querendo ingressar na academia militar de West Point. Debaixo da mesa, de gatinhas, nua, nossa adolescente desengonçada e analfabeta, Mary Jane Reed. Um coronel de West Point, batendo uma bengala atrás das costas, dá voltas e mais voltas em torno da mesa, examinando o rosto dos rapazes, e enquanto isso Mary Jane, sem ser vista por eles, abre as calças de cada um dos candidatos e os chupa, um por um. O rapaz que vai ser escolhido para ingressar na academia será aquele que conseguir manter a pose mais solene e digna no momento em que estiver esporrando na boca feroz e hábil de Mary Jane.

Dez meses. Incrível. Pois durante todo esse tempo não se passou um dia — muito provavelmente, nem mesmo uma hora — em que eu não me perguntasse: "Para que continuar com essa pessoa? Essa mulher brutalizada! Essa mulher grosseira, atormentada, confusa, perdida, que odeia a si própria, que não tem identidade...", e assim por diante. A lista era interminável, pois eu a modificava o tempo todo. E quando me lembrava da facilidade com que a pegara na rua (o grande triunfo sexual da minha vida!), bom, aí eu quase gemia de repulsa. Como é que posso continuar com uma pessoa se me é inteiramente impossível respeitar seu raciocínio, seus juízos e seu comportamento? Uma pessoa que desencadeia dentro de mim todos os dias explosões de reprovação, trovões de repreensão a cada hora! E os sermões! Ah, fiquei pior do que um professor de escola primária. Quando, por exemplo, ela comprou para me dar de presente de aniversário um par de mocassins italianos — a descompostura que eu lhe passei!

"Olha", disse eu, assim que saímos da loja, "um pequeno conselho pra quando você for fazer uma compra: não é necessário, quando se faz uma coisa tão simples como entregar dinheiro em troca de uma mercadoria, exibir a boceta pra todo mundo que estiver num raio de um quilômetro! *Está bem?*"

"Exibindo *o quê?* Quem foi que exibiu o quê?"

"Você, Mary Jane! Exibindo as chamadas partes íntimas!"

"Eu não exibi coisa nenhuma!"

"Ora, cada vez que você se levantava, cada vez que você se sentava, eu tinha a impressão de que você ia enfiar a xota no nariz do vendedor."

"Meu Deus, eu tenho que me sentar, eu tenho que me levantar, não é?"

"Mas não como se você estivesse montando ou desmontando de um cavalo!"

"Não sei que bicho mordeu você — ainda por cima esse vendedor era veado."

"O 'bicho' que me mordeu é saber que o que você tem entre as pernas já foi visto por mais gente do que o público do jornal das sete! Você podia aproveitar e pendurar as chuteiras enquanto você ainda é a campeã, *está bem?*" E no entanto, no exato momento em que faço minha acusação, digo a mim mesmo: "Ah, pare com isso, bebê chorão... Se você quer uma mulher de qualidade e não uma puta, então vá procurar uma mulher de qualidade. Ninguém mandou você ficar com essa aqui". Porque esta cidade, como se sabe, está pululando de garotas completamente diferentes de Mary Jane Reed, moças promissoras, intactas, livres de qualquer contaminação — saudáveis como camponesas. Sei disso melhor do que ninguém, porque eram assim as que eu tive antes dela — só que elas também não me satisfaziam.

Também elas eram equívocos. Spielvogel, falando sério, eu já experimentei: comi os jantares que elas prepararam, fiz a barba no banheiro delas; elas me deram cópias das chaves das trancas de suas casas e reservaram para mim prateleiras no armário de remédios do banheiro; fiz até amizade com os gatos delas — gatos chamados Spinoza, Clitemnestra, Cândido e Gato — sim, garotas inteligentes e eruditas, que tiveram muito sucesso sexual e acadêmico nas melhores universidades do país, jovens inteligentes e bem-comportadas, cheias de vida, amor-próprio e autoconfiança — assistentes sociais e pesquisadoras, professoras e revisoras, garotas em cuja companhia eu não me sentia humilhado nem envergonhado, garotas para quem eu não era obrigado a bancar pai, mãe, professor nem redentor. E com elas também não deu certo!

Kay Campbell, minha namorada no Antioch College — quem poderia ser mais exemplar do que ela? Simples, bem-humorada, sem o menor vestígio de morbidez ou egoísmo —, um ser humano absolutamente recomendável e respeitável. E onde estará ela agora, essa preciosidade? Oi, Abóbora! Sendo uma esposa maravilhosa para um *shegetz* qualquer no interior do país, não é? É claro. Editava a revista literária da faculdade, era sempre a primeira aluna em literatura inglesa, fez piquete comigo e com todos os meus outros amigos indignados diante daquela barbearia em Yellow Springs que não aceitava fregueses negros — uma garota forte, calorosa, generosa, bunduda, com um rostinho lindo de criança, cabelos louros, peitos muito pequenos, infelizmente (aliás, parece que meu destino é acabar com mulheres quase desprovidas de seios — por que será? Existe algum artigo sobre o assunto que eu possa ler? Isso tem alguma importância? Ou devo tocar para a frente?). Ah, e aquelas pernas de camponesa! E a blusa sempre saindo da saia, atrás. O quanto não me comovia esse detalhe descuidado! E também o fato de que, quando calçava sapatos de salto alto, parecia uma gata presa numa árvore alta demais, fora de seu elemento, totalmente desengonçada. Era sempre a primeira das ninfas de Antioch a ir às aulas descalça na primavera. Eu a apelidei de Abóbora, por causa da cor da pele e do tamanho do traseiro. E também por sua solidez: rígida como uma cabaça em questões de princípios morais, de uma teimosia linda, que eu não podia deixar de invejar e adorar.

Ela jamais levantava a voz numa discussão. O senhor pode imaginar a impressão que isso causava em mim aos dezessete anos, recém-saído do Clube de Debates Jack e Sophie Portnoy? Como eu podia imaginar que era possível reagir de tal modo diante de uma divergência? Jamais ridicularizava o adversário! Nem parecia odiá-lo por discordar de suas ideias! Ahá, então é isso que significa ser filha de góis, primeira aluna de um colégio de Iowa e não de Nova Jersey; sim, é isso que têm os góis que têm alguma coisa! Autoridade sem indignação. Virtude sem autocomplacência. Confiança sem arrogância ou condescendência. Ora, vamos ser justos com os góis, doutor: quando são admiráveis, são muito admiráveis. Tão *sólidos*! Isso, era isso que me estarrecia — a cordialidade, a solidez; em suma, a aboboridade. Minha *shikse* saudável, bunduda, que não usava batom e andava descalça, onde estará você agora, Kay-Kay? Mãe de quantos filhos? Você realmente acabou ficando gorda? Ah, o que é que tem! Digamos que você tenha ficado gorda como uma melancia — você precisa mesmo de espaço para exibir seu caráter! O melhor de todo o Meio-Oeste, *então por que foi que abri mão dela?* Bom, eu chego lá, não se preocupe; para mim a autoflagelação é provocada por qualquer lembrança, disso já sabemos. Nesse ínterim, me deixe lamentar um pouco a perda de toda aquela substancialidade. Aquela pele com consistência de manteiga!

Aqueles cabelos soltos e lisos! E isso no início dos anos 50, quando ainda não era moda andar de cabelo solto! Era só o jeito *natural* dela, doutor. Redonda e ampla, da cor do sol, assim era a minha Kay! Aposto que deve haver meia dúzia de crianças agarradas ao traseiro abundante dessa garota (tão diferente da bunda da Macaca, aquela bundinha dura de modelo!). Aposto que você mesma é que faz o pão da família, não é? (Tal como naquela noite quente de primavera no meu apartamento em Yellow Springs, você só de anágua e sutiã, as orelhas sujas de farinha, a testa encharcada de suor — lembra? para me mostrar, apesar do calor, o sabor de um pão de verdade? Meu coração estava tão mole que você poderia tê-lo usado como massa!) Aposto que você mora num lugar onde o ar ainda não está envenenado e ninguém tranca a porta da casa — e continua cagando pra dinheiro e bens materiais. Ah, eu também continuo, Abóbora, também não me corrompi com esses interesses de classe média! Ah, aquele corpinho perfeitamente desproporcional! Tão diferente dessas modelos de um quilômetro de altura! Ela não tinha peitos, não — e daí? Delgada como uma borboleta, no tórax e no pescoço, porém forte como um urso da cintura para baixo! Uma pessoa com *raízes*, é isso que quero dizer! Que pisava neste solo americano com pernas de jogador de beisebol!

Só vendo Kay Campbell quando fomos fazer campanha por Stevenson no condado de Greene, no segundo ano da faculdade. Diante das mais terríveis manifestações de estreiteza mental republicana, de uma mesquinharia e uma avareza mental realmente estarrecedoras, a Abóbora sempre se comportava como uma dama. Já eu era um bárbaro. Por mais que de início conseguisse falar de modo desapaixonado (ou condescendente, o máximo de que eu era capaz), sempre terminava espumando de raiva, zombando, insultando, condenando aquelas pessoas terrivelmente bitoladas, dizendo que o Ike que elas tanto adoravam era um analfabeto, um homem política e moralmente retardado — é bem possível que eu seja um dos responsáveis pela derrota fragorosa sofrida por Adlai Stevenson em Ohio. A Abóbora, entretanto, ouvia com tanta atenção e boa vontade o ponto de vista oposto que por vezes eu chegava até a imaginar que a qualquer momento ela se viraria para mim e diria: "Ora, Alex, acho que o senhor Kapiau tem razão — o Stevenson é mesmo um pouco mole demais com os comunistas". Mas não; uma vez pronunciada a última idiotice a respeito das ideias "socialistoides" e/ou "comunas" de nosso candidato, a última condenação ao senso de humor dele, a Abóbora conseguia, de modo muito respeitoso e (coisa extraordinária!) sem um pingo de sarcasmo — era como se ela fosse juíza num concurso de tortas, tal era seu perfeito equilíbrio entre seriedade e bom humor —, corrigir os erros factuais e lógicos do sr. Kapiau, chegando mesmo a criticar sua moralidade estreita. Como não era prejudicada pela sintaxe tortuosa do apocalipse nem pelo vocabulário deselegante do desespero, pelo lábio suado, pela garganta apertada, pela testa franzida de ódio, ela talvez até tenha conseguido convencer meia dúzia de eleitores do condado. Jesus Cristo, essa, sim, era uma *shikse* e tanto. Eu poderia ter aprendido alguma coisa se tivesse passado o resto da minha vida com uma pessoa como ela. É, poderia, sim — se eu fosse capaz de aprender alguma coisa! Se conseguisse de algum modo me libertar dessa ideia fixa de felação e fornicação, dessas fantasias de romantismo e vingança — dessa necessidade de me desforrar! dessa absurda e desesperada fidelidade ao passado remoto!

Em 1950, com apenas dezessete anos, dois meses e meio depois de ter deixado Newark para trás (bom, não exatamente "para trás": ao acordar no dormitório de manhã, fico perplexo ao constatar que não reconheço o cobertor que tenho na mão e que uma das "minhas" janelas desapareceu; passo alguns minutos oprimido e transtornado por essa metamorfose inesperada que minha mãe realizou no meu quarto), realizo o maior ato de desafio de minha vida: em vez de voltar para casa quando chega meu primeiro feriado na faculdade, vou de trem a Iowa para passar o Dia de Ação de Graças com a Abóbora e os pais dela. Até o mês de setembro daquele ano eu nunca estivera a oeste do lago Hopatcong em Nova Jersey — e eis que agora estou em Iowa! E com uma loura! Cristã! Quem terá ficado mais estarrecido com essa minha deserção, minha família ou eu? Que ousadia! Ou será que era uma ousadia de sonâmbulo?

A casa de madeira branca em que a Abóbora passara a infância despertou tantas emoções em mim como se fosse o Taj Mahal. Talvez Balboa tenha sentido o que eu senti quando vi pela primeira vez o balanço preso ao teto da varanda da frente. *Ela foi criada nesta casa. A garota que me deixou tirar o sutiã dela e boliná-la na porta do dormitório foi criada nesta casa branca. Por trás daquelas cortinas goyische! Veja só, persianas!*

"Papai, mamãe", diz a Abóbora, quando saltamos do trem na estação de Davenport, "este é o nosso convidado do fim de semana, o meu colega de faculdade de quem eu falei nas cartas..."

Então sou um "convidado de fim de semana"? Sou um "colega de faculdade"? Em que língua ela está falando? Eu sou o *"bonditt"*, o *"vantz"*, o filho do corretor de seguros. Sou o embaixador de Warshaw! "Muito prazer, Alex." A que de imediato respondo, naturalmente: "Obrigado". A tudo que me dizem durante minhas primeiras vinte e quatro horas em Iowa eu sempre respondo: "Obrigado". Até mesmo para objetos inanimados. Se esbarro numa cadeira, digo na mesma hora: "Desculpe, obrigado". Se deixo o guardanapo cair no chão, eu me abaixo, muito vermelho, para pegá-lo, e me ouço dizendo "obrigado" ao guardanapo — ou será que estou me dirigindo ao chão? Como minha mãe ficaria orgulhosa de seu pequeno cavalheiro! Tão educadinho, até mesmo com a mobília!

Há uma expressão na língua, "bom dia", segundo me dizem, que nunca utilizei por falta de necessidade. Usá-la para quê? Lá em casa, no café da manhã, os outros moradores me conhecem como "Mister Mau Humor" ou "o ranzinza". Porém aqui, em Iowa, me vejo de repente imitando os habitantes da região e me transformo num verdadeiro gêiser de bons-dias. Nessa casa todo mundo só sabe dizer isso — sentem o sol no rosto e é como se desencadeasse uma espécie de reação química: Bom *dia*! Bom dia! Bom *di*-a! cantado com meia dúzia de melodias diferentes! Em seguida, um pergunta ao outro se "dormiu bem essa noite". Perguntam até a mim! Eu dormi bem essa noite? Realmente, não sei; tenho que pensar — a pergunta me surpreende um pouco. Eu Dormi Bem Essa Noite? E não é que dormi? É, acho que sim! E o senhor? "Dormi feito uma pedra", responde o sr. Campbell. E pela primeira vez na vida compreendo com perfeição o sentido de um símile. Esse homem, que é corretor imobiliário e vereador de Davenport, diz que dormiu feito uma pedra, e eu realmente *vejo* uma pedra. Entendi! Imóvel, pesado, *como uma pedra!* "Bom *dia*", diz ele, e agora me ocorre que a palavra "dia", tal como ele a usa, se refere especificamente às horas em que o sol está à mostra. Ele de fato quer que esse período em que o sol está à mostra seja *bom* para nós, isto é, divertido, prazeroso, benéfico! Todos estamos desejando uns aos outros várias horas de prazer e realização. Mas que coisa fantástica! Isso é muito simpático! Bom dia! E o mesmo se aplica a "boa tarde"! E "boa noite"! Meu Deus! A língua inglesa é uma *forma de comunicação!* A conversação não é apenas uma espécie de fogo cruzado, em que você atinge os outros e os outros atingem você! Em que é necessário ficar o tempo todo se esquivando e atirando para matar! As palavras não são apenas bombas e balas — não, são pequenos presentes, que contêm *significados!*

Espere, ainda não terminei — como se a experiência de ver de dentro e não de fora uma daquelas cortinas *goyische* não fosse suficientemente estarrecedora, como se a experiência inacreditável de estar desejando muitas horas de prazer a uma casa cheia de góis não fosse motivo suficiente de perplexidade, além disso, para acentuar o êxtase da desorientação, o nome da rua em que a *minha* namorada foi criada! correu! patinou! brincou de amarelinha! andou de trenó! enquanto eu sonhava com a existência dela a cerca de dois mil e quinhentos quilômetros dali, num país que, todos me garantem, é o mesmo que este — qual é o nome da rua? Não Xanadu, não; é muito melhor que isso, e muito, muito mais exótico: *Elm*, "olmo". Elm! Ou seja: é como se eu tivesse entrado na nossa velha televisão Zenith, passando pelo botão de celuloide de trocar de canal, e mergulhado direto no programa *One Man's Family. Elm.* Uma rua cheia de árvores — que devem ser olmos!

Para dizer a verdade, devo admitir que não consigo tirar essa conclusão logo que salto do automóvel dos Campbell na noite de quarta-feira: afinal de contas, levei dezessete anos para aprender a reconhecer um carvalho, e mesmo assim só se ele estiver carregado de bolotas. A primeira coisa que vejo numa paisagem não é a flora, falando sério — é a fauna, a oposição humana, quem está comendo quem. A vegetação, deixo para os passarinhos e as abelhinhas, que têm lá os problemas deles; eu tenho os meus. Lá em casa, quem é que sabe o nome daquela coisa que tem na calçada em frente do nosso prédio? É uma árvore — e pronto. A espécie é algo inteiramente desprovido de importância; ninguém quer saber que tipo de árvore é, desde que ela não caia na cabeça de ninguém. No outono (ou será na primavera? O senhor entende dessas coisas? Só sei que no inverno é que não é) caem dos galhos umas vagens compridas, em forma de crescente, que contêm umas pelotinhas duras. Pois bem. Eis um fato científico a respeito da nossa árvore, que chegou até mim via minha mãe, Sophie Linnaeus: se você colocar uma dessas pelotas num canudinho e soprar, pode cair no olho de uma pessoa e cegá-la para o resto da vida. (ENTÃO JAMAIS FAÇA ISSO! NEM MESMO DE BRINCADEIRA! E, SE ALGUÉM FIZER ISSO COM VOCÊ, NA MESMA HORA VENHA ME DIZER!) Pois é mais ou menos essa toda a minha bagagem intelectual em matéria de botânica quando, naquela tarde de domingo, estamos indo embora da casa dos Campbell em direção à estação ferroviária e tenho meu momento de Arquimedes: Elm Street, rua dos olmos... então... as árvores são *olmos*! Como é simples! Quer dizer, *não precisa* ter um Q.I. de 158, *não precisa* ser um gênio para compreender este mundo. Na verdade, tudo é muito simples!

Um fim de semana memorável na minha vida, o equivalente na história humana, eu diria, à passagem da humanidade por toda a idade da pedra. Cada vez que o sr. Campbell chamava a mulher de "Mary", a temperatura de meu corpo chegava a quarenta graus. Eu me dava conta de que estava comendo em pratos que haviam sido tocados pelas mãos de uma mulher chamada Mary. (Será que isso tem alguma relação com o fato de que eu só chamava a Macaca por seu nome de batismo quando queria repreendê-la? Não?) Por favor — rezo no trem seguinte rumo ao oeste —, que não haja imagens de Jesus Cristo na casa dos Campbell. Que eu possa passar o fim de semana sem ter que ver sua *punim* patética — nem ter de lidar com pessoas que andam com cruzes penduradas no pescoço! Quando as tias e os tios vierem para o jantar de Ação de Graças, por favor, que não haja nenhum antissemita entre eles! Porque, se alguém começar a falar em "judeu metido a besta" ou em "judeu pão-duro" ou "judiação" — quem me vier com esse tipo de conversa vai sentir na carne o que é judiação, o filho da puta! Não, nada de violência (como se eu fosse capaz de tal coisa), *eles* que sejam violentos, *eles* é que são assim. Não, eu me levanto da cadeira — e aí (*vuh den?*) faço um discurso! Envergonho e humilho todos eles por serem preconceituosos! Cito a Declaração de Independência durante a sobremesa! Quem é que eles pensam que são, esses putos, para se acharem donos do Dia de Ação de Graças!

Então, na estação ferroviária, o pai dela diz: "Muito prazer, meu rapaz". Eu, naturalmente, revido com: "Obrigado". Por que será que ele está sendo tão simpático? Porque ele já foi previamente avisado (o que não sei se devo considerar um insulto ou uma bênção) ou porque ele ainda não sabe? Devo contar a ele então, antes mesmo de entrarmos no carro? Isso mesmo, é melhor dizer! Não posso prolongar uma situação falsa! "É, para mim é um prazer estar aqui em Davenport, senhor e senhora Campbell, ainda por cima eu sendo judeu." Não, não é categórico o bastante. "Bom, como amigo da Kay, senhor e senhora Campbell, e como judeu, gostaria de agradecer por me convidarem..." Chega de embromação! Então o quê? Falar em iídiche? *Como?* Só conheço vinte e cinco palavras — metade é palavrão, metade não sei pronunciar direito! Porra, cale a boca e entre no carro. "Obrigado, obrigado", digo eu, pegando minha mala, e seguimos todos em direção à caminhonete.

Eu e Kay vamos para o banco de trás, *junto com o cachorro*. O cachorro de Kay! Com o qual ela fala como se falasse com um ser humano! Puxa, ela é mesmo uma gói. Que coisa mais idiota, falar com um cachorro — só que Kay não é nada idiota! Na verdade, acho que ela é mais inteligente do que eu. E no entanto fala com um cachorro? "Quanto aos cachorros, senhor e senhora Campbell, de modo geral nós, judeus..." Ah, deixe isso pra lá. Não é necessário. De qualquer modo, você está ignorando (ou tentando o máximo ignorar) aquele eloquente apêndice que é o seu nariz. Para não mencionar o cabelo afrojudaico. É claro que eles sabem. Paciência, não há como fugir ao destino, *bubi*, a cartilagem de um homem é seu destino. *Mas eu não quero fugir!* Ainda bem, porque não pode, mesmo. *Ah, mas eu poderia, sim — se eu quisesse!* Mas você disse que não quer. *Mas se eu quisesse!*

Assim que entro na casa, começo (discretamente, e surpreendendo a mim mesmo um pouco) a farejar: como será o cheiro daqui? Será cheiro de purê de batata? De vestido de velha? De cimento fresco? Farejo, farejo, tentando captar o cheiro. Pronto! Será *isso*, será esse o cheiro do cristianismo, ou será apenas cheiro de cachorro? Tudo o que eu vejo, provo, toco, me faz pensar: "*Goyish!*". Na minha primeira manhã, esguicho um centímetro de Pepsodent do tubo e jogo fora, com medo de encostar minha escova de dentes num lugar que tenha sido tocado pelas cerdas com que a mãe ou o pai de Kay limpam seus molares *goyische*. É verdade! O sabonete da pia está cheio de espuma, feita pelas mãos de alguém. Quem? *Mary?* Devo simplesmente pegá-lo e começar a me lavar, ou devo primeiro deixar escorrer um pouco de água sobre ele, só por uma questão de segurança? Segurança? *Por quê?* Seu *schmuck*, só falta agora você querer um outro sabonete para lavar o sabonete da pia! Vou na ponta dos pés até a privada e olho dentro dela: "Pois então, eis uma legítima privada *goyische*. Autêntica. Onde o pai da sua namorada solta seus cagalhões cristãos. O que você acha, hein? Extraordinário". Obcecado? Fascinado!

Em seguida, tenho de decidir se forro ou não o assento. Não é uma questão de higiene, tenho certeza de que o lugar é limpo, impecável, lá a sua maneira antisséptica *gói*: a questão é se ainda está quente do contato com uma bunda Campbell — a da mãe dela! *Mary!* Maria, mãe também de Jesus Cristo! Em respeito à minha própria família, eu bem que podia colocar um pouco de papel em volta; não custa nada, e ninguém vai ficar sabendo, não é?

Eu vou ficar sabendo! *Eu!* Assim, sento sem nenhuma proteção — e não é que está mesmo quente? Ih, aos dezessete anos de idade já estou roçando na bunda do inimigo! Que distância imensa já cobri desde setembro! *Junto dos rios de Babilônia, ali nos assentamos e choramos, quando nos lembramos de Sião!* E é isso mesmo! Na latrina, sou acometido pela dúvida e pelo arrependimento, subitamente morro de saudades da minha casa... Quando meu pai for comprar "sidra de maçã de verdade" naquela fazenda lá em Union, eu não vou estar com ele! E como é que Hannah e Morty vão poder ir ao jogo Weequahic-Hillside na manhã do Dia de Ação de Graças sem que eu vá com eles para fazê-los rir? Jesus Cristo, tomara que a gente ganhe (ou seja, que não perca por mais de 21 pontos). Vamos arrasar com a Hillside, moçada! W-E-E, Q-U-A, H-I-C! Bernie, Sidney, Leon, "Ushie", vamos, ATACAR!

>Dá-que-dá, deu-que-deu,
>Ninguém gosta de judeu,
>Nós somos de Weequahic —
>Di-que-dique, du-que-duques,
>*Kis mir in tuchis,*
>Nós somos de Weequahic!

Vamos lá — defendam a posição, marquem um tento, porrada neles, vamos lá!

O senhor entende, estou perdendo minha oportunidade de ser inteligente e espirituoso na arquibancada! De dar uma demonstração de sarcasmo e deboche! E, depois do jogo, vou perder o histórico jantar de Ação de Graças preparado por minha mãe, essa ruiva sardenta descendente de judeus poloneses! Ah, todos vão ficar pálidos de repente, e um silêncio mortal vai se fazer, quando ela levantar a coxa do peru e exclamar: "Este aqui é para adivinhem quem?" e todos se derem conta de que Adivinhem-Quem desertou! Por que abandonei minha família? É bem verdade que, sentados em volta da mesa, não formamos exatamente um quadro de Norman Rockwell, mas a gente também se diverte, sim, não se preocupem! Não descendemos de nenhum dos passageiros do *Mayflower*, e nenhum índio jamais trouxe milho para nenhum membro da nossa família, até onde sabemos — mas sinta só o cheiro desse recheio! E veja só, porções de molho de oxicoco nas *duas* extremidades da mesa! E o peru se chama "Tom"! Então por que é que eu não acredito que estou jantando nos Estados Unidos, que os Estados Unidos são o país em que estou, e não um lugar aonde irei um dia, numa viagem, tal como eu e meu pai viajamos todo mês de novembro até Union City, Nova Jersey, para comprar daquele caipira e da mulher dele (*os dois* usam macacão) sidra de maçã de verdade para o Dia de Ação de Graças?

"Eu vou pra Iowa", digo a eles da cabine telefônica do meu andar. "Vai pra *onde*?" "Pra Davenport, Iowa." "No seu primeiro feriado da faculdade?!" "... Eu sei, mas é uma grande oportunidade, não dá pra dizer não..." "*Oportunidade*? De fazer *o quê*?" "De passar o Dia de Ação de Graças com a família de um garoto chamado Bill Campbell..." "*Quem?*" "Campbell. Que nem a marca de sopa. Ele é meu colega de dormitório..." Mas eles estão me esperando. Todo mundo está me esperando. Morty já comprou ingressos para o jogo. Que história é essa de *oportunidade*? "E quem é esse garoto que apareceu de repente, esse Campbell?" "O meu amigo! O Bill!" "Mas", diz meu pai, "a *sidra*." Ah, meu Deus, aconteceu o que eu jurei que não ia permitir que acontecesse! — Estou chorando, e tudo isso por causa da palavrinha "sidra". Esse homem é um gênio — se ele fosse ao programa do Groucho Marx, ganharia uma fortuna adivinhando a palavra secreta. Ele adivinha a minha, todas as vezes! E ganha o grande prêmio da minha contrição! "Não posso voltar atrás, desculpe, eu já aceitei — nós vamos mesmo!" "Mas como? E, Alex, como — eu realmente não estou entendendo essa história", interrompe minha mãe — "*como* é que você vai, se você me permite, e *onde*? Só falta me dizer que é num conversível..." "NÃO!" "E se as estradas estiverem cobertas de gelo, Alex..." "Nós vamos, mamãe, *num tanque de guerra! Está bem? Está bem?*" "Alex", diz ela, severa, "pela sua voz eu percebo que você não está me contando toda a verdade, você vai é pedir carona num conversível ou fazer uma outra maluquice qualquer — saiu de casa há dois meses, com dezessete anos de idade, e já está completamente fora de controle!"

Faz dezesseis anos que dei esse telefonema. Um pouco mais do que a metade da minha idade atual. Novembro de 1950 — aqui, tatuada no meu pulso, a data da minha Declaração de Independência. Crianças que ainda nem haviam nascido quando pela primeira vez telefonei para meus pais dizendo que não ia passar o feriado em casa devem estar entrando na faculdade, imagino — só que eu continuo telefonando para meus pais para dizer que não vou voltar para casa! Continuo lutando contra minha família! O que adiantou pular dois anos da escola primária e passar na frente de todos, para terminar tão atrasado assim? Minha precocidade é lendária: eu era sempre a estrela do teatrinho da escola! Eu enfrentei as DAR aos doze anos! Então por que até hoje estou sozinho e não tenho filhos? Não é nenhum *non sequitur* essa pergunta! No meu trabalho, até que não estou me saindo mal, é verdade, mas na minha vida *pessoal...* pensando bem, o que foi que consegui até agora? Devia haver crianças parecidas comigo brincando neste mundo! *Por que não?* Por que qualquer *shtunk* que tenha uma janela panorâmica e uma garagem pode ter filho e eu não? Não faz sentido! Pense só, já estamos no meio da corrida e eu continuo parado aqui, no ponto de partida — eu, que fui o primeiro a tirar as fraldas e vestir o uniforme de corredor! Tenho Q.I. de 158 e continuo discutindo com as autoridades a respeito das regras do jogo! Brigando para saber em qual pista vou correr! Questionando a legitimidade da comissão de arbitragem! É, sou mesmo o "Mister Mau Humor", mamãe! "Ranzinza" é perfeito, acertou bem no nariz do Nariz! "Mister Chilique", *c'est moi!*

Mais uma dessas palavras que passei a infância achando que eram "judaicas". Chilique. "Isso, pode ter um chilique", minha mãe me aconselhava. "Veja se resolve alguma coisa, meu filho brilhante." E bem que eu tentava! Como eu me jogava contra as paredes da cozinha! Zé Tiririca! Rei do Piti! Mister Histeria! Os nomes que eu faço por merecer! Ai daquele que olha de esguelha para você, Alex, a vida dele não vale um tostão furado! Doutor-Sempre-Com-Razão-Nunca-Está-Errado! O Zangado Dos Sete Anões Veio Nos Visitar, Papai. Ah, Hannah, Seu Irmão Trombudo Nos Deu A Honra De Sua Presença Hoje, É Um Prazer Recebê-lo Aqui, Trombudo. "Hi-Ho, Silver!", suspira minha mãe, enquanto corro em direção ao meu quarto para cravar os dentes na colcha da cama, "Kid Faniquito Ataca Outra Vez".

Quando já terminávamos nosso terceiro ano na faculdade, a menstruação de Kay falhou, e assim começamos, até com certo prazer — e sem o menor pânico, coisa interessante —, a planejar o casamento. Tomaríamos conta do filho de um jovem casal de professores que gostava de nós; em troca, moraríamos no sótão espaçoso da casa deles e eles nos cederiam uma prateleira na geladeira. Usaríamos roupas velhas e comeríamos espaguete. Kay escreveria poemas sobre a experiência de ter um filho e, dizia ela, ganharia um dinheiro extra datilografando trabalhos finais de alunos. Tínhamos as nossas bolsas de estudos; não precisávamos de mais nada (só um colchão, alguns tijolos e tábuas para fazer estantes, o disco de Dylan Thomas de Kay e, depois de algum tempo, um berço). Nos considerávamos aventureiros.

Disse eu: "E você vai se converter, não é?".

Eu fizera aquela pergunta com intenção irônica, ou pelo menos era o que eu pensava. Mas Kay levou a sério. Não a sério demais, veja só, mas a sério.

Kay Campbell, Davenport, Iowa: "Por que eu faria uma coisa dessas?".

Grande garota! Maravilhosa, engenhosa, sincera! Contente, como o senhor vê, de ser tal como era! O tipo de mulher por quem se dá a própria vida — só agora me dou conta! *Por que eu faria uma coisa dessas?* Num tom nem um pouco agressivo nem defensivo nem sarcástico nem superior. Apenas bom senso, expressado com franqueza.

Só que o nosso Portnoy ficou furioso, virou Kid Faniquito. Como assim, *por que* você faria uma coisa dessas? "Por quê", é, sua gói simplória? Vá perguntar ao seu cachorro. Pergunte ao Spot, aquele gênio quadrúpede. "Kay-Kay querer ser judia, por quê, hein, Spottie, hein, grandalhão?" Puta que o pariu, por que é que você é tão presunçosa, afinal? Só porque você conversa com um cachorro? Porque sabe distinguir um olmo das outras árvores? Porque seu pai tem uma caminhonete de madeira? Qual foi sua grande realização na vida, hein, meu bem — esse narizinho de Doris Day, é?

Felizmente, fiquei tão atônito com minha própria indignação que nem cheguei a manifestá-la. Como poderia eu estar sentindo uma ferida num lugar onde nem sequer era vulnerável? Afinal, as duas coisas às quais eu e Kay dávamos menos importância eram, número um, dinheiro; número dois, religião. Nosso filósofo predileto era Bertrand Russell. Nossa religião era a de Dylan Thomas, Verdade e Felicidade! Nossos filhos seriam ateus. Eu só estava brincando!

Contudo, pelo visto jamais a perdoei: nas semanas que se seguiram àquele alarme falso comecei a achá-la previsível demais nas conversas e tão pouco atraente na cama quanto uma porção de banha. E me surpreendeu a reação dela quando por fim fui obrigado a lhe dizer que sentia que não a amava mais. Fui perfeitamente honesto, o senhor entende, tal como pregava Bertrand Russell. "Não quero mais você, Kay, só isso. Não posso esconder meus sentimentos, desculpe." Ela chorou, em desespero; andava pelo campus com olheiras terríveis sob os olhos vermelhos; não aparecia na hora das refeições; faltava às aulas... E fiquei atônito. Porque o tempo todo tinha a impressão de que era eu que a amava, e não ela que me amava. Que surpresa quando descobri que era justo o contrário.

Ah, ter vinte anos de idade e repudiar a namorada — aquele primeiro *frisson*, ainda virginal, de sadismo voltado contra uma mulher! E as fantasias sobre mulheres futuras. Voltei para Nova Jersey em junho muito satisfeito com minha própria "força", sem conseguir entender como eu conseguira ficar tão fascinado por uma pessoa tão comum e tão gorda.

Outro coração gentio por mim partido foi o da Peregrina, Sarah Abbott Maulsby — New Canaan, Foxcroft e Vassar (onde vivia seu companheiro, num estábulo em Poughkeepsie, tão belo e dourado quanto ela, seu cavalo baio árabe). Uma moça de vinte anos, alta, delicada, cheia de dignidade, recém-formada, que trabalhava como recepcionista no escritório de um senador de Connecticut quando nos conhecemos e nos juntamos no outono de 1959.

Eu estava trabalhando na subcomissão da Câmara dos Representantes que investigava o escândalo dos programas de televisão de perguntas e respostas. Perfeito para um criptossocialista como eu: uma trapaça comercial em escala nacional, a exploração do público inocente, artifícios ardilosos das grandes companhias — em suma, a tradicional ganância capitalista. E, de lambuja, Charlatão Van Doren. Um homem de tanto caráter, tão inteligente, de uma família tão tradicional — o ultra-WASP, não é? E no entanto era tudo armação. Ora, ora, quem diria, hein, América gói? Então o supergói é um *gonif*! Rouba dinheiro. Ambiciona dinheiro. Quer dinheiro, faz qualquer coisa por dinheiro. Meu Deus, parece até um judeu — seus WASPs hipócritas!

Pois é, eu era um judeu muito satisfeito lá em Washington, fazendo parte de uma verdadeira tropa de guerrilheiros, atacando a honra e a integridade de um gói e ao mesmo tempo conquistando uma ianque bela e aristocrática cujos ancestrais chegaram a estas plagas no século XVII. Trata-se de um fenômeno denominado "odiar um gói e comer uma *shikse*".

Por que não me casei com aquela moça linda e apaixonada? Lembro-me dela na galeria, alva e encantadora, com um conjunto azul-marinho de botões dourados, me assistindo, com muito orgulho e amor, quando eu realizava meu primeiro interrogatório público, abordando um relações-públicas extremamente escorregadio... e eu também fazia uma bela figura, naquela minha primeira apresentação: frio, racional, persistente, o coração batendo um pouco mais forte que o normal — e só vinte e seis anos de idade. Cuidado comigo, corruptos, quando estou com todo o peso da moral do meu lado! Não brinquem comigo, não, quando sei que a razão está a meu favor.

Por que não me casei com ela? Bom, um dos motivos foi aquele seu linguajar afetado de colégio interno. Eu achava insuportável. Fazer sucesso era "arrasar", bem vestida era "nos trinques", qualquer coisa boa era "um luxo", pequeno era "pititinho". Ah, e "divino". (O mesmo que Mary Jane Reed designava por "bacana" — vivo ensinando essas garotas a falar direito, eu com meu vocabulário de quinhentas palavras de Nova Jersey.) E tinha ainda os apelidos dos amigos; e os amigos também! Poddy e Pip e Pebble, Shrimp e Brute e Tug, Squeek, Bumpo, Baba — a impressão que dava, eu dizia, era que ela havia estudado em Vassar na mesma turma que os sobrinhos do Pato Donald... Por outro lado, meu jeito de falar também a incomodava. A primeira vez em que conjuguei o verbo "foder" na presença dela (e de sua amiga Pebble, com seu colarinho de Peter Pan e seu cardigã de tricô, bronzeada como uma índia de tanto jogar tênis no Chevy Chase Club), surgiu no rosto da Peregrina tamanha expressão de agonia que quem visse pensaria que eu havia gravado a palavra a ferro quente em sua carne. Por quê, ela se queixou quando nos vimos a sós, por que eu fazia tanta *questão* de ser "antipático"? Como era possível que me desse prazer agir de modo tão "indelicado"? Afinal, o que eu estava querendo "provar"? "Por que você é tão casca de ferida? É uma coisa tão *gratuita.*" Em língua de debutante, "casca de ferida" quer dizer "desagradável".

Na cama? Nada de muito sofisticado, nenhuma acrobacia, nenhum feito de ousadia e perícia; tal como trepamos pela primeira vez, assim continuamos a trepar — eu atacava e ela se rendia, e o calor gerado em sua cama de baldaquino de mogno (um dos bens da família Maulsby) era considerável. Nossa única delícia periférica era um espelho de corpo inteiro que havia na porta do banheiro. Ali, nós dois em pé, coxa contra coxa, eu cochichava: "Olha, Sarah, olha". De início, ela, por timidez, deixava que eu olhasse por ela; de início, era recatada e se submetia apenas porque eu a instigava; mas com o tempo também acabou adquirindo uma espécie de paixão pelo espelho e acompanhava o reflexo de nossa cópula com um olhar que exprimia uma certa intensidade atônita. Será que ela via o mesmo que eu? *De um lado, com pentelhos pretos, senhoras e senhores, setenta e sete quilos, pelo menos metade deles halvah e pastrami quente ainda não digeridos, de Newark, Nova Jersey, O Nariz, Alexander Portnoy! E sua adversária, pelos claros, membros elegantes e esguios, o rosto suave e virginal de um Botticelli, esta popularíssima organizadora de funções sociais aqui no Garden, cinquenta e dois quilos de refinamento republicano e os mamilos mais salientes de toda a Nova Inglaterra, de New Canaan, Connecticut, Sarah Abbott Maulsby!*

O que estou dizendo, doutor, é que, quando enfio o pau nessas garotas, estou também enfiando o pau nas origens delas — é como se, por meio das trepadas, eu pudesse descobrir a América. *Conquistar* a América talvez seja a expressão mais apropriada. Colombo, o capitão Smith, o governador Winthrop, o general Washington — e agora Portnoy. Como se meu destino manifesto fosse seduzir uma garota de cada um dos quarenta e oito estados. Quanto às mulheres do Alasca e do Havaí, realmente não sou contra nem a favor, não tenho contas a acertar, nem cupons a trocar por dinheiro, nem fantasias a realizar — para mim elas não passam de um bando de esquimós e orientais. Não, sou filho dos anos 40, do rádio e da Segunda Guerra, quando havia oito times de beisebol numa divisão e quarenta e oito estados no país. Sei de cor a letra do "Hino dos Fuzileiros Navais", "The Cassions Go Rolling Along" — e da "Canção da Aviação do Exército". Conheço até a canção da aviação da *Marinha*: "Levantar âncoras aéreas/ Somos marinheiros do ar/ Vagamos o mundo afora...". Sei também a letra do hino do corpo de engenheiros da Marinha. Falando sério, Spielvogel: escolha algum ramo das Forças Armadas que eu canto o hino na hora! Canto mesmo — afinal, sou eu quem está pagando. Lembro que a gente se sentava em cima do casaco, no chão de concreto, todo mundo encostado nas sólidas paredes do corredor do porão da minha escola primária, cantando em uníssono para manter elevado o moral até ouvirmos o sinal de que o perigo havia passado — "Johnny Zero". "Praise the Lord and Pass the Ammunition". "Quem disse foi o capelão/ Pode acreditar no que ele dizia/ Porque ele atirava como um filho da mãe!" Escolha qualquer canção, qualquer canção patriótica, que eu sei a letra de cabo a rabo! É, doutor, sou filho dos exercícios de defesa antiaérea, me lembro de Corregidor e "The Cavalcade of America", me lembro daquela bandeira, tremulando no mastro, sendo levantada num ângulo emocionante sobre a ilha ensanguentada de Iwo Jima. O avião de Colin Kelly caiu em chamas quando eu tinha oito anos, e Hiroshima e Nagasaki viraram pó na semana em que completei doze anos — foi assim o âmago da minha infância, quatro anos odiando Tojo, Hitler e Mussolini, e amando essa república brava e determinada! Torcendo com todo o meu entusiasmo judaico pela nossa democracia americana! Bom, ganhamos, o inimigo está morto num beco atrás da Wilhelmstrasse e morreu em resposta às *minhas* preces — e agora vou ganhar o prêmio que mereço. Minha recompensa pelo esforço de guerra — uma boceta americana de verdade! A pereca da pátria! Xotas de sul a norte, de todos esses Estados Unidos da América: de Davenport, Iowa! Dayton, Ohio! Shenectady, Nova York, e da vizinha Troy! Fort Myers, Flórida! New Canaan, Connecticut! Chicago, Illinois! Albert Lea, Minnesota! Portland, Maine! Moundsville, Virgínia Ocidental! Pátria amada de lindas gentias, salve, salve!

Das montanhas
Às planícies,
'Té as ondas deste maaaaaar!
Deus salve a Améééé-ri-ca,
Lar, DO-CE LAAAAAAAR!

O senhor pode imaginar o que para mim representava saber que gerações da família Maulsby estavam enterradas no cemitério de Newburyport, Massachusetts, e gerações da família Abbott estavam em Salem. *Terra onde jazem meus ancestrais, dos peregrinos, escravos jamais...* Isso mesmo. E muito mais. Era uma garota cuja mãe ficava toda arrepiada só de ouvir as palavras "Eleanor Roosevelt". Que se sentara no colo de Wendell Wilkie em Hobe Sound, Flórida, em 1942 (enquanto meu pai rezava por Roosevelt nos dias mais sagrados, e minha mãe o abençoava ao acender as velas nas noites de sexta). O senador de Connecticut fora companheiro de quarto de seu pai em Harvard, e o irmão dela, o "Pança", ex-aluno de Yale, era membro da Bolsa de Valores de Nova York e (mas que sorte extraordinária, a minha!) jogava polo (sim, jogava montado num cavalo!) nas tardes de domingo no condado de Westchester, tal como fizera durante todo o seu tempo de faculdade. Ela poderia ser uma Lindabury, o senhor entende? Filha do patrão do meu pai! Era uma garota que sabia pilotar um barco a vela, que sabia comer sobremesa usando dois talheres (um pedaço de bolo que podia perfeitamente ser comido com a mão, só o senhor vendo Sarah atacando-o com garfo e faca — como um chinês comendo com pauzinhos! Que coisas extraordinárias ela não aprendera no longínquo Connecticut!). Atividades exóticas e até mesmo tabus, ela as executava com a maior simplicidade, sem pestanejar: e eu ficava tão abismado (mas não apenas isso) quanto Desdêmona a escutar histórias de antropófagos. Encontrei no álbum dela um recorte de jornal, uma coluna intitulada "Debutante do dia", que começava assim: "SARAH ABBOTT MAULSBY — Que se cuidem os patos, as codornas e os faisões dos arredores de New Canaan neste outono, porque Sally, filha do senhor Edward H. Maulsby e sua esposa, que residem na Greenley Road, está se preparando para a abertura da temporada de caça. A caça" — com arma de fogo, doutor — "A caça é apenas um dos hobbies de Sally. Ela também gosta muito de andar a cavalo e neste verão está planejando empunhar um caniço" — e escute só isso: acho que essa história seduziria meu filho também — "empunhar um caniço para pegar algumas das trutas que passam por 'Windview', a casa de veraneio de sua família".

O que Sally não conseguia era me chupar. Atirar numa avezinha, tudo bem; chupar meu pau era demais para ela. Ela lamentava eu levar a coisa tão a sério, mas isso, dizia, era uma coisa que ela não estava interessada em experimentar. Eu não devia reagir como se fosse uma afronta pessoal, porque não tinha nada a ver comigo como indivíduo... Ah, não tinha, não? Aqui, ó, garotinha! Sim, o que mais me irritava era justamente a certeza de que aquilo era uma discriminação. Meu pai não podia ascender dentro da Boston & Northeastern pelo mesmo motivo que Sally Maulsby não podia abocanhar minha pica! Onde havia justiça neste mundo? Onde estava a Liga Antidifamação B'nai B'rith...? "Eu chupo você", argumentei. A Peregrina deu de ombros e replicou, magnânima: "Mas você não tem que fazer isso. Você sabe. Se você não quer...". "Ah, mas eu *quero* — não faço por obrigação. *Eu quero.*" "Bom", respondeu ela, "eu não quero." "*Mas não quer por quê?*" "Porque não quero." "Que merda, Sarah, isso é uma resposta de criança — 'porque não quero!'. Me dê uma razão!" "Eu... eu simplesmente não faço isso, e pronto." "Mas isso leva de novo à pergunta: por quê? *Por quê?*" "Alex, eu não consigo. Eu simplesmente não consigo." "Me dê uma única razão lógica!" "Por favor", respondeu ela, cônscia de seus direitos, "não me sinto obrigada a dar razões."

Não, ela não era obrigada a dar razões — porque para mim já estava bem clara a razão: *porque você não sabe guinar o barco para barlavento, porque você não sabe o que é uma bujarrona, porque você nunca teve um smoking e nunca participou de um cotilhão...* Isso mesmo, se eu fosse um gói louro e grandalhão, com um traje de montaria cor-de-rosa e botas de caça de cem dólares, aposto que ela estava de quatro na minha frente, engolindo até as bolas, ora se não estava!

Pois eu estou enganado. Passo três meses pressionando atrás de seu crânio (uma pressão a que resiste uma força oposta que é uma demonstração surpreendente, até mesmo comovente, de teimosia da parte de uma pessoa tão dócil e pacata), três meses argumentando contra ela e puxando-a pelas orelhas todas as noites. Até que um dia ela me convida para ir assistir ao Quarteto de Cordas Budapest, que vai tocar Mozart na Biblioteca do Congresso. Durante o último movimento do quinteto para clarinete, ela segurou minha mão, suas faces começaram a arder; voltando para o apartamento dela, quando fomos para a cama, Sally disse: "Alex... eu quero". "Você quer o quê?" Mas ela já havia desaparecido, já estava debaixo das cobertas: estava me chupando! Isto é, abocanhou meu pau e o manteve na boca por sessenta segundos, manteve o troço lá dentro, doutor, como se fosse um termômetro. Joguei para o lado as cobertas — eu fazia questão de ver aquela cena! Porque, quanto a sentir, não havia muito que sentir, não; mas ver! Só que Sally já havia terminado. Agora meu pau estava ao lado de seu rosto, como se fosse o câmbio de seu Hillman-Minx. E havia lágrimas em seu rosto.

"Consegui", ela anunciou.

"Sally, ah, Sarah, não chora."

"Mas eu consegui, Alex."

"... Quer dizer", insisti, "que é só isso?"

"Então", exclamou ela, "tem *mais*?"

"Bom, para falar com franqueza, um pouco mais... para ser sincero com você, eu ficaria muito satisfeito..."

"Mas está ficando grande. Eu vou me engasgar."

JUDEU ASFIXIA DEBUTANTE COM PICA — *Ex-aluna de Vassar sufocada em Georgetown — Advogado judeu detido.*

"É só você respirar que não engasga."

"Eu vou me engasgar, sim..."

"Sarah, tem uma maneira infalível de não asfixiar: respirar. É só respirar, basta isso. Mais ou menos."

Que Deus a abençoe, bem que ela tentou. Mas começou a ficar com ânsia de vômito. "Eu falei", gemeu ela.

"Mas você não estava respirando."

"Não consigo, com essa coisa na boca."

"Pelo nariz. Faz de conta que você está nadando."

"Mas eu não estou nadando."

"FAZ DE CONTA!", sugeri, e, embora ela tentasse outra vez, bravamente, segundos depois voltou à tona numa agonia de tosse e lágrimas. Tomei-a nos braços (garota linda e valente! convencida por Mozart a chupar Alex! ah, doce como a Natasha de *Guerra e paz*! uma jovem condessa delicada!). Ninei-a, fiz troça dela, consegui fazê-la rir, pela primeira vez disse: "Eu te amo também, meu amor", mas é evidente que ficou bem claro para mim que, apesar de suas inúmeras qualidades e encantos — sua dedicação, sua beleza, sua graça de corça, o lugar por ela ocupado na história dos Estados Unidos —, eu jamais poderia sentir "amor" pela Peregrina. Eu era intolerante com as fraquezas dela. Tinha inveja de suas realizações. Sua família me inspirava ressentimentos. Não, ali não havia muito espaço para amor.

Não; Sally Maulsby foi apenas uma coisa simpática que um filho fez pelo pai. Uma pequena vingança, dirigida contra o sr. Lindabury, por conta de todas aquelas noites e aqueles domingos que Jack Portnoy passou fazendo cobranças no bairro dos negros. Um pequeno abono arrancado da Boston & Northeastern, em paga de tantos anos de trabalho — e exploração.

No exílio

Nas manhãs de domingo, quando não está frio demais, vinte dos homens do bairro (isso ainda no tempo em que não haviam mudado as regras) jogam uma partida de softbol de sete entradas, começando às nove da manhã e terminando por volta de uma da tarde, cada jogo valendo um dólar por cabeça. O árbitro é o nosso dentista, o velho dr. Wolfenberg, o diplomado da vizinhança — estudou à noite, na High Street, mas para nós é como se fosse ex-aluno de Oxford. Entre os jogadores se incluem nosso açougueiro, o irmão gêmeo dele, que é encanador, o merceeiro, o dono do posto de gasolina utilizado por meu pai — todos eles na faixa dos trinta aos cinquenta anos, mas nunca penso neles em termos de idade; para mim, são apenas "os homens". No círculo do rebatedor, até mesmo no montículo, eles mascam guimbas de charutos babados. Não são garotos, o senhor entende, e sim homens. Barrigas! Músculos! Antebraços cobertos de pelos negros! Carecas! E as vozes deles — são tiros de canhão que podem ser ouvidos da varanda da frente de nosso prédio, a um quarteirão dali. Imagino que devem ter cordas vocais grossas como varais! Pulmões do tamanho de zepelins! Ninguém precisa lhes dizer que parem de resmungar e falem direito, nunca! E as coisas espantosas que dizem! As conversas entre os jogadores não são conversa fiada, e sim comentários os mais críticos, e (para este menino em particular, que está começando a aprender a arte da zombaria) hilariantes, principalmente os insultos que partem do homem que meu pai apelidou de "Russo Louco", o Biderman, dono da loja de balas da esquina (também ponto de jogo), que tem um jeito "hesitante" de lançar a bola que é não apenas muito engraçado como também muito eficiente. "Abracadabra", diz ele, e joga sua bola impossível de pegar. Implica o tempo todo com o dr. Wolfenberg: "Árbitro cego, vá lá, mas dentista cego?". E, horrorizado, bate na testa com a luva. "Joga essa bola, ô palhaço", grita o dr. Wolfenberg, muito Connie Mack com seus sapatos perfurados de duas cores e seu chapéu-panamá, "começa logo esse jogo, Biderman, senão eu expulso você por desacato à autoridade...!" "Mas como é que ensinaram você na faculdade de odontologia? Pelo método Braille?"

Enquanto isso, da extremidade do jardim vêm as gozações de um ser que mais parece uma betoneira do que um *Homo sapiens*, o príncipe do mercado de hortaliças, Allie Sokolow. Quando ele abre aquela *pisk*...! (como diria minha mãe). Metade da entrada, os xingamentos fluem da posição dele no fundo do jardim central em direção à base principal; quando seu time passa para o ataque, ele se coloca junto da primeira base, e o fluxo de xingamentos agora se dá no sentido oposto — e nada do que ele diz tem qualquer relação com os contratempos que estão de fato ocorrendo no campo. Muito pelo contrário. Meu pai, nas manhãs de domingo em que não está trabalhando, vem assistir a algumas entradas comigo; ele conhece Allie Sokolow (e vários outros jogadores também), pois todos passaram a infância juntos no Central Ward de Newark, antes de ele se casar e se mudar para Jersey City. Segundo ele, o Allie sempre foi assim, "um verdadeiro *showman*". Quando Allie vem correndo em direção à segunda base, gritando suas maluquices para a base principal (aonde o rebatedor ainda nem chegou — lá está apenas o dr. Wolfenberg, espanando a base com a vassourinha que ele sempre traz para o jogo), a plateia fica deliciada; todos riem, aplaudem e gritam: "É isso mesmo, Allie! Mostra pra eles, Sokolow!". E, invariavelmente, o dr. Wolfenberg, que se leva um pouco mais a sério do que o amador típico (pois ainda por cima é judeu alemão), levanta a mão, interrompendo a partida que Sokolow já interrompeu, e diz a Biderman: "O senhor podia fazer o favor de levar o *meshuggener* de volta pro jardim externo?".

Estou lhe dizendo, é mesmo uma turma muito simpática! Na arquibancada de madeira junto à primeira base, sentado ao lado de meu pai, inalando aquele perfume primaveril rançoso que vem de minha luva — suor, couro, vaselina —, quase morro de tanto rir. Não consigo conceber a vida em outro lugar que não este. Para que partir, para que ir embora, quando aqui está tudo aquilo que hei de querer na vida? As troças, as piadas, os fingimentos — se faz de tudo para provocar o riso! Eu adoro! E no entanto, por trás de tudo, *eles são sérios, levam a coisa muito a sério*. Só o senhor vendo quando termina a última entrada e aquele dólar troca de mãos. Não venham me dizer que a coisa não é séria! Perder e ganhar não é uma brincadeira... mas é! E é isso que me parece o mais encantador de tudo. Por mais feroz que seja a competição, eles não resistem e fazem palhaçada o tempo todo. É um verdadeiro espetáculo! Como vai ser bom crescer e me tornar um homem judeu! Morando sempre em Weequahic, jogando softbol na Chancellor Avenue das nove à uma aos domingos, uma combinação perfeita de palhaço e desportista, de folgazão alegre e rebatedor implacável.

Eu me lembro de tudo isso onde? Quando? Quando o capitão Meyerson está fazendo sua última manobra lenta e exibicionista sobre o aeroporto de Tel-Aviv. Meu rosto está colado na janela. *É, acho que eu podia desaparecer, sim, mudar de nome e nunca mais ninguém ia saber de mim* — quando então Meyerson inclina para baixo a asa do lado em que estou e vejo pela primeira vez o continente da Ásia, de uma altitude de dois mil pés, e contemplo a Terra de Israel, onde o povo judaico surgiu, e me vejo de repente empalado numa lembrança das partidas dominicais de softbol em Newark.

Há um casal de idade sentado ao meu lado (Edna e Felix Solomon); em uma hora de voo eles me falaram tudo sobre seus filhos e netos em Cincinatti (se valendo, é claro, de toda uma carteira cheia de recursos visuais) e agora se cutucam mutuamente e balançam a cabeça, se entreolhando, de satisfação silenciosa; chegam até a cutucar os amigos que estão do outro lado do corredor, um casal de Mount Vernon que acabaram de conhecer (Sylvia e Bernie Perl), e esses dois também transbordam de prazer ao verem o jovem advogado judeu alto e bonitão (e solteiro! Um partidão para a filha de alguém!) chorar de repente quando o avião pousa numa pista judaica. Porém, o que produziu essas lágrimas não foi, como imaginam os Solomon e os Perl, a emoção de ver pela primeira vez a pátria, não foi a sensação de voltar do exílio, e sim o som de minha própria voz de menino, aos nove anos de idade. Eu, aos nove anos! Claro, um menino manhoso, cheio de caretas, um pouco respondão e um *kvetch*, minha vozinha estridente sempre tem um toque irritante de reclamação e ressentimento permanente ("como se o mundo", diz minha mãe, "devesse a ele um salário — aos nove anos de idade"), mas que também sabe rir e brincar, não esqueça, um menino entusiasmado! romântico! que sabe fazer imitações! que ama a vida aos nove anos de idade! que se empolga com sonhos tão simples e caseiros! — "Vou lá no campo", grito em direção à cozinha, ainda com fiapos de salmão defumado presos entre os dentes, como se fossem pedaços de fio dental azedo, "vou lá no campo, mãe", socando minha luva com o punho ainda cheirando a peixe, "volto lá pra uma hora...". "Espera aí. Que horas? Onde?" "*Lá no campo*", eu grito, adoro gritar para que me ouçam, é como ficar zangado, sem as consequências desagradáveis, "*pra ver os homens!*"

E é essa a expressão que tem efeito devastador sobre mim quando pousamos em *Eretz Yisroel*: ver os homens.

Pois eu adoro aqueles homens! Quero crescer e me tornar um daqueles homens! Voltar para casa no domingo para almoçar à uma hora, com meias suadas depois de vinte e uma entradas de softbol, cuecas atleticamente fedorentas, o músculo de meu braço direito latejando um pouco, de tantas bolas baixas espetaculares que lancei durante toda a manhã para os adversários que ocupam as bases; sim, cabelos despenteados, dentes cheios de terra, pés cansados e *kishka* doído de tanto rir, em outras palavras, me sentindo muito bem, um homem judeu robusto gloriosamente exausto — sim, vou para casa, para ressuscitar... para casa e para quem? Para *minha* mulher e *meus* filhos, para minha família, só minha, ali mesmo em Weequahic! Faço a barba, tomo uma chuveirada — riachos de água parda imunda escorrem de minha cabeça, ah, como é bom, ah, que prazer que é quase me escaldar com água quentíssima no chuveiro. Ocorre-me que é uma coisa muito *viril* transformar dor em prazer. Depois visto uma calça confortável e uma camisa de tipo "gaúcho" recém-chegada da lavanderia — *perfecto*! Assobio uma canção popular, admiro meu próprio bíceps, passo um pano nos meus sapatos, fazendo-os estalar; enquanto isso, meus filhos folheiam os jornais de domingo (lendo com olhos da cor exata dos meus), rindo, deitados no tapete da sala; e a minha mulher, a sra. Portnoy, está pondo a mesa na sala de jantar — meus pais hoje vêm almoçar conosco, devem estar chegando a qualquer momento, como fazem todos os domingos. Um futuro, o senhor entende! Um futuro simples e satisfatório! Uma boa partida de softbol, cansativa e empolgante, para gastar a energia de meu corpo — isso na parte da manhã —, então, à tarde, o calor transbordante e nutritivo da vida familiar, e à noite três horas completas dos melhores programas de rádio do mundo: sim, tal como eu adorava ouvir as histórias de Jack Benny indo ver suas economias em seu cofre-forte na companhia de meu pai, e as conversas de Fred Allen com a sra. Nussbaum, e as de Phil Harris com Frankie Remley, assim também meus filhos farão o mesmo comigo, e assim por diante até a centésima geração. E então, depois do programa de Kenny Barker, dou duas voltas na fechadura da porta da frente e da porta dos fundos, apago todas as luzes (verifico — duas vezes, tal como meu pai — o piloto do fogão, para não corrermos o risco de morrer durante a noite). Vou dar um beijo na minha filha linda e sonolenta, no meu filho esperto e sonolento, e então, nos braços da sra. Portnoy, um mulher boa, doce (e, na minha fantasia açucarada porém modesta, sem rosto), libero o fogo de meu desejo abundante. De manhã vou para o tribunal do condado de Essex, no centro de Newark, onde passo os dias buscando justiça para os pobres e oprimidos.

Quando estou na oitava série, nossa turma visita o tribunal para observar a arquitetura. Naquela noite, no quarto, escrevo no meu álbum de autógrafos de formatura, recém-comprado, no espaço reservado para SEU LEMA PREDILETO: "Não pise em quem está por baixo". MINHA PROFISSÃO PREDILETA? "Advogado." MEU HERÓI PREDILETO? "Tom Paine e Abraham Lincoln." Lincoln está sentado diante do prédio do tribunal (trabalho em bronze de Gutzon Borglum), com uma expressão trágica e paternal no rosto: só de olhar para ele a gente sente o quanto ele se preocupa. Uma estátua de Washington, em pé, empertigado, autoritário, diante de seu cavalo, está voltada para a Broad Street; é obra de J. Massey Rhind (escrevemos o sobrenome esquisito do escultor nos nossos cadernos); nosso professor de arte diz que as duas estátuas são "o orgulho da cidade", e seguimos, aos pares, para ver as pinturas do Museu de Newark. Washington, devo confessar, não me diz nada. Talvez seja o cavalo, por ele estar apoiado no cavalo. Seja como for, ele é claramente um gói. Mas Lincoln! Dá até vontade de chorar, só de vê-lo sentado ali, tão *oysgemitchet*. Ele fez tanto pelos oprimidos — tal como eu vou fazer!

Um bom menino judeu? Ora, eu sou o melhor menino judeu que já existiu! Veja só minhas fantasias, como são doces e generosas! Gratidão a meus pais, fidelidade à minha tribo, dedicação à causa da justiça!

Então? O que é que está errado? Trabalhar muito numa profissão idealista; praticar esportes sem fanatismo nem violência, entre pessoas semelhantes, com muitas risadas; e perdão e amor familiares. O que havia de errado em acreditar em tudo isso? O que aconteceu com o bom senso que eu tinha aos nove, dez, onze anos de idade? Como foi que me transformei nesse terrível inimigo de mim mesmo que sou agora? E *tão* sozinho! Ah, tão sozinho! Só tenho a mim! Estou trancado dentro de mim! É, sou obrigado a perguntar a mim mesmo (no momento em que o avião me carrega — segundo imagino — para longe da pessoa que me atormenta), que fim levaram meus ideais, aquelas metas decentes e dignas? Lar? Não tenho. Família? Também não! Coisas que podiam ser minhas, era só eu estalar os dedos... então por que não estalo os dedos e toco para a frente com a minha vida? Não, em vez de pôr meus filhos em suas caminhas e me deitar ao lado de uma esposa fiel (a quem também sou fiel), levei para a cama, em duas noites diferentes — para uma suruba, como dizem nos puteiros —, uma putinha italiana gorda e uma modelo americana, analfabeta e desequilibrada. E eu nem acho tanta graça nisso, porra! Então o que é que você quer? Eu já lhe disse! Eu estava falando sério — é ficar em casa ouvindo o programa do Jack Benny com meus filhos! Criando filhos inteligentes, amorosos e robustos! Protegendo uma boa mulher! Dignidade! Saúde! Amor! Trabalho! Inteligência! Confiança! Decência! Bom humor! Compaixão! Estou me lixando para trepadas espetaculares! Como posso estar me atormentando dessa maneira por causa de uma coisa tão simples, tão *boba*, como boceta! Um absurdo, eu pegar uma doença venérea! Na minha idade! Porque disso tenho certeza: eu peguei alguma coisa da tal Lina! É só uma questão de tempo, é só esperar que o cancro vai aparecer. Mas não vou esperar, não posso esperar: em Tel-Aviv vou ao médico, assim que chegar, antes que comece o cancro ou a cegueira!

Mas e aquela garota morta no hotel? Porque é claro que a esta altura ela já consumou o ato. Já se jogou da varanda, só de calcinha. Foi entrando no mar até morrer afogada, trajando o menor biquíni do mundo. Não, ela vai é beber cicuta numa noite de lua na Acrópole — com aquele vestido de baile Balenciaga! Aquela puta idiota, exibicionista, suicida! Não se preocupe, quando ela se matar vai ficar perfeitamente fotogênica — igualzinha a um anúncio de lingerie! Vai sair, como sempre, na revista de domingo — só que morta! Preciso voltar antes que esse suicídio ridículo se transforme num peso na minha consciência para sempre! Eu devia ter telefonado para o Harpo! Nem pensei nisso — apenas dei no pé, para salvar a pele. Podia ter convencido a Macaca a telefonar para o médico. Mas ele teria falado? Duvido! Aquele sacana mudo, ele *tem* que falar, antes que ela cometa seu ato irreversível de vingança! MODELO CORTA GARGANTA EM ANFITEATRO; Medeia *interrompida por suicídio*... e vão publicar o bilhete que encontrarem, muito provavelmente dentro de um frasco enfiado na xota. "O responsável por isso é Alexander Portnoy. Ele me obrigou a dormir com uma prostituta e depois se recusou a fazer de mim uma mulher decente. Mary Jane Reed." Graças a Deus que a retardada não sabe escrever! Vai ser grego para aqueles gregos! Pelo menos eu espero.

    Fugindo! No avião, fugindo mais uma vez... e do quê? De mais uma pessoa que me considera um santo! Coisa que não sou! E nem quero e nem pretendo ser! Não, qualquer sentimento de culpa da minha parte seria *cômico*! Não quero nem ouvir falar nisso! Se ela se matar... Mas não é isso que ela vai fazer. Não, vai ser algo muito pior do que isso: vai telefonar para o prefeito! E é por isso que estou fugindo! Mas isso ela não seria capaz de fazer, não. Mas isso ela é bem capaz de fazer, sim! É o que ela vai fazer! Provavelmente até já fez. Você se lembra? *Vou desmascarar você, Alex. Vou fazer uma ligação interurbana pro John*

Lindsay. Vou ligar pro Jimmy Breslin. E ela é louca o bastante para fazer isso! Breslin, aquele policial! O gênio da delegacia! Jesus Cristo, então é melhor que ela esteja morta! Pule, sua piranha ignorante e destruidora — antes você que eu! Tudo que eu precisava agora era ela ligar para as agências de notícias: já estou até vendo meu pai indo até a esquina depois do jantar, comprando o *Newark News* — e, por fim, a palavra ESCÂNDALO em letras garrafais acima da foto de seu filho querido! Ou então ligando a televisão para assistir ao noticiário das sete e vendo o correspondente da CBS em Atenas entrevistando a Macaca em seu leito de hospital. "Portnoy, isso mesmo. P maiúsculo. Depois O. Depois, eu acho, R. Ah, o resto eu não lembro, mas juro pela minha boceta molhadinha, senhor Rudd, que ele me fez ir pra cama com uma prostituta!" Não, não, *não* estou exagerando: pense um momento no caráter dela, ou melhor, na falta de caráter. O senhor se lembra de Las Vegas? Do desespero dela? Então, como o senhor vê, não era só a minha consciência me castigando, não; qualquer vingança que eu seja capaz de imaginar, ela também é. E ainda vai imaginar! Pode crer, ainda vamos ouvir falar de Mary Jane Reed. Ela acreditava que eu ia salvá-la — *e não salvei*. Em vez disso, eu a obriguei a ir para a cama com prostitutas! Por isso, não pense que nunca mais vamos ouvir falar dela, não!

    E ali — o que faz com que eu me atormente mais ainda —, lá embaixo, tão azul, o mar Egeu. O Egeu da Abóbora! Minha garota americana poética! Sófocles! Tanto tempo! Ah, Abóbora — meu bem, diz aquilo de novo: *Por que eu faria uma coisa dessas?* Uma pessoa que sabia quem era! Psicologicamente tão intacta que não precisava ser salva nem redimida por mim! Não precisava ser convertida à minha gloriosa religião! Os poemas que lia para mim na Antioch, a educação literária que me deu, toda uma nova visão, uma compreensão da arte e do sentimento artístico... ah, mas por que foi que eu a abandonei! Não consigo acreditar — porque ela não queria virar *judia*? "O eterno toque de tristeza..." "O turvo fluxo e refluxo do sofrimento humano..."

Mas só uma coisa: será que é isso o sofrimento humano? Eu imaginava que fosse algo mais elevado! Um sofrimento *digno*! Um sofrimento com algum *significado* — talvez semelhante ao de Abraham Lincoln. Tragédia, e não farsa! Algo assim como Sófocles, era o que eu imaginava. O Grande Emancipador, ou coisa que o valha. Certamente jamais me passou pela cabeça a ideia de que eu ia terminar tentando libertar da servidão nada mais do que meu próprio pau. LARGA O MEU PERU! É, é esse o lema de Portnoy. A história da minha vida, resumida em quatro palavras heroicas e porcas. Uma paródia! Minha política, reduzida inteiramente a meu caralho! PUNHETEIROS DO MUNDO, UNI-VOS! NADA TENDES A PERDER SENÃO VOSSOS CÉREBROS! O *monstro* em que me transformei! Sem amar ninguém nem nada! Sem amar nem ser amado! E prestes a me transformar no caso Profumo de John Lindsay!

Era o que me parecia, a uma hora de voo de Atenas.

Tel-Aviv, Jafa, Jerusalém, Beersheba, mar Morto, Sedom, Ein Gedi, depois o norte, Cesareia, Haïfa, Acre, Tiberíade, a alta Galileia... e tudo sempre parece mais sonho do que realidade. Não que eu buscasse esse tipo de sensação. Em matéria de situações improváveis, minha companheira de viagem já me deixara satisfeito na Grécia e em Roma. Não; para dar algum sentido ao impulso que me fizera correr para o voo da El Al, para deixar de ser aquele fugitivo confuso e me transformar num homem outra vez — senhor de minha própria vontade, consciente de minhas intenções, fazendo o que queria e não o que era obrigado a fazer —, comecei a percorrer o país como se a viagem tivesse sido empreendida voluntariamente, programada, desejada, com objetivos louváveis, ainda que convencionais. Sim, decidi (agora que, sabe-se lá como, eu estava aqui) que teria o que se chama de "uma experiência educativa". Para me tornar uma pessoa melhor, o que afinal de contas é meu objetivo. Ou era, não era? Não será por isso que até hoje sempre leio com um lápis na mão? Para *aprender*? Para me tornar *melhor*? (Melhor do que quem?) Assim, passei a estudar mapas antes de dormir, comprei textos de história e arqueologia para ler durante as refeições, contratei guias turísticos, aluguei carros — e com determinação, naquele calor insuportável, fui ver tudo o que havia para se ver: túmulos, sinagogas, fortes, mesquitas, santuários, portos, ruínas, novas e velhas. Fui ver as cavernas do Carmelo, os vitrais de Chagall (eu e mais cem senhoras da Hadassah de Chicago), a Universidade Hebraica, as escavações em Beth-Shéan — visitei os *kibutzim* verdejantes, os desertos quentes e desabitados, os rústicos postos avançados de fronteira nas serras; cheguei mesmo a fazer uma parte da subida de Massada, sob a artilharia pesada do sol. E tudo o que via, constatei, eu conseguia assimilar e compreender. Era história, era natureza, era arte. Até mesmo o Neguev, aquela alucinação, me pareceu algo real, e deste mundo. Um deserto. Não, o que me parecia incrível e estranho, mais inusitado do que o mar Morto, até mesmo do que a natureza selvagem do Zin onde passei uma hora melancólica, à luz do sol escaldante, vagando por entre rochas brancas onde (segundo meu guia de bolso) as tribos de Israel vagaram por tanto tempo (onde peguei como suvenir — aliás, está aqui no meu bolso — uma pedra semelhante à que, segundo o guia, Zípora usou para circuncidar o filho de Moisés), o que dava a toda a minha estada uma atmosfera de irrealidade era um único fato, simples porém (para mim) completamente implausível: estou num país judeu. Neste país, todo mundo é judeu.

* * *

Meu sonho tem início logo depois que desembarco do avião. *Estou num aeroporto onde jamais estive antes, e todas as pessoas que vejo — passageiros, comissárias de bordo, bilheteiros, carregadores, pilotos, motoristas de táxi — são judeus.* Isso é muito diferente dos sonhos que seus pacientes contam ao senhor? É muito diferente da espécie de experiência que temos quando sonhamos? Mas onde já se ouviu falar de uma coisa assim, quando se está acordado? Os rabiscos nas paredes são judaicos — pichações judaicas! A *bandeira* é judia. Os rostos são os rostos que a gente vê na Chancellor Avenue! Os rostos de meus vizinhos, meus tios, meu professores, dos pais dos meus amigos de infância. Rostos semelhantes aos meus! Só que tendo ao fundo uma parede branca, com um sol escaldante e uma folhagem tropical cheia de espinhos. E não se trata de Miami Beach. Não, são rostos da Europa Oriental, só que pertinho da África! Os homens, com aquelas calças curtas, me lembram os diretores das colônias de férias em que eu trabalhava nos tempos da faculdade — só que isso aqui também não é uma colônia de férias. Eles moram aqui! Não são professores do secundário de Newark passando dois meses com uma prancheta e um apito na serra de Hopatacong em Nova Jersey. São (não há outra palavra!) os nativos. A volta dos nativos! Foi aqui que tudo começou! Tudo aquilo foi apenas uma longa viagem de férias, mais nada! Epa, aqui *nós* somos os WASPs! *Meu táxi passa por uma praça ampla, cercada por cafés com mesas nas calçadas, tais como os de Paris ou Roma. Só que os cafés estão cheios de judeus. O táxi ultrapassa um ônibus. Olho pelas janelas do ônibus. Mais judeus. Inclusive o motorista. Inclusive os guardas de trânsito mais adiante! No hotel, peço um quarto ao recepcionista. Ele tem um bigode fino e fala inglês como se fosse Ronald Colman. No entanto, ele também é judeu.*

E agora a trama se complica:

Já passa de meia-noite. Algumas horas atrás, no calçadão à beira-mar havia uma multidão alegre e animada de judeus — judeus tomando sorvete, judeus bebendo refrigerante, judeus conversando, rindo, caminhando juntos de braços dados. Mas agora, quando volto para meu hotel, constato que estou praticamente sozinho. No final do calçadão, por onde devo passar para chegar a meu hotel, vejo cinco rapazes fumando e conversando. Rapazes judeus, é claro. À medida que chego perto deles, fica mais claro para mim que estão à minha espera. Um deles se aproxima e se dirige a mim em inglês. "Que horas são?" Consulto o relógio e me dou conta de que não vão me deixar passar. Eles vão me agredir! Mas como? Se eles são judeus e eu sou judeu, que motivo poderão ter para me fazer mal?

Tenho de lhes dizer que estão cometendo um erro. Não é possível que queiram me tratar como se fossem um bando de antissemitas. "Com licença", digo, e vou me esquivando por entre eles, com uma expressão muito séria no rosto pálido. Um dos rapazes insiste: "Moço, que horas...?". Minha reação é apertar o passo e seguir depressa em direção ao hotel, sem compreender por que eles resolveram me assustar dessa maneira, se somos todos judeus.

Nada difícil de interpretar, não é?

No meu quarto, mais que depressa tiro as calças e a cueca e, à luz do abajur de leitura, examino meu pênis. Não encontro no membro nenhum ferimento, nenhum sinal visível de doença, mas não fico aliviado. É possível que em certos casos (talvez até os mais graves) nunca haja nenhuma manifestação externa de infecção. Os efeitos debilitadores ocorrem dentro do organismo, invisíveis e implacáveis, até que por fim o avanço da doença se torna irreversível, e o paciente está condenado.

De manhã sou despertado pelo ruído que vem do lado de fora. São apenas sete horas, e no entanto quando olho pela janela vejo que a praia já está fervilhando de gente. É uma visão surpreendente, sendo ainda tão cedo, ainda mais porque hoje é sábado e eu imaginava que a cidade ficasse imersa numa atmosfera piedosa e solene. Porém a multidão de judeus — mais uma vez! — está alegre. Examino meu membro à luz forte da manhã e — mais uma vez — sou dominado pela apreensão quando constato que ele parece estar perfeitamente saudável.

Saio do quarto para tomar um banho de mar no meio de todos aqueles judeus alegres. Vou para o trecho em que a multidão é mais densa. Estou me divertindo num mar cheio de judeus! Judeus a brincar e saltitar! Veja só, aquelas pernas e aqueles braços judaicos afundando na água judaica! Veja as crianças judias rindo, agindo como se fossem os donos do lugar... E não é que são mesmo? E o salva-vidas, outro judeu! Por toda a praia, para um lado e para o outro, até onde minha vista alcança, mais judeus — e ainda mais judeus chegando naquela bela manhã, como se jorrassem de uma cornucópia. Eu me estendo na areia e fecho os olhos. Ouço um motor no céu: não há motivo para ter medo, é um avião judeu. A areia sob meu corpo está quente: areia judaica. Compro um sorvete judaico de um vendedor judeu. "Mas que coisa!", digo a mim mesmo. "Um país judeu!" Só que é mais fácil exprimir a ideia do que compreendê-la; não consigo digeri-la de verdade. Alex no país das maravilhas.

À tarde, faço amizade com uma moça de olhos verdes e tez bronzeada que é tenente do Exército judeu. A tenente me leva à noite para um bar na região portuária. Os fregueses, diz ela, são em sua maioria estivadores. Estivadores judeus? Sim. Eu rio, e ela me pergunta qual é a graça. Excita-me aquela figura miúda e voluptuosa apertada no meio pelo grosso cinto cáqui. Mas como é determinada, séria, segura de si, a figurinha! Tenho a impressão de que não me deixaria fazer os pedidos por ela nem mesmo se eu soubesse falar o idioma. "O que você prefere?", ela me pergunta,

*depois que cada um de nós bebeu uma garrafa de cerveja judaica.
"Tratores, buldôzeres ou tanques?" Rio outra vez.
   Convido-a para ir comigo ao meu hotel. No quarto, nos engalfinhamos e nos beijamos, começamos a nos despir e na mesma hora minha ereção vai embora. "Está vendo?", diz a tenente, como se agora sua suspeita tivesse sido confirmada. "Você não gosta de mim. Nem um pouco." "Mas gosto, sim", respondo, "gostei desde que vi você na praia, gostei muito, você é lisinha como uma foca..." Mas então, envergonhado, perplexo e desconcertado por minha detumescência, digo de repente: "Só que talvez eu esteja com uma doença, você entende. Não seria direito". "Você também acha isso engraçado?", diz ela, furiosa, e veste o uniforme e vai embora.*

   Sonhos? Antes fossem! Mas não preciso de sonhos, doutor, é por isso que é raro eu sonhar — porque minha vida é assim. Comigo tudo acontece em plena luz do dia! O desproporcional e o melodramático, esse é meu pão de cada dia! As coincidências dos sonhos, os símbolos, as situações terrivelmente ridículas, as banalidades estranhamente sinistras, os acidentes e as humilhações, os golpes de sorte ou azar misteriosamente apropriados que as outras pessoas vivenciam quando estão de olhos fechados, eu vivo tudo isso de olhos abertos! O senhor conhece alguma outra pessoa que tenha sido ameaçada com uma faca pela própria mãe? Alguém que já tenha tido a sorte de ser ameaçado de castração pela mãezinha de modo tão direto? Alguém que, além de ter uma mãe assim, teve um testículo que se recusava a descer? Que para descer teve de ser adulado, mimado, *convencido*, drogado! para que descesse e fosse morar dentro do escroto como um homem! Conhece alguém que tenha quebrado a perna por correr atrás de *shikses*? Que, em sua primeira trepada, acabou esporrando no próprio olho? Que encontrou uma macaca de verdade nas ruas de Nova York, uma garota que tinha uma obsessão pela Banana? Doutor, os outros pacientes sonham — mas, *comigo, tudo acontece*. Na minha vida não há conteúdo latente. As coisas oníricas *acontecem*! Doutor: *não consegui ficar de pau duro no Estado de Israel*! Em matéria de simbolismo, essa é boa, não é, *bubi*? Quero ver um *acting-out* mais explícito que esse! Não consegui manter uma ereção na Terra Prometida! Pelo menos não na hora em que precisei, na hora em que eu queria, em que havia algo mais desejável que minha própria mão para enfiar a pica. Mas o fato é que não se pode enfiar pudim de tapioca em nada. Era pudim de tapioca que eu estava oferecendo a essa garota. Pão de ló encharcado! Um dedal cheio de alguma substância derretida. E aquela tenentinha tão cheia de si, ostentando com tanto orgulho aquela peitaria israelense, preparada para ser montada por um comandante de tanque de guerra!

E depois foi pior ainda. Minha derrocada e humilhação final — Naomi, a Abóbora judia, a Heroína, aquele pedaço de mulher, robusta, ruiva, sardenta, ideológica! Peguei-a pedindo carona em direção a Haïfa, vindo de um *kibutz* perto da fronteira do Líbano, aonde fora visitar os pais. Tinha vinte e um anos de idade, um metro e oitenta de altura, e parecia ainda estar crescendo. Os pais eram sionistas de Filadélfia que tinham vindo para a Palestina pouco antes da eclosão da Segunda Guerra Mundial. Depois de concluir o serviço militar, Naomi resolvera não voltar para o *kibutz* onde nascera e fora criada, e sim se juntar a uma comuna de jovens israelenses de nascença, que estavam retirando pedregulhos de rocha vulcânica negra de um assentamento num local inóspito nas serras próximas à fronteira com a Síria. Era um trabalho duro, as condições de vida eram primitivas e havia sempre o perigo de que sírios se infiltrassem no acampamento durante a noite, com granadas de mão e minas terrestres. E ela adorava essa vida. Uma garota admirável e corajosa! Sim, uma Abóbora judia! *Estou tendo uma segunda oportunidade.*

Interessante. Eu a associo na mesma hora com minha Abóbora perdida, quando ela é, quanto ao tipo físico, é claro, minha mãe. Tez, altura, até mesmo temperamento, como terminei constatando — sempre pondo defeito em tudo, uma crítica profissional de Alexander Portnoy. Exige perfeição nos homens. Mas eu não enxergo nada disso: a semelhança entre essa garota e a foto da minha mãe no álbum de formatura é algo que simplesmente não percebo.

Para o senhor ver como eu estava desequilibrado e histérico em Israel. Poucos minutos após pegá-la na estrada, já estava perguntando a mim mesmo, com a maior seriedade: "Por que não me caso com ela e fico aqui? Por que não subo aquela serra e começo uma vida nova?".

De saída, começamos a conversar sobre coisas sérias, sobre a humanidade. A fala dela era cheia de slogans passionais, não muito diferentes dos que eu empregava na adolescência. *Uma sociedade justa. A luta comum. A liberdade individual. Uma vida socialmente produtiva.* Mas com que naturalidade ela exibia seu idealismo!, pensei. Sim, era exatamente o tipo de garota para mim — inocente, bondosa, *zaftig*, sem grandes sofisticações intelectuais, nem um pouco neurótica. É claro! Não quero estrelas de cinema, modelos nem prostitutas, nem qualquer combinação dessas três. Não quero viver numa superprodução sexual, nem numa continuação da superprodução masoquista que tem sido minha vida até agora. Não, eu quero é simplicidade, eu quero é saúde, eu quero é essa garota!

Seu inglês era perfeito, ainda que um pouco escolar — tinha um leve sotaque europeu genérico. O tempo todo eu tentava encontrar nela sinais da moça americana em que ela teria se transformado se seus pais não tivessem jamais saído de Filadélfia. *Ela poderia ter sido minha irmã*, penso, outra garota grandalhona repleta de ideais elevados. Posso até imaginar Hannah emigrando para Israel, se não tivesse encontrado Morty para salvá-la. Mas quem iria me salvar? Minhas *shikses*? Não, não, sou *eu* que as salvo. Não, minha salvação é claramente essa Naomi! Usa um penteado de menina, duas tranças compridas — um estratagema, é claro, uma tática onírica das mais evidentes, com o objetivo de impedir que eu me lembre logo de saída daquela fotografia de Sophie Ginksy no colegial, apelidada de "Ruça" pelos colegas, aquela que iria longe com seus olhos castanhos e sua inteligência privilegiada. À noite, após passar o dia (atendendo a meu pedido) me mostrando a antiga cidade árabe de Acre, Naomi prendeu as tranças na cabeça, enrodilhando-as, parecendo uma avozinha (e não "mãezinha"), pensei. "Tão diferente da minha amiga modelo", digo a mim mesmo, "com perucas e apliques, passando horas na Kenneth's. Como minha vida mudaria! Um homem novo! — com essa mulher!"

    Ela estava planejando acampar naquela noite, num saco de dormir. Estava tirando uma semana de férias do assentamento, viajando com as poucas libras que seus pais puderam lhe dar como presente de aniversário. Os mais fanáticos de seus companheiros, ela me disse, jamais aceitariam um presente daqueles, e talvez a reprovassem por tê-lo aceitado. Relatou para mim uma discussão que havia surgido no *kibutz* de seus pais no tempo em que ela ainda era pequena, motivada pelo fato de que algumas pessoas tinham relógio de pulso e outras não. Depois de muitas reuniões acaloradas dos membros do *kibutz*, foi decidido que os relógios trocariam de dono a cada três meses.

    Ainda de dia, na hora do jantar, e mais tarde, quando caminhávamos ao longo do romântico cais de Acre, já à noite, falei sobre a minha vida. Perguntei se ela queria voltar comigo e tomar um drinque no meu hotel em Haïfa. Ela topou, porque tinha muito a dizer a respeito da minha história. Tive vontade de beijá-la naquele momento, mas pensei: "E se eu tiver *mesmo* alguma doença venérea?". Ainda não consultara nenhum médico, em parte por não me agradar ser obrigado a dizer a um desconhecido que tivera contato com uma prostituta, porém mais ainda por não ostentar nenhum tipo de sintoma. Estava claro que eu não tinha doença nenhuma, e não precisava de médico. Assim mesmo, quando me virei para ela para convidá-la a ir comigo até o hotel, resisti ao impulso de apertar meus lábios contra aquela boca pura e socialista.

"A sociedade americana", disse ela, largando no chão a mochila e o saco de dormir, dando prosseguimento ao discurso que havia iniciado quando voltávamos de carro a Haïfa, costeando a baía, "não apenas permite, mas incentiva relações vulgares e injustas entre os homens. Como negar isso? Impossível. Rivalidade, competição, inveja, ciúme, tudo o que é maligno na personalidade humana é estimulado pelo sistema. Bens materiais, dinheiro, propriedade — é com base em padrões corruptos como esses que vocês avaliam a felicidade e o sucesso. Enquanto isso", disse ela, sentando de pernas cruzadas na cama, "extensos segmentos da sua população não possuem os requisitos mínimos para uma vida decente. Isso também é verdade, não é? Porque o sistema é basicamente explorador e inerentemente aviltante e injusto. Por isso, Alex" — ela usava meu nome no tom de uma professora severa, com um toque de advertência —, "jamais haverá nada que se assemelhe a uma igualdade genuína num ambiente assim. E isso é inquestionável, você é obrigado a concordar comigo se for sincero.

"Por exemplo, o que foi que você conseguiu com essa comissão que investigou os escândalos na televisão? Alguma coisa?

Nada, se me permite dizer. Você revelou a corrupção de alguns indivíduos fracos. Mas sobre o sistema que os ensinou a ser corruptos, sobre isso você não teve o menor efeito. O sistema continuou tal como estava. O sistema permaneceu intacto. E por quê? Porque, Alex" — ih, lá vai —, "você foi tão corrompido pelo sistema quanto o senhor Charles Van Horn." (Meu Deus, também ela não é perfeita! Que droga!) "Você não é inimigo do sistema. Não é nem mesmo uma ameaça ao sistema, apesar do que você pensa. É apenas um dos policiais do sistema, um empregado dele, um cúmplice. Me desculpe, mas tenho que dizer a verdade: você pensa que serve à justiça, mas não passa de um lacaio da burguesia. O sistema em que você vive é inerentemente explorador e injusto, inerentemente cruel e bárbaro, indiferente aos valores humanos, e seu trabalho é fazer com que esse sistema pareça legítimo e moralmente correto, agindo como se a justiça, como se os direitos humanos e a dignidade humana pudessem de fato existir nessa sociedade — quando está claro que tal coisa não é possível.

"Sabe, Alex" — o que vai ser agora? —, "você sabe por que eu não me preocupo se uma pessoa tem ou não tem relógio, nem me incomodo de aceitar cinco libras de meus pais tão 'ricos'? Sabe por que essas discussões são bobas e eu não tenho nem paciência de entrar nelas? Porque sei que, inerentemente — você entende, inerentemente!" — entendo, sim! Por acaso, por estranho que pareça, o inglês é minha língua nativa! — "inerentemente, o sistema em que estou inserida (e voluntariamente, isso também é crucial — voluntariamente!), esse sistema é humano e justo. Desde que a comunidade seja proprietária dos meios de produção, desde que todas as necessidades sejam supridas pela comunidade, desde que nenhum homem tenha oportunidade de acumular riqueza ou de viver da mais-valia derivada do trabalho de outro homem, o caráter essencial do *kibutz* está sendo preservado. Nenhum homem vive sem dignidade. No sentido mais amplo, existe igualdade. E isso é o mais importante."

"Naomi, eu te amo."

Ela estreitou aqueles olhos castanhos grandes e idealistas. "Como você pode me 'amar'? O que você está dizendo?"

"Quero me casar com você."

Bum! Ela se levantou de um salto. Pobre do terrorista sírio que tentasse tomá-la de surpresa! "Mas o que é que você tem? Você está tentando fazer graça?"

"Seja minha esposa. A mãe dos meus filhos. Qualquer *shtunk* que tenha uma janela panorâmica tem filhos. *Por que é que eu não posso?* Sou eu que vou transmitir o nome da família!"

"Você bebeu cerveja demais no jantar. É, acho melhor eu ir embora."

"Não!" E mais uma vez eu disse àquela garota que eu mal conhecia, e da qual eu nem sequer gostava, que estava profundamente apaixonado por ela. "Amor" — ah, chego a estremecer! — "amoooor", como se eu pudesse evocar o sentimento com a palavra.

E, quando a garota tentou sair, bloqueei a porta. Implorei para que ela não fosse dormir numa praia úmida em algum lugar, se havia uma cama grande e confortável de um hotel Hilton que nós dois poderíamos dividir. "Não estou tentando transformar você numa burguesa, Naomi. Se a cama for luxuosa demais, a gente pode fazer no chão mesmo."

"Relações sexuais?", ela perguntou. "Com *você*?"

"Isso mesmo! Comigo! Com Alexander Portnoy, recém-saído de um sistema inerentemente injusto! Eu, o cúmplice! Portnoy, o imperfeito!"

"Queira me desculpar, mas essas suas brincadeiras sem graça, se é isso que são...".

Neste ponto ocorreu uma pequena luta, quando tentei arrastá-la para a cama. Estendi a mão em direção a um seio, e com um movimento certeiro de cabeça ela me acertou o queixo com o crânio.

"Porra, onde foi que você aprendeu isso?", exclamei. "No exército?"

"Foi."

Desabei numa poltrona. "Isso lá é coisa que se ensine a uma garota!"

"Vou lhe dizer uma coisa", afirmou ela, sem o menor vestígio de piedade, "você não está nada bem."

"Pra começar, a minha língua está sangrando...!"

"Você é a pessoa mais infeliz que já conheci na minha vida. Você é como um bebê."

"Não! Não é verdade!" Mas ela anulou com um gesto qualquer tentativa minha de explicação, e começou a me passar um sermão a respeito dos meus defeitos que ela havia observado no decorrer daquele dia.

"É impressionante como você reclama da sua vida! Por que você faz isso? Não é bom um homem reclamar da vida da maneira como você faz. Você parece ter prazer, até mesmo orgulho, de voltar esse seu senso de humor estranho contra si mesmo. Não acredito que no fundo você queira melhorar sua vida. Tudo o que você diz é sempre distorcido, de uma maneira ou de outra, de modo a sair 'engraçado'. O dia inteiro foi a mesma coisa. De um jeito ou de outro, tudo é irônico ou autodepreciante. É 'autodepreciante'?"

"Autodepreciativo. Autodenegridor."

"Exato! E você é um homem muito inteligente. É isso que faz com que fique ainda mais desagradável. A contribuição que você podia dar! Uma autodepreciação tão idiota! Tão desagradável!"

"Ah, não concordo", repliquei. "A autodepreciação, afinal de contas, é uma forma clássica de humor judaico."

"Humor judaico, não! Não! Humor de *gueto*."

Um comentário não muito amoroso, não é? Quando o dia raiou, ela já havia me explicado que eu era o representante típico do que havia de mais vergonhoso na "cultura da diáspora". Aqueles séculos e mais séculos sem pátria haviam produzido homens desagradáveis como eu — assustados, defensivos, autodepreciativos, emasculados e corrompidos pela vida num mundo dos gentios. Foram milhões de judeus da diáspora exatamente como eu que caminharam para as câmaras de gás sem nem mesmo levantar a mão contra seus perseguidores, que não foram capazes nem de defender suas vidas com seu sangue. Diáspora! A palavra em si já a deixava furiosa.

Quando ela terminou, eu disse: "Maravilhoso. Agora vamos foder".

"Você é mesmo repulsivo!"

"Certo! Você está começando a pegar o espírito da coisa, sua sabra galante! Vá bancar a virtuosa lá nas montanhas, está bem? Vá ser modelo para a humanidade, sua santa hebraica! Ora, vá se foder!"

"Meu caro Portnoy", disse ela, levantando a mochila do chão, "você não passa de um judeu que odeia a si próprio."

"Ah, Naomi, mas talvez esses sejam os melhores."

"Covarde!"

"Machona."

"*Shlemiel!*"

E saiu em direção à porta. Só que saltei atrás dela e derrubei no chão aquela gostosura grandalhona, ruiva e didática junto comigo. *Shlemiel*, é? Bebê? Ela ia ver. E se eu estivesse com uma doença venérea? Ótimo! Maravilhoso! Melhor ainda! Que ela levasse a doença escondida na corrente sanguínea dela de volta para as montanhas! Que ela a espalhasse por todos aqueles rapazes e moças, aqueles judeus tão bravos e virtuosos! Uma boa gonorreia vai lhes fazer muito bem! É assim que é lá na diáspora, seus santinhos, é assim que é a vida no exílio! Tentação e vergonha! Corrupção e autodepreciação! Autodepreciação — e autodefecação também! Lamúrias, chiliques, concessões, confusões, doenças! Isso mesmo, Naomi, sou poluído, ah, sou impuro — e além disso, minha querida, estou de saco cheio de nunca ser suficientemente bom para o Povo Eleito!

Mas quanto trabalho ela me deu, aquela roceira peituda! Aquela ex-combatente! Aquela substituta de mãe! Será que é isso mesmo? Ah, por favor, não pode ser uma coisa tão simplista assim! Não no *meu* caso! Ou será que num caso como o meu todo simplismo é pouco? Porque era ruiva e sardenta, então para o meu inconsciente bitolado ela tem de ser minha mãe? Só porque ela e a mulher que domina meu passado pertencem à mesma raça de judeus poloneses claros? Será esse o desfecho final do drama edipiano, doutor? Mais farsa, meu amigo! É demais para eu engolir! *Édipo rei* é uma tragédia famosa, seu *schmuck*, e não mais uma piada! O senhor é um sádico, um charlatão, um comediante de meia-tigela! Isso é levar a brincadeira longe demais, dr. Spielvogel, dr. Freud, dr. Kronkite! O mínimo de respeito, seus putos, pela Dignidade do Homem! *Édipo rei* é a peça mais horrenda e *séria* da história da literatura — não uma palhaçada!

Mas graças a Deus que herdei os halteres de Heshie depois que ele morreu. Eu os levava para o quintal e, ao sol, levantava-os vez após vez após vez, quando estava com meus quatorze, quinze anos. "Você vai acabar arranjando uma *tsura* de tanto fazer isso", minha mãe me alertava da janela do quarto dela. "Vai pegar um resfriado aí fora, só de calção." Eu pedia pelo reembolso postal os livretos de Charles Atlas e Joe Bonomo. O sentido da minha vida era ver meu torso ficando cada vez maior no espelho do quarto. Eu flexionava os músculos por baixo das roupas na escola. Examinava meu muque na esquina. Admirava minhas veias no ônibus. Algum dia alguém ia tentar dar um soco no meu deltoide, e ia se arrepender! Mas ninguém nunca tentava, graças a Deus.

Ninguém, até que chegou Naomi! Fora para ela, então, que eu tanto havia bufado e estremecido sob o olhar reprovador de minha mãe. Não vou negar que ela dominou minhas panturrilhas e coxas — mas nos ombros e no peito a vantagem era minha, e eu a obriguei a se deitar e fiquei por cima dela —, e enfiei a língua em sua orelha, sentindo ali o gosto da terra de todo o nosso dia de viagem, aquela terra sagrada. "Ah, vou comer você, garota judia", sussurrei, malévolo.

"Você é maluco!", e jogou toda sua força considerável contra mim. "Você é um louco furioso à solta!"

"Não, não", eu disse a ela, rosnando do fundo da garganta, "você vai é aprender uma bela lição, Naomi", e apertei, apertei com força, para ensinar minha lição: ó judia virtuosa, agora a coisa virou, *tsatskeleh*! Agora *você* está na defensiva, Naomi — e você que vai ter de explicar lá no *kibutz* essa sua secreção vaginal! Você acha que resolveram tudo com aquela história dos relógios, não é? Pois espere só até eles verem isto! O que eu não daria para estar lá assistindo tudo, na reunião em que você for acusada de ter contaminado o orgulho e o futuro de Sião! Então talvez você aprenda a nos respeitar, a nós, homens judeus perdidos e psiconeuróticos! O socialismo existe, mas os espiroquetas também existem, amorzinho! Eis sua iniciação no lado mais sórdido da vida. Vamos tirando essa bermuda cáqui patriótica, vamos abrindo essas pernas, sangue do meu sangue, destranquemos a fortaleza das suas coxas, escancare bem essa racha judaica messiânica! Prepare-se, Naomi, que estou prestes a envenenar seus órgãos reprodutores! Estou prestes a mudar o futuro da raça!

Mas é claro que não consegui. Lambi suas orelhas, chupei seu pescoço sujo, cravei os dentes naquelas tranças enrodilhadas... e então, justo quando a resistência dela estava talvez começando a ceder diante de meus ataques, saí de cima dela e me encostei, derrotado, na parede — em decúbito dorsal. "Não adianta", disse eu. "Não consigo ficar de pau duro nesta terra."

Ela levantou. Ficou em pé a meu lado. Recuperou o fôlego. Olhou para baixo. Ocorreu-me que talvez fosse plantar a sola da sandália no meu peito. Ou então me dar uns bons pontapés até me arrebentar. Lembrei-me do tempo em que era menino, colando aqueles reforços nas folhas do meu fichário. Como é que fui terminar assim?

"Im-po-ten-te em Is-ra-el, la la láá", com a melodia de "Lullaby in Birdland".

"Mais uma piada?", perguntou ela.

"E mais uma. E mais uma. Por que renegar minha vida?"

Então ela disse uma coisa simpática. Agora ela podia dizer, agora que estava lá em cima. "Você devia voltar pra casa."

"Claro, é isso que eu preciso fazer, voltar pro exílio."

E, lá no alto, ela sorriu. Aquela sabra saudável e monumental! As pernas esculpidas pelo trabalho, a bermuda utilitária, a blusa sem botão e com as marcas da batalha — o sorriso bonachão, vitorioso! E, ao lado de seus pés sujos de terra, calçados em sandálias, este... este o quê? Este *filho*! Este *menino*! Este *bebê*! Alexander Portnoide! Portnoico! Portnoy-*oy-oy-oy-oy*!

"Olhe só você", disse eu, "aí no alto. Como são grandes as mulheres grandes! Olhe só você — como é patriótica! Você realmente gosta da vitória, não gosta, meu bem? Sabe como vencer! Puxa, mas você não tem sentimento de culpa! Fantástico, falando sério — foi uma honra conhecer você. Olha, me leva com você, Heroína! Me leva pras montanhas. Eu carrego pedra até cair de cansaço, se é isso que a gente tem que fazer para ser bom.

Por que não ser bom, bom, bom — não é? Viver segundo os princípios morais! Sem fazer concessões! Os outros que sejam os vilões, não é? Os góis que cometam atrocidades, para que a culpa seja toda deles. Se eu nasci para ser austero comigo mesmo, então que assim seja! Uma vida dura, gratificante e ética, cheia de abnegação, voluptuosa de inibições! Ah, deve ser legal! Já estou até sentindo o gosto daquelas pedras! O que você acha? Me leva com você — pra eu ter uma vida portnoviana pura!"

"Você devia voltar pra casa."

"Pelo contrário! Eu devia ficar. Isso, ficar! Comprar uma bermuda cáqui igual a essa — me tornar um homem!"

"Faça o que você quiser", disse ela. "Eu vou embora."

"Não, Heroína, não", exclamei — pois na verdade estava começando a gostar dela, um pouco. "Ah, que desperdício."

Dessa *ela* gostou. Olhou para mim, com um olhar muito vitorioso, como se por fim eu tivesse confessado a verdade a respeito de mim mesmo. Ora, que se foda. "Quer dizer, eu não poder foder com uma garota grandona e saudável como você."

Ela estremeceu de nojo. "Me diga, por favor, por que é que você usa essa palavra o tempo todo?"

"Então os rapazes não dizem 'foder' lá nas montanhas?"

"Não", respondeu ela, condescendente, "não do jeito como você diz."

"Bom", retruquei, "imagino que eles não devem estar tão cheios de raiva quanto eu. De desprezo." E avancei na perna dela. Porque nunca é bastante. NUNCA! Eu preciso sempre GANHAR.

Mas ganhar o *quê*?

"Não!", ela gritou comigo.

"Sim!"

"*Não!*"

"Então", implorei, enquanto ela começava a me arrastar em direção à porta com sua perna forte, "pelo menos deixa eu chupar a sua boceta. Isso eu sei que vou conseguir."

"Cachorro!"

E chutou. E acertou! Com toda força, com aquela perna de pioneira, logo abaixo do coração. O golpe, era eu que estava pedindo? Quem há de saber o que eu estava querendo? Talvez nada. Talvez estivesse apenas sendo eu mesmo. Talvez eu seja mesmo só isso, um chupador de bocetas, uma boca escrava do buraco de uma mulher. Chupar! Assim seja! Talvez para mim a solução mais sábia seja viver de quatro! Passar a vida andando de gatinhas, chupando bocetas, e deixar para as criaturas verticais o encargo de corrigir as injustiças e reproduzir a espécie! Para que ambicionar um monumento em minha homenagem, quando existe um verdadeiro pomar de bocetas nas ruas?

Passar a vida rastejando, então — se ainda me restar alguma vida! Minha cabeça começou a rodar, sucos atrozes me subiram à garganta. Ah, meu coração! E em Israel! Onde outros judeus encontram refúgio, santuário e paz, Portnoy encontra a morte! Onde outros judeus florescem, eu faleço! E tudo o que eu queria era dar um pouco de prazer — e sentir um pouco, também. Por quê, por que eu não posso experimentar um pouco de prazer sem que o castigo venha logo atrás, como um *trailer*? Cachorro, *eu*? E imediatamente a coisa acontece outra vez, de novo sou empalado no passado distante, o que já foi, o que jamais será! A porta se bate, ela vai embora — minha salvação! sangue do meu sangue! —, e lá estou eu, choramingando no chão, com MINHAS LEMBRANÇAS! Minha infindável infância! Da qual não abro mão — ou será que é ela que não abre mão de mim? Qual dos dois? Me lembrando dos rabanetes — os rabanetes que eu plantava com tanto amor na minha horta caseira durante a guerra. Naquele pedacinho de terra ao lado da porta do porão. O *meu kibutz*. Rabanete, salsa, cenoura — é, eu também sou patriota, ouviu? Só que num outro lugar! (Onde eu *também* não me sinto em casa!) Mas e o papel laminado que eu recolhia, que tal essa, hein? E os jornais que eu levava para a escola! Meu álbum de selos de guerra, todos muito bem colados lado a lado, para ajudar a esmagar o Eixo! Meus aeromodelos — meu Piper Club, meu Hawker Hurricane, meu Spitfire! Como é que isso pode estar acontecendo com o bom menino que fui, que tanto amava a Real Força Aérea e as Quatro Liberdades! As esperanças que me inspiraram as conferências de Ialta e de Dumbarton Oaks! Minhas preces dedicadas à ONU! Morrer? *Por quê?* Castigo? *Por quê?* Impotência? *Qual o motivo?*

A Vingança da Macaca. É claro.

"ALEXANDER PORTNOY, POR TER DEGRADADO A CONDIÇÃO HUMANA DE MARY JANE REED POR DUAS NOITES SEGUIDAS EM ROMA, E POR OUTROS CRIMES NUMEROSOS DEMAIS PARA ARROLAR, REFERENTES À EXPLORAÇÃO DA BOCETA DA PESSOA EM QUESTÃO, VOCÊ ESTÁ CONDENADO A UMA IMPOTÊNCIA TERRÍVEL. DIVIRTA-SE." "Mas, meritíssimo, ela é maior de idade, afinal, e agiu de livre e..." "NÃO ME VENHA COM ENROLAÇÃO DE ADVOGADO, PORTNOY. VOCÊ SABIA O QUE É CERTO E O QUE É ERRADO. VOCÊ SABIA QUE ESTAVA DEGRADANDO OUTRO SER HUMANO. E POR TER FEITO O QUE FEZ, DO MODO COMO O FEZ, VOCÊ ESTÁ CONDENADO, COM MUITA JUSTIÇA, A PASSAR O RESTO DA VIDA BROCHA. VÁ DESCOBRIR OUTRA MANEIRA DE MAGOAR OS OUTROS." "Mas, se me permite, meritíssimo, creio que ela já estava um pouco degradada antes mesmo de eu a conhecer. Será preciso dizer algo mais que 'Las Vegas'?" "AH, UMA DEFESA MARAVILHOSA, REALMENTE MARAVILHOSA. COM ESSA VOCÊ VAI MESMO CONSEGUIR AMOLECER A DECISÃO DO TRIBUNAL. ENTÃO É ASSIM QUE A GENTE TRATA OS INFELIZES, É, COMISSÁRIO? É ASSIM QUE SE DÁ A UMA PESSOA UMA OPORTUNIDADE DE SE TORNAR UM SER HUMANO DIGNO, SEGUNDO A SUA DEFINIÇÃO? SEU FILHO DA PUTA!" "Meritíssimo, por favor, se me permite chegar um pouco mais perto — afinal, o que eu estava fazendo era só tentar... bom, tentar o quê?... me divertir um pouco, só isso." "AH, *SEU FILHO DA PUTA!*" Ora, porra, por que é que eu não posso me divertir! Por que é que a menor coisa que eu faço por prazer imediatamente é proibida — enquanto o resto do mundo rola de rir na lama? *Cachorro?* Ela devia ver as acusações e as queixas que recebo numa única manhã de trabalho: o que as pessoas fazem umas com as outras, movidas pela ganância e pelo ódio! Por dinheiro! Pelo poder! Por despeito! Sem razão *nenhuma*! O que eles fazem com um *schvartze* que está tentando hipotecar a casa! Um homem que quer o que meu pai chamava antigamente de uma rede de proteção — só você vendo o que aqueles calhordas fazem com ele! Esses é que são cachorros profissionais! Sabe quem foi que convenceu os bancos a começarem a recrutar negros e porto-riquenhos para trabalhar na prefeitura, para entrevistar candidatos no Harlem? A fazer uma coisa tão simples? Foi este cachorro aqui, menina — Portnoy! Você quer ver cachorrada? Então venha à minha sala, venha qualquer dia da semana ver os casos que aparecem na minha sala, eu vou lhe mostrar cachorradas pra valer! As coisas que os outros homens fazem — e escapam impunes! E nem param para pensar no que fizeram! Agridem uma pessoa indefesa e ainda ficam *sorrindo*, Jesus Cristo, ficam achando que ganharam o dia! Mentiras, tramoias, subornos, roubalheiras — verdadeiros assaltos, doutor, cometidos sem pestanejar. A indiferença! A indiferença moral absoluta! Cometem crimes e não sofrem nem mesmo uma indigestão! Mas eu, basta eu tentar dar uma trepadinha um pouco diferente, quando estou de *férias* — e agora meu pau não fica mais duro! Eu sou esse tipo de pessoa, Deus me livre de arrancar do colchão aquela etiqueta onde está escrito: "Proibido retirar, sujeito a sanção legal" — qual seria a sanção nesse caso, a cadeira elétrica? Me dá vontade de *gritar*, de tão desproporcional que é o castigo! Posso? Vai assustar muito as pessoas que estão na sala de espera? Porque o que eu realmente preciso talvez seja mesmo dar um bom berro. Um berro puro, sem palavras! "É a polícia. Você está cercado, Portnoy. É melhor você sair e pagar sua dívida à sociedade." "A sociedade que vá tomar no cu!" "Vou contar até três pra você sair com as mãos para o alto, seu cão raivoso, senão vamos entrar à bala. Um." "Pode atirar, guardinha de merda, estou pouco me fodendo! Eu arranquei a etiqueta do colchão, sim..." "Dois." "... Mas pelo menos, enquanto eu vivi, *eu vivi!*"

Aaaaaaaaaaaaaaaaaaaaaaaaaaaaaaaaaaaaaaaaaaaaaaaaaa
aaaaaaaaaaaaaaaaaaaaaaaaaaaaaaaaaaaaaaaaaaaaaaaaaa
aaaaaaaaaaaaaaaaaaaaaaaaaaaaaaaaaaaaaaaaaaaaaaaaaa
aaaaaaaaaaaaaaaaaaaaaaaaaaaaaaaaaaaaaaaaaaaaaaaaaa
aaaaaaaaaaaaaaaaaaaaaaaaaaaaaaaaaaaaaaaaaaaaaaaaaa
aaaaaaaaaaaaaaaaaaaaaaaaahhhh!!!!!

Chave de ouro

Bom [*disse o doutor*]. Agora a gente pode começar. Está bem?

Glossário

America First: movimento direitista, cujo objetivo era impedir que os Estados Unidos entrassem na Segunda Guerra Mundial para lutar contra o nazifascismo.
American Civil Liberties Union: organização não governamental de defesa dos direitos civis.
Bonditt: literalmente, "bandido"; aqui, "malandro", "danadinho".
Bubala: meu amor, meu querido.
Bubi: querido, amor.
Charlatão Van Doren: Mark Van Doren, professor universitário que se tornou famoso ganhando prêmios num programa de perguntas na televisão; questionado por uma comissão parlamentar, revelou que as perguntas eram ensaiadas de antemão, com o objetivo de garantir sua vitória, transformá-lo em estrela e popularizar o programa.
CIO: Congress of Industrial Organizations, sindicato.
Chazerai: porcarias.
Connie Mack: famoso empresário de beisebol.
DAR: Daughters of the American Revolution (Filhas da Revolução Americana), organização patriótica conservadora.
Dreck: excremento.
Eddie Waitkus: jogador de beisebol que levou um tiro de uma fã obcecada por ele.

Flasihedigeh: carne.
Genug: basta!
Gonif: ladrão.
Goyische naches: literalmente, "gracinhas (i.e., feitos dos filhos de que as mães se orgulham) de góis".
Grieben: torresmo de gordura de ganso.
Hadassah: organização sionista feminina norte-americana.
Harry Golden: jornalista e escritor popular que tematiza a vida dos judeus nos Estados Unidos.
Jackie Robinson: primeiro jogador de beisebol negro a ser contratado por um time de primeira divisão.
Jimmy Breslin: jornalista nova-iorquino, famoso por suas reportagens investigativas.
Joe Di Maggio: famoso jogador de beisebol.
John Lindsay: duas vezes prefeito de Nova York, entre 1966 e 1974.
"King Kong" Charlie Keller: famoso jogador de beisebol.
Kishkas: tripas, intestinos.
"*Kis mir in tuchis*": "Beija meu cu", equivalente a "vá tomar no cu".
Kugel: pudim.
Kurveh: prostituta.
Kvetch: reclamão.
Mayflower: o navio em que chegaram à América do Norte os primeiros imigrantes puritanos em 1620.
Meshuggeneh: maluquices.
Meshuggener: maluco.
Milchiks: derivado de leite.
Mishegoss: loucura.
Molly Maguires: organização secreta de mineiros da Virgínia Ocidental, acusada de terrorismo.
Mortimer Snerd: personagem criado pelo ventríloquo Edgar Bergen.
Nudjh: chatear, amolar.
Oysgemitchet: esgotado.
Pisher: fedelho.
Pisk: bocarra.
Punim: cara.
Putz: pênis.
Rachmones: compaixão.

Ruggelech: biscoitos.
Schmaltz: sentimentalismo, pieguice.
Schmegeggy: babaca.
Schmuck: idiota, babaca (literalmente, "pênis").
Schmutzig: imundo.
Schvartze: negro.
Shande: vergonha.
Shikse: moça que não é judia.
Shkotzim: plural de *shegetz*, termo pejorativo que designa menino ou rapaz não judeu.
Shlemiel: pobre-diabo, bobalhão.
Shmatta: literalmente, "trapos"; no caso, "roupas deselegantes".
Shmendrick: joão-ninguém.
Shtunk: sacana.
Shvantz: o mesmo que *schmuck*.
Shvitz: sauna.
Tateleh: termo carinhoso cujo sentido literal é "paizinho".
Tsatskeleh: garota, menina.
Tsura: problema, doença.
Vantz: malandro.
"*Vuh den?*": "O que mais haveria de ser?".
WASP: sigla para White, Anglo-Saxon, Protestant (branco, anglo-saxão, protestante).
Wobblies: membros da Industrial Workers of the World, sindicato de tendência anarquista.
YID: judeu.
Zaftig: cheia de corpo.

1ª EDIÇÃO [2004] 8 reimpressões

ESTA OBRA FOI COMPOSTA PELO GRUPO DE CRIAÇÃO EM ELECTRA E
IMPRESSA PELA GEOGRÁFICA EM OFSETE SOBRE PAPEL PÓLEN DA
SUZANO S.A PARA A EDITORA SCHWARCZ EM FEVEREIRO DE 2025

A marca FSC® é a garantia de que a madeira utilizada na fabricação do papel deste livro provém de florestas que foram gerenciadas de maneira ambientalmente correta, socialmente justa e economicamente viável, além de outras fontes de origem controlada.